Zwischen Liebe und Lust

#ZwischenLiebeUndLust

#1 Unerwartete Lust
 ISBN 978-3735719225

#2 Temperamentvolle Leidenschaft
 ISBN 978-3734769986

#3 Unendliche Begierde
 ISBN 978-3738640915

#4 Abenteuer Verführung
 Januar 2017

#5 Herrische Spiele
 Januar 2018

#6 Lustvolle Unterwerfung
 Januar 2019

Don Ramirez

Zwischen Liebe und Lust

Eine erotische Autobiographie

Bibliografische Information der Deutschen Nationalbibliothek:
Die Deutsche Nationalbibliothek verzeichnet diese Publikation in der Deutschen Nationalbibliografie; detaillierte bibliografische Daten sind im Internet über http://dnb.dnb.de abrufbar.

Vollständige Erstausgabe 2/2016, 2. Auflage
Ereignisse aus den Jahren 2004 – 2007 © Don Ramirez
Titelbild: prometeus / Shotshop.com
Songphrases mit freundlicher Genehmigung:
Deepest Blue – Shooting Star (Joel Edwards, 31.01.2016)
Special D. – Nothing I Won't Do (Dennis Horstmann, 01.02.2016)

Internet: www.geiles-zur-nacht.com
Facebook: www.facebook.com/GeilesZurNacht
Google+: plus.google.com/+Geileszurnacht_com
Twitter: www.twitter.com/donramieres

Herstellung und Verlag:
BoD – Books on Demand, Norderstedt
ISBN: 978-3-7386-4091-5

Vorwort

*"Wenn die Sehnsucht so groß wird,
dass dir dein Herz jede Sekunde neu zerspringt"*
Don Ramirez

Er ist fertig! Der dritte Teil meiner erotischen Autobiografie. Diejenigen, denen bereits die ersten zwei Teile gefallen haben, werden diesen Teil bereits erwarten.

Sollte dieses jedoch der erste Teil meiner Serie für dich sein, so kannst du diesen, ohne die ersten Bücher zu kennen, lesen. Um mein Leben zu verstehen, solltest du die beiden anderen Teile nicht vernachlässigen.

Ich bringe wie immer die Dinge auf den Punkt. Ob nun beim Sex, bei Enttäuschungen oder der Liebe. Ich schreibe direkt, für manche ist es zu derb, andere mögen diesen Stil.

Manchmal begegnen einem Menschen im Leben, die das Herz nie wieder gehen lassen möchte. Jahrelang wartet man unter Umständen auf dieses eine Zeichen, dieses eine Treffen und kann es kaum fassen, wenn es eintritt.

In dieser langen Zeit erlebte ich trotzdem aufregende Dinge, habe ich mir doch nach meiner ersten Beziehung geschworen, das Leben zu genießen. Mit diesem Buch begleitest du mich dabei, wie ich zwischen Lust und Sehnsucht pendle, weil ich tief im Herzen immer an diese eine Person denke.
Besonderer Dank gilt auch bei diesem Buch wieder meiner

Lektorin und den Testleserinnen, die mir immer wieder dabei helfen, dass die (meisten) Fehler beseitigt werden und die mir ein Feedback vor der Veröffentlichung geben.

Ich wünsche dir nun viel Spaß beim Lesen!

Dein Don

Mach's mit! Kondome schützen.
Auch wenn nicht in jedem Erlebnis das Wort Kondom fällt, ich verhüte mit und das solltest du auch!

Saskia, dieses Buch ist für dich.
Dezember 2015

Der Wecker klingelt.
Ich öffne langsam die Augen und streife mit meiner Hand über das Kissen, bis ich den Wecker spüre und ihn ausschalte. Kurz überlege ich, welcher Tag heute ist.
Es ist Freitag.
Kein üblicher Freitag, der einem sowieso schon ein Lächeln über das Gesicht zaubert, weil das Wochenende naht. Es ist ein ganz besonderer Freitag, der Freitag meines Lebens.
Ich spüre, wie mich das Glücksgefühl überrollt und bin schlagartig wach. Motiviert von meinen Endorphinen springe ich auf und mache mich auf den Weg zum Badezimmer. Auf dem Flur fällt mein Blick auf den gepackten Rucksack.
Heute wird dein Tag. Endlich wird sie wieder in deinen Armen liegen und sie wird danach nicht mehr ohne dich sein wollen.
Im Badezimmer stelle ich das Wasser in der Dusche auf 39° ein und streife meine Boxershorts ab. In Gedanken bin ich schon bei Saskia, die sich genauso auf das Treffen freuen wird. Während das heiße Wasser unaufhörlich herunter prasselt, fange ich an »*There is nothing I won't do, I can't keep my hands off you*« zu summen. Das Lied von Special D. war bei unserem Treffen in den Charts und seitdem verbinde ich es immer mit Saskia.
Nach der Dusche ziehe ich mich an und packe meine Sachen ins Auto, um zur Arbeit zu fahren. Ich bin heute allei-

ne in der Abteilung. Es ist der Freitag nach Himmelfahrt und ein Brückentag. Die meisten meiner Kolleginnen und Kollegen haben sich Urlaub genommen.
Im Unternehmen ist nur eine Notbesetzung vorhanden. Ich verbringe die ersten Stunden des Vormittags damit, einige Produktblätter zu aktualisieren und mir die Verkaufszahlen anzuschauen. Allerdings schaue ich unweigerlich immer wieder auf die Uhr und muss an Saskia denken. Wir hatten im letzten halben Jahr kaum Kontakt miteinander, und dann ging alles in den letzten Wochen so schnell.
Sie war wieder Single und ich auf dem besten Weg dahin. Meine Freundin betrog mich, ich hatte es selbst gelesen und zudem von anderen erfahren. Sie stritt es jedoch ab.
Für mich war dieses Kapitel schon abgehakt. Ich hätte wissen müssen, dass sie nicht die Richtige war.
Ich denke nur noch an Saskia, denke daran, wie lange sie schon mein Herz im tiefsten Innern erobert hatte und dass sie nun endlich wieder Single ist. »Das Fenster ist offen«, heißt es dazu in einer amerikanischen Serie, die es zu diesem Zeitpunkt noch nicht gibt.
Ich unterbreche meine Arbeit, gehe zur Kaffeemaschine und gieße mir einen weiteren Kaffee ein. Wieder huscht ein Lächeln über mein Gesicht beim Gedanken an das bevorstehende Date. Unbemerkt schleicht sich eine Arbeitskollegin an.
»Du scheinst ja heute besonders gute Laune zu haben«, meint sie und zieht dabei ein wenig die linke Augenbraue hoch.
»Ja, heute habe ich mal richtig gute Laune«, gebe ich neckisch zurück.

»Hast wohl mit deiner Freundin ein ganzes Wochenende geplant, was?«, feixt sie zurück und stupst mich in die Seite.

Meiner Freundin trete ich dieses Wochenende nur noch ordentlich in den Arsch, denke ich und verschlucke den Kommentar.

»Vielleicht«, presse ich durch meine Lippen, drehe mich um und suche die Nähe zu meinem Arbeitsplatz.

Das Telefon hat heute noch nicht einmal geklingelt. Ich schlürfe meinen Kaffee und starre entspannt auf meinen Bildschirm. *Heute Abend werde ich alles auf die eine Karte setzen. Ganz oder gar nicht.*

Ich wollte Saskia für mich gewinnen, waren wir uns doch schon mal sehr nahe gewesen – und ihr hatte es gefallen. Damals bei unserem ersten Treffen verlief auch alles so überraschend. Innerhalb von zwei Tagen wurde das Date geplant und meine Erwartungen wurden mehr als übertroffen.

Heute werde ich bestimmt noch mehr von ihr spüren.

Ich werde ihre zarte, weiche Haut liebkosen dürfen, schießt es durch meinen Kopf.

Wie lange habe ich darauf gewartet? Es waren nun über drei Jahre vergangen, als wir unser erstes Treffen hatten.

»Kannst du dich bitte noch um diesen Kunden hier kümmern?«, holt mich ein Kollege in die Realität zurück.

»Klar«, antworte ich knapp.

»Der benötigt die Lieferung in der nächsten Woche, also muss das heute noch eingegeben werden. Der Auftrag muss heute noch ins Lager gehen.«

Ich blättere den Auftrag durch und seufze: Über 50 Positionen eingeben. Das dauert bis heute Nachmittag.
Blödmann, der Tag hätte so angenehm werden können.
Die Liste liegt neben dem Computer und ich beginne damit, den Auftrag einzugeben. Meine Gedanken wandern zurück, zu unserem ersten Treffen...

Rückblick

Ich verstaute mein Handy und ging zurück zum Auto. Der Schlüssel steckte. Meine Hände zitterten noch immer nach dem Telefonat mit Saskia. Jedoch fühlte ich mich deutlich besser.
Der »Beinahe-Crash« auf der Autobahn hatte mich wieder zurückgeholt. Ich konnte wieder klar denken und die Vorstellung mit Saskia zu Hause ein Telefonat zu führen, beruhigte mich.
Nach dem Start des Motors legte ich behutsam den ersten Gang ein und rollte vom Parkplatz, Richtung Autobahn, um den restlichen Weg auf mich zu nehmen. Die Strecke fuhr ich völlig abwesend und beruhigt, in konstanter Geschwindigkeit. Kein Rasen, keine riskanten Überholmanöver – einfach nur heimwärts.
Vor dem Haus, in dem ich zur Miete wohnte, fuhr ich die Rampe hinab in die Garage. Nachdem ich den Wagen ab-

gestellt hatte und gedankenversunken meinen Koffer auslud, tippte mir jemand auf die Schulter. Ich zuckte zusammen, drehte mich um und blickte in zwei blaue Augen.

»Du bist schon wieder hier?«, fragte meine Nachbarin sichtlich überrascht.

Annika wohnte direkt in der Wohnung neben mir. Ihre blonden, glatten Haare passten zu ihrer schlanken Erscheinung und den langen Beinen. Ich musterte sie. Sie trug ein Top und einen kurzen Rock.

Bist du heute wieder auf Männerfang? Du könntest mich auch direkt mit nach oben nehmen. Ich könnte dir von meinem Scheißtag erzählen und dann zeigst du mir mal dein quietschendes Bett, sprudelten meine Gedanken im Kopf.

Ich errötete und schaffte es nicht mehr, ihrem Blick standzuhalten.

»Ähm, es gab da eine kleine Planänderung, deswegen bin ich schon wieder hier«, sagte ich knapp und biss mir dabei auf die Unterlippe.

»Aber es ist alles okay? Du siehst etwas … durcheinander aus?!«

»Nein, alles gut«, bestätigte ich knapp.

»Muss auch schon weiter. Eine Freundin und ich wollen ins Kino.«

»Viel Spaß!«

»Danke, wir können ja in den nächsten Tagen mal reden«, entgegnete Annika und hatte sich schon umgedreht, bevor ich etwas sagen konnte. Sie war bereits um die Ecke gebogen aber ich vernahm weiterhin das Klacken ihrer Schuhe.

»Kino...«, grunzte ich und fragte mich, wen sie wohl heute Abend eventuell mitbringen würde. Ihre Freundin war es mit Sicherheit nicht.

Während ich den Fahrstuhl betrat, dachte ich an eine Nacht, die schon Monate zurücklag.

Ich wachte nachts auf und vernahm ein Stöhnen auf der anderen Seite der Wand. Annikas Schlafzimmer war genau neben meinem und die Wände waren hellhörig. Sonst störte ich mich nicht daran, aber da es schon mit meiner Ex-Freundin Anita kriselte, war das wirklich das Allerletzte, was ich hören wollte. Ich drehte mich im Bett auf die andere Seite und hoffte auf Besserung.

Die trat jedoch nicht ein, im Gegenteil. Annikas Stöhnen wurde lauter, die Abstände dazwischen kürzer.

Kann nicht bitte etwas passieren, flehte ich innerlich und wusste dabei, dass ich ihre Stimme weiterhin »ertragen« musste.

Mit einem lauten Knall wurde mein Wunsch erfüllt.

Totenstille.

Ich presste meine Decke vor den Mund, um nicht laut lachen zu müssen.

Das Bett. Das Bett ist gerade zusammengebrochen. Sie haben das Bett zervögelt, triumphierte ich innerlich.

Ich grinste wie ein kleiner Junge und hörte nebenan, wie die beiden mit Werkzeug das Bett reparierten. Nachts um 2 Uhr hämmerten sie das Holz zusammen. Amüsiert schwor ich Rache. Ich sollte meine Gelegenheit bekommen.

Am nächsten Tag traf ich Annika auf dem Flur.

»Hey, hast du das gestern Nacht auch gehört? Das war unglaublich laut, dieses Hämmern ...«

Gespannt wartete ich auf ihre Reaktion.
Sie blickte mir direkt in die Augen.
»Das war bestimmt wieder der Marder auf dem Dachboden. Ich wollte den Vermieter sowieso mal informieren.«
Sie starrte mich mit ihrem Blick noch zwei Sekunden an und ging wortlos. *Die kann ja lügen ohne rot zu werden. Ein Marder, der hämmert. Etwas Schlaueres war ihr wohl nicht eingefallen.*
Ich schüttelte den Kopf und ging weiter.

Inzwischen war ich in meiner Wohnung angekommen und draußen wurde es langsam dunkel. Ich dachte erneut über die Geschichte nach und beschloss, Annika in der nächsten Zeit mal anzusprechen.
Schließlich war ich wieder Single.
Das zu bemerken, ließ erneut den Schmerz aufsteigen, den ich bestimmt in der nächsten Zeit nicht so schnell ablegen würde. Anita hatte einen neuen Freund, sie wollte kein Zurück und so sehr ich auch kämpfen würde, es würde keine zweite Chance geben. Zum Schmerz mischte sich die Wut.
Sie hat dich abgezogen, dich vorgeführt. Sie wollte nur mal testen, ob du so blöd bist und sofort antanzt, wenn sie ihre Bluse aufknöpft ...
Hass stieg in mir empor, und das war gut. Endlich konnte ich sie hassen. Vorher konnte ich die Situation nicht verstehen. Anita hatte Schluss gemacht, weil bei ihr die Gefühle nicht mehr vorhanden waren. Dafür konnte kein Mensch etwas. Niemand kann Gefühle erzwingen oder zurückholen, wenn sie nicht mehr vorhanden sind.
Jetzt hatte sie mir weh getan. Nun konnte ich sie hassen.

Ich schrieb Saskia eine SMS, dass ich angekommen sei und wir telefonieren könnten. In diesem Augenblick tat es einfach gut, eine gute Freundin zu haben, die einem Halt gab. Es dauerte keine zwei Minuten und das Telefon klingelte.
»Don Ramirez«
»Hi, ich bin es, Saskia.«
»Das ging aber schnell.«
»Ich habe dir ja versprochen, dass wir telefonieren, Großer. Wie war die restliche Autofahrt? Ich hoffe, du bist auch vernünftig gefahren. Sonst muss ich leider auflegen«, sagte sie ernst und konnte sich ein kurzes Kichern jedoch nicht verkneifen.
»Es war nicht viel los, ich bin aber trotzdem vernünftig gefahren. Damit ich dir auch alles erzählen kann.«
»Deine Stimme überschlägt sich schon wieder. Erzähl mir mal, was passiert ist. Du hast mir vor einer Woche im Chat noch geschrieben, dass alles klappen wird, was du dir vorgenommen hast. Und dass du gute Chancen siehst, sie wieder zurück zu gewinnen. Ich war total überrascht, als du am Telefon warst. Das hat mir etwas Angst gemacht.«
Ich erzählte Saskia davon, wie ich meine Geschäftstermine wahrgenommen hatte und danach zum Treffen mit Anita fuhr, um sie abzuholen und mit ihr ins Hotel zu fahren. Aufgeregt berichtete ich, wie die Situation eskalierte und ich Anita mit voller Wut im Bauch zurückbrachte.
Saskia atmete tief durch.
»Don, das mit der Autofahrt war eine Nummer zu heftig. Da bekomme ich ja Angst, jemals mit dir in ein Auto zu steigen. Anita hätte das sicherlich früher sagen können und

dich nicht 500 Kilometer dafür durch die Gegend fahren lassen...«

»Ich bin einfach ausgerastet. Das war zu viel«, unterbrach ich sie.

»So kenne ich dich nicht. Das macht mir wirklich Angst«, sagte sie leise.

»Das mache ich auch nicht wieder, Kleine«, schob ich direkt hinterher.

»Das will ich auch hoffen, Großer. Ich habe ja auch noch nicht viel Erfahrungen mit Trennungen aber ich habe gehört, dass ablenken immer gut hilft. Schnapp dir deinen Kumpel und unternehmt etwas. Versuch sie zu vergessen, Don. Du kennst genug andere, die es bestimmt mehr verdient haben. Ich zum Beispiel würde einen Mann nie so behandeln.«

»Da bin ich mir ziemlich sicher, Kleine. Du bist etwas Besonderes.«

»Spinner«, sagte sie und lachte herzlich.

Das war ein gutes Gefühl, welches sie mir am Telefon übermittelte. Ihr Necken und unser Kosenamenspiel heiterte mich auf. Vor vielen Monaten, als wir uns im Netz kennengelernt hatten, fing sie an, mich »Großer« zu nennen, weil sie 10 Zentimeter kleiner war. Wir telefonierten eine weitere Stunde, und Saskia hatte dabei eine beruhigende Wirkung auf mich.

Nach dem Telefonat versuchte ich direkt zu schlafen, um meinen freien Kopf nicht wieder zu belasten.

Da ich den Rest der Woche Urlaub hatte, unternahm ich viel und versuchte mich abzulenken. Ich traf mich fast je-

den Abend mit meinem besten Freund, um in einer Kneipe Billard oder Dart zu spielen.
Ein paar Tage darauf telefonierte ich wieder mit Saskia.
»Wie war es die letzten Tage?«, fragte sie.
»Auszuhalten. Nur in der Nacht brechen die Gedanken über einen herein und ich schaffe es nur schwer, einzuschlafen.«
»Das wird sich wieder legen«, sagte sie verständnisvoll.
»Wie geht es dir eigentlich?«, wollte ich wissen, um nicht die ganze Zeit über mich zu reden und etwas anderes zu hören.
»Mich plagt im Moment eine dicke Erkältung, wie du bestimmt hörst. Mit dem Abi geht es ganz gut weiter, ich muss nur viel lernen. Ich hasse das, aber was tut man nicht alles für gute Zensuren.«
»Ich bewundere dich echt für deine Disziplin beim Lernen. Ich habe das nie hinbekommen. Du setzt dir ein Ziel und ziehst es durch. Das mag ich.«
»Du bist doch ähnlich. Auch wenn es nicht beim Lernen ist. Du weißt, was du willst und hast jetzt einen guten Job.«
»Über den guten Job sprechen wir noch einmal. Es könnte sein, dass sich da in der nächsten Zeit etwas ändert.«
»Gefällt es dir dort nicht?«
»Es ist einfach langweilig, immer das Gleiche tun zu müssen. Ich brauche Abwechselung.«
»Wie in deiner Beziehung. Nichts Langweiliges, sondern etwas Aufregendes, stimmt's?«
»Genau. Aber das ist das falsche Thema. Was machen eigentlich deine Verehrer?«

»Hör mir auf damit. Mein Ex nervt und versucht mich die ganze Zeit zu überreden, weil er wieder ein Treffen will. Und sonst laufen hier keine vernünftigen Kerle herum. Ich sollte nach dem Abitur wegziehen und woanders studieren. Hier auf dem Land gibt es wohl nur Langweiler.«

Ich musste grinsen. Eigentlich waren wir gar nicht so verschieden.

»Auch du wirst den Einen finden, Kleine.«

»Genauso wie du noch deine Traumfrau finden wirst, Großer. Bloß nicht aufgeben. Sei mir nicht böse, aber ich würde mich gerne etwas auskurieren. Können uns ja texten, da brauch ich weniger Stimme.«

»Gute Besserung, wir schreiben dann gleich.«, beendete ich das Gespräch.

Unser Schreiben wurde in den nächsten Wochen noch intensiver. Saskia und ich wohnten 90 Minuten voneinander entfernt. Bislang hatten wir uns jedoch nie getroffen. Ich neckte Saskia immer damit, dass ich einfach mal vorbeikommen würde. Ihre Adresse kannte ich, weil ich ihr im Urlaub die ein oder andere Karte zugesandt hatte.

Ein paar Wochen später telefonierten wir und sprachen über die Pläne für das Wochenende. Saskia wollte mit ihren Freundinnen auf eine Hallenfete in ihrer Nähe.

»Ich komm dann auch vorbei, wenn ihr schon zu dritt seid«, warf ich ein.

Normalerweise reagierte Saskia lachend und warf mir ihr Lieblingsschimpfwort »Spinner« entgegen. Doch dieses Mal verlief das Gespräch anders.

»Wenn es dir passt, warum nicht?!«

Es vergingen Sekunden, bis ich realisierte, dass sie es dieses Mal nicht mit einem »Spinner« abgetan hatte.
»Hast du mir gerade gesagt, dass ich am Wochenende vorbeikommen darf?«
»Ich kann wohl schlecht sagen, dass du nicht zu einer öffentlichen Veranstaltung kommen darfst«, neckte sie mich.
»Aber du verbringst den Abend schon mit mir?«, fragte ich skeptisch, weil ich vermutete, dass sie mich nur aufziehen wollte.
»Nein, ich verbringe den Abend mit meinen Mädels...«
Pause.
»... und mit dir«, schob sie hinterher und lachte über ihren Scherz.
»Okay, dann komme ich«, stellte ich fest, damit es kein Zurück mehr gab.
»Ich freue mich schon, dich kennenzulernen, Großer. Aber es gibt kein Geknutsche mit mir. Nicht, dass ich noch zu einer deiner Geschichten werde. Das kannst du dir abschminken, falls du das planst. Wir zwei feiern ein wenig.«
In diesem Moment war mir das egal, denn ich freute mich hauptsächlich darüber, dass ich Saskia endlich treffen würde.
Innerlich führte die Sympathie zu ihr dazu, dass ich mich immer mehr zu ihr hingezogen fühlte. Für mich war sie nicht nur sexy, weil sie gebildet, strebsam und charmant war. Saskia war auch optisch mein Typ. Als sie in den Jahren zuvor noch jünger war, hatte ich sie nicht groß beachtet. Zuerst war sie eine gute Bekannte, dann eine gute Freundin und mittlerweile war sie mir sehr ans Herz gewachsen. Saskia hatte mir im letzten Jahr massenweise Fo-

tos geschickt. Früher war es okay, aber seit ein paar Wochen freute ich mich über jedes Foto und fragte selbst nach neuen Bildern.
Am Samstag stieg die Aufregung vor dem Date ins Unermessliche. Saskia und ich schrieben am Spätnachmittag noch SMS und ich musste feststellen, dass ich mit meiner Nervosität nicht alleine war.

»Ich bin dermaßen nervös, ich kann kaum klar denken.«
    »Da geht es dir nicht alleine so ...«
»Keine Ahnung, warum. Es ist nicht mal ein Date und trotz-dem hoffe ich, dass ich nichts Falsches mache.«
    »Das wirst du nicht. Ich möchte aber auch nichts falsch
    machen. Bekommen wir schon hin.«
»Bis später, ich muss mich nun fertigmachen«
    »Bis später! Ich hoffe, wir finden uns schnell.«

Nachdem ich mich ebenfalls geduscht und fertiggemacht hatte, fuhr ich um 21 Uhr los. Draußen war es ziemlich kühl, der Frühling bescherte uns noch keine warme Luft. Ich hatte nur ein T-Shirt an, weil ich mir sicher war, dass es in der Halle später sehr warm sein würde. Fröstelnd stieg ich ins Auto und fuhr zur Autobahn, um danach ein ganzes Stück Landstraße zu fahren. Kurz vor halb elf war ich im Dorf angekommen und so aufgeregt, wie nie zuvor. Ich parkte mein Auto auf dem Parkplatz an der Halle und wartete am Eingang, wo Saskia und ich uns um halb elf treffen wollten. Ihr Gesicht in der Menge suchend blickte ich über den ganzen Platz, bis mir vor der Halle eine Gruppe von jungen Frauen auffiel.
Dort entdeckte ich auch Saskia. Ihre langen braunen Haare, die strahlenden Augen und ihre markante Nase würde

ich überall erkennen. Ich folgte der Gruppe, die zu einer kleinen Hütte gingen, um den Eintritt zu bezahlen. Mich genau hinter Saskia stellend konnte ich mir ein Grinsen nicht verkneifen.

»Na, du auch hier«, sagte ich, als sie sich zu mir umdrehte.

»Hi...«, erwiderte sie überrascht meine Begrüßung.

Ich musterte sie und musste feststellen, dass sie real noch viel hübscher war. Sie trug ein schwarzes Oberteil und eine schwarze Jeans. Ihr Oberteil lag eng am Körper an, sodass sich ihre Brüste darunter abzeichneten. Die bereits großen Augen kamen durch die Smokey Eyes noch stärker zur Geltung, was mir fast den Atem raubte. Ihre braune Wildlederjacke hing über ihrem Arm, sie hatte diese bereits ausgezogen.

Nachdem die drei bezahlt hatten, holte ich mir ebenfalls einen Stempel und wir gingen wieder in die Kälte. An der Straße stand ein Auto, zu welchem Saskia kurz blickte.

»Ist das deine Mutter?«, fragte ich neugierig.

»Ja. Sie wollte nur schauen, ob wir reinkommen«, sagte Saskia und grinste.

Bestimmt nicht, dachte ich.

Einen Augenblick später fuhr das Auto los.

»Wir sind aber noch gar nicht drin«, sagte ich belehrend, »ich wette, sie hat gewartet, um zu schauen, ob ich auch da bin!«

»Ja, das glaube ich auch«, seufzte Saskia.

Die Freundinnen und Saskia brachten ihre Jacken weg, bevor wir in die große Halle gingen. Die Musik wummerte und die bunten Lichtkegel streiften über die tanzende Menge. Wir gingen am Rand entlang, Saskia nahm meine

Hand und zog mich hinter sich her. Ihre Freundinnen gingen vorweg. Ich bemerkte, wie aufgeregt sie war. Hier waren viele Leute, die sie kannten, aber mit mir nichts anfangen konnten. An der großen Theke angekommen, flüchteten wir in eine Ecke. Ihre Freundinnen folgten uns und ich nahm nun ihre Hand, weil sie meine losgelassen hatte.
Ich will nicht nur deine Hand halten, weil du mir den Weg zeigst, dachte ich und lächelte sie an.
Meinen Blick nicht von ihr abwendend suchte meine andere Hand ebenfalls das Gegenüber. Ich blickte Saskia direkt in die Augen, als ich sie ergriff. Saskia gefiel das überhaupt nicht, und sie schaute weg. Es schien ihr etwas unangenehm zu sein aber für mich fühlte es sich richtig an. Also ging ich einen Schritt weiter und zog sie zu mir. Unsere Blicke trafen sich wieder. Diese großen, stahlgrauen Augen fesselten mich.
»Schau mich nicht so an«, riss Saskia mich aus den Gedanken und blickte nach unten.
»Wo soll ich denn hinschauen?«, fragte ich.
»Etwa an die Decke oder lieber dort hin?«, sagte ich und schaute demonstrativ in ihren großen Ausschnitt.
Da würde ich wohl auch gern länger hineinschauen, überlegte ich.
»Nein, da auch nicht«, grummelte sie.
Ich schaute ihr wieder in die Augen und musste mir ein Grinsen verkneifen.
Kann bitte jemand die Welt anhalten? Genau jetzt! Für immer!
»Ach, man«, seufzte sie.

Ohne meinen Blick von ihr abzuwenden zog ich sie noch näher zu mir. Nun hielt ich sie in den Armen, kuschelte mich an sie und genoss diese Nähe. Sie schien zufrieden, so konnte ich sie wenigstens nicht anschauen. Mein Herz raste. Ich riskierte einen Blick und Saskia blinzelte mich an.
Was geschieht hier gerade? Wie konnte sie mich so schnell überwältigen?
Saskia kuschelte sich an meine Brust und umarmte mich noch fester, als wolle sie mich nicht mehr loslassen.
Die 10 Zentimeter Größenunterschied sind perfekt, kommentierte mein Hirn die Situation und mein Herz brachte es sofort wieder mit rasanten Schlägen zum Schweigen.
Wir standen dort eine lange Zeit, sagten kaum etwas und die Freundinnen von Saskia starrten uns nur ungläubig an. In ihren Blicken konnte man so einiges lesen.
Was macht sie da? Sie kennt den Typen doch nur aus dem Netz!
Jetzt kuscheln die hier öffentlich, gleich fangen sie noch an zu knutschen! Nehmt euch ein Zimmer!
Amüsiert, glücklich und voller Sehnsucht nach mehr, stand ich mit Saskia dort. Während wir kuschelten, schmuste ich etwas mit ihrer Wange, um ihrem Mund näher zu kommen. Aber Saskia bemerkte mein Vorhaben und zog sich zurück.
»Nein, kein Kuss!«
Ich schaute sie etwas traurig an. Das hatte ich mir doch leichter vorgestellt. Die Freundinnen hatten ihre Blicke mittlerweile auf andere Dinge konzentriert, dafür entdeckte uns ein Typ, der uns anstarrte. Er schaute mich an und musterte mich von oben bis unten, bevor er wieder ging.

»Oh nein, das ist mein Ex«, flüsterte Saskia genervt, »der hat mir gerade noch gefehlt.«

Es schien ihn jedoch sehr zu interessieren, was seine Ex dort trieb und so hielt er direkt auf uns zu und wir begrüßten uns. Ich zog Saskia erst einmal dichter zu mir und kuschelte mich an sie. Seine Augen wurden größer.

Meins!

Wenig später war er wieder verschwunden. Saskia löste sie kurz aus der Umarmung, um mit ihren Freundinnen zu sprechen. Ich konnte nur grinsen.

Mit ernstem Blick kam sie wieder zurück, schmiegte sich an mich und genoss meine Nähe. Ich fuhr mit meiner Hand durch ihre langen, braunen Haare und startete einen neuen Versuch. Wieder kam ich ihrer Wange näher...

»Ich weiß, was du willst ... gibt es aber nicht«, wehrte Saskia meinen Versuch ab.

»Wenigstens nen Bussi?«, fragte ich.

»Schau mich nicht so an, mit deinem Dackelblick«, konterte Saskia und lächelte.

»Was ihr auch immer habt, mit meinem Blick...«, protestierte ich.

Wir schmusten weiter und ich genoss es einfach, sie in den Armen halten zu dürfen. In diesem Moment war ich nach mehreren Monaten Traurigkeit unglaublich glücklich. Ein paar Minuten später tauchte jedoch wieder ihr Ex mit einem Kumpel auf.

»Ich wollte dir mal meinen Kumpel vorstellen!«

Saskia fing laut an zu lachen.

Wie verdammt süß kann diese Frau nur sein, fragte ich mich.

»Den kenn' ich doch schon!«

»Schön, und jetzt kannst du mir ja mal sagen, wer das ist!«
»Das ist Don«, sagte Saskia ernst.
»Und weiter?«
»Das geht dich nichts an«, entgegnete sie und verzog dabei keine Miene.
Die Situation war so skurril, ich hätte fast losgelacht. Ganz dreist drehte er sich zu mir und meinte:
»Don? Wie heißt du noch mal weiter? Ich hab es nicht verstanden.«
»Das geht dich nichts an«, sagte ich amüsiert und überlegte, ob ich ihm noch erklären sollte, dass es sich dabei um eine Kurzform des skandinavischen Nachnamen Dasgehtdichnixson-Anderson handelte.
Der verärgerte Blick reichte mir aus und er versuchte mit Saskia zu diskutieren, gab jedoch schnell auf und stellte sich neben uns. Saskia legte wieder ihren Kopf auf meine Brust und ich sog den Duft ihrer Haare ein. Wir schmusten weiter, ohne ihn zu beachten. Nach 10 Minuten verschwand er endlich.
Saskia atmete erleichtert auf.
Mich war sie allerdings noch nicht los und so startete ich einen letzten Versuch, mich ihren Lippen zu nähern. Ich näherte mich langsam ihrer Wange...
Saskia drehte sich zu mir, während ich erschrocken den Rückzug antrat, schaute sie mich an und gab mir einen Bussi.
Was war das denn nun? Sie hatte mich auf die Lippen geküsst? Ich wollte... egal.
Eh ich zu Ende überlegen konnte, hatte sie mir bereits den zweiten Bussi auf die Lippen gedrückt.

»Duhuu, du darfst das also?«, fragte ich empört.
»Ich kann es auch lassen«, sagte sie vergnügt.
Nicht mit mir, dachte ich und näherte mich ihr.
Ich berührte ihre sanften Lippen, die sich öffneten. Meine Zunge spielte vorsichtig mit der ihren. Sie war so zärtlich und zugleich fordernd. Wir lösten uns voneinander, und die Freude über diesen Kuss war mir ins Gesicht geschrieben.
»Da hast du deinen Kuss«, flüsterte Saskia und lächelte mich an.
Einer wird nicht reichen, dachte ich und näherte mich wieder ihren Lippen. Saskia kam mir auf halbem Weg entgegen und so küssten wir uns mehrere Minuten, mit kleinen Pausen, indem sich unsere Lippen nicht einmal ganz lösten, um sich sofort wieder zu vereinen.
In einer Pause schauten wir uns tief in die Augen. Saskias Lippen formten sich zu einem Lächeln.
»Bevor ihr wieder ne Viertelstunde knutscht, wollt ihr auch was zu trinken?«, schob sich eine ihrer Freundinnen dazwischen.
»Ein Wasser«, sagte Saskia kurz, ohne die Augen von mir zu nehmen.
»Für mich auch«, sagte ich knapp.
»Klar, zwei Wasser. Im Rausch seid ihr zwei ja schon. Saskia, du machst mich echt sprachlos. Es schauen ja nicht schon alle, wer der Typ ist«, kommentierte sie die Situation.
»Ist mir egal…«, sagte Saskia wie in Trance und küsste mich erneut.

Die Freundinnen kamen nach einigen Minuten mit den Getränken wieder und ihre Freundin tippte uns auf die Schulter.
»Halten müsst ihr schon selbst«, sagte sie scharf und drehte sich um.
Saskia und ich grinsten uns an und nahmen einen großen Schluck aus unseren Flaschen. Nachdem wir die Flaschen zur Seite gestellt hatten, lehnte sich Saskia an eine Wand und ich folgte ihr.
Ihr in die Augen schauend drückte ich Saskia gegen die Steine und wir küssten uns. Unsere Zungen spielten wieder miteinander. Meine Hand fuhr über Saskias Rücken und ihren Po. Ein paar Minuten waren schon vergangen, als sich unsere Lippen voneinander trennten.
Eine andere ihrer Freundinnen hatte ihren Freund an der Seite und beide grinsten uns an. Wir konnten nicht genug bekommen, verloren uns gleich wieder für mehrere Minuten in unseren Küssen. Ihre Vorsicht am Anfang war nun ihrer forschen, ungestümen Art gewichen. Sie ließ mich kaum noch los und ich genoss jede Minute, die viel zu schnell dahinflog.
Als wir uns voneinander trennen konnten, schaute mich Saskia ganz entsetzt an.
»Was ist los?«, fragte ich.
Sie blickte extra nicht in Richtung ihrer Freundinnen, die dort mit einem mir unbekannten Mädchen standen.
»Das ist meine Cousine...«, flüsterte Saskia. »Wenn die das gesehen hat...«
Sie seufzte.

Das Mädchen verschwand, Saskia trennte sich von mir und befragte ihre Freundinnen.

»Und?«, fragte ich neugierig als sie wieder in meine Arme zurückkehrte.

»Sie hat es gesehen!«

»Oh weh...«

»Das heißt, morgen weiß es die ganze Familie. Ist aber auch egal, dann werde ich halt das Sonntagsgespräch«, meinte Saskia gleichgültig, schaute mich an und küsste mich.

Wir genossen die Zeit, die wenigen Stunden verflogen schnell und als Saskia auf ihre Uhr schaute, mussten wir mit Erschrecken feststellen, dass es schon kurz vor 2 Uhr war. Saskia erzählte mir, dass ihre Mutter die Freundinnen abholen wollte. Enttäuscht machten wir uns auf den Weg nach draußen.

»Ich bin aber gerne für die drei Stunden hier hin gekommen«, sagte ich und gab ihr einen Kuss.

Wir gingen Hand in Hand nach draußen. Saskias Freundinnen hatten schon ihre Jacke mitgebracht und nur ich stand mit meinem T-Shirt herum und fror.

»Tut mir voll leid, dass du jetzt hier frierst«, meinte Saskia und gab mir einen langen Abschiedskuss.

»Wir schreiben später, ja?«, wollte sie bestätigt haben.

»Das werden wir, Kleine. Danke, für den schönen Abend«, verabschiedete ich mich.

Ich ging zu meinem Auto, fuhr langsam vom Platz und suchte mit meinen Blicken die Menge ab. Saskia konnte ich jedoch nicht entdecken. Von meinen Endorphinen beflügelt fuhr ich Richtung Autobahn, über die ich nach 90

Minuten wieder zu Hause eintraf. Mein Herz raste immer noch, als ich an ihre Küsse zurückdachte. Ich hatte mich verliebt.

Die Bedienung

Am Abend darauf schrieben Saskia und ich uns im Chat. Sie erzählte von ihrem Tag, davon dass sie am späten Nachmittag bereits von ihrer Mutter befragt wurde, wer denn dieser mysteriöse junge Mann gewesen sei, mit dem sie sich auf der Hallenfete so intensiv beschäftigt hatte. Saskia hatte mich früher schon mal in Gesprächen erwähnt. Als ich noch ein guter Bekannter gewesen war, gab es keine Einwände. Nun, wo wir uns etwas näher gekommen waren, gab ihre Mutter ihre Zweifel preis.
Saskia war genervt, das konnte ich spüren.
Die Gelassenheit und Freude vom Tag zuvor waren fort. Während ich versuchte, ihr den Abend und die schönen Erinnerungen ins Gedächtnis zu holen, überlegte sie, was alles nicht passen würde, um eine Beziehung darauf aufzubauen. Sie hatte dieses anscheinend am frühen Abend bereits detailliert analysiert: Die Entfernung, der Altersunterschied und die Meinung ihrer Eltern waren die wichtigsten Argumente.

Ich versuchte nach einer Stunde schreiben nicht mehr dagegen zu reden und beließ es für mehrere Tage bei der Ungewissheit.

Eine Woche später telefonierten wir und neben unseren üblichen »Wochenberichten« kamen wir auf unser Erlebnis zu sprechen.

»Der Abend war unglaublich schön. Ich war wirklich überrascht, wie gut du küsst«, sagte Saskia.

»Kann ich nur zurückgeben. Ich würde das sehr gerne wiederholen.«

»Das wird wohl vorerst nicht passieren.«

»Warum denn nicht? Wir fanden es doch beide toll«, versuchte ich zu argumentieren.

»Und wir sind gute Freunde, das will ich nicht aufs Spiel setzen. Dann kommen noch die anderen Gründe dazu. Ich möchte meinen Freund auch öfters sehen, nicht nur am Wochenende.«

»Wir können uns doch mal so treffen. Lassen wir uns einfach etwas Zeit.«

»Don, wenn wir uns treffen, werden wir uns beide nicht zurückhalten können. Das weißt du. Ich werde den Küssen nicht widerstehen können.«

»Ich halte mich zurück. Versprochen. Es wäre einfach schön, dich wiederzusehen.«

»Ich kann dir das aber nicht versprechen. Im Moment bin ich total verunsichert. Klar, würde ich dich gerne wiedersehen, aber ich habe Angst, dass unsere Freundschaft darunter leidet. Wenn wir zusammenkommen und es nicht klappt, würde es nie wieder sein wie zuvor. Unsere Freundschaft wäre zerstört.«

Saskia hatte zu viele Zweifel und so entschloss ich mich nach dem Gespräch, ihr Zeit zu geben. Mein Gefühlschaos mit Anita wollte ich ebenfalls beenden, bevor ich mich in die nächste Liebe stürzte.

Natürlich ging der Alltag weiter. Ich suchte neben meiner Arbeit nach einem Job, weil mich das stupide Ausfüllen von Bestellbögen nicht wirklich glücklich stimmte. Außerdem beschloss ich, neben der Arbeit noch eine Weiterbildung im Marketingbereich wahrzunehmen, um später meine kreativen Fähigkeiten einsetzen zu können, die mir derzeit viel zu kurz kamen.

Bei einem Essen wollte ich meine Eltern auf den neusten Stand bringen. Wir suchten uns ein Restaurant in ihrer Nähe aus und orderten einen Tisch. Es kam, was kommen musste: Die Bedienung, die zu unserem Tisch kam, ließ mich fast vom Stuhl fallen. Mir trieb es bei dem Anblick die Röte ins Gesicht und ich zog es lieber vor, mich hinter der Karte zu verstecken.

Meine Mutter schaute mich an. Nicht dass sie wüsste, was ich so alles anstellte, aber sie kannte meinen Frauengeschmack. Dieser ist durchaus sehr unterschiedlich, es gibt aber drei Typen von Frauen, die genau meinen Geschmack trafen. Eine davon war die Kellnerin. Sie hatte eine normale Figur, dunkelbraune lange Haare, ein schmales Gesicht und feste Brüste. Sie trug ein weißes geknöpftes Oberteil, einen schwarzen Rock und ihre Haare waren mit diesen großen Haarklammern nach hinten zusammengesteckt. Da die Haare so anlagen, sah die Frisur ziemlich streng aus, welche ihr hübsches Gesicht noch mehr zur Geltung brachte.

Die Servicekraft ging wieder, nachdem sie die Bestellung für unsere Getränke aufgenommen hatte. Ich saß genau auf der Ecke und konnte sehen, wie sie ihren festen Po Richtung Küche bewegte.

Ich seufzte.

»Na, du hast dir anscheinend auch schon was ausgesucht«, kommentierte meine Mutter die Situation.

»Ja«, gab ich kurz zurück und biss mir auf die Unterlippe, weil ich auf frischer Tat ertappt wurde.

»Worum geht es?«, meinte Stefan, ihr Mann, der wie üblich mit den Gedanken woanders war.

»Wir reden über die Kellnerin.«

Bitte, dachte ich nur, *sag es doch noch lauter.*

Die junge Dame kam mit den Getränken wieder, stellte sie ab und ging wieder.

»Wirklich gute Aussichten, die ich hier habe«, murmelte ich. Sie stand vor der Küche und wartete.

Unsere Blicke trafen sich. Ich schaute schnell in die Karte. Nachdem ich mein Essen ausgewählt hatte, blickte ich erneut Richtung Küche. Sie sah mich immer noch an und lächelte kurz.

Ich lächelte ebenfalls, blickte dann aber zu meinen Eltern, um nicht für noch mehr Aufmerksamkeit zu sorgen.

Ein paar Minuten später kam die Bedienung an den Tisch und wir bestellten. Was hier noch passieren sollte, konnte ich nicht erahnen! Dann kam das Essen. Die Bedienung stand wieder vor der Küche und beobachtete mich.

Ihre Blicke hörten nicht auf und irgendwann schaute sie sich um, hob zaghaft die Hand und gab mir ein Zeichen.
Es möchte dich jemand sprechen, worauf wartest du?
Ich nahm den letzten Bissen in den Mund und verschluckte mich daran fast. Schnell griff ich zu meiner Cola.
Sollte ich jetzt husten und in Richtung Klo verschwinden, das neben der Küche lag?
Ich schluckte und hustete.
»Alles klar?«, fragte meine Mutter.
»Ich weiß nicht...«
Ich hustete.
»Hab mich verschluckt ... Komm gleich wieder«, gab ich vor und stand auf.
Beide schauten sie mir ungläubig nach.
Das glauben sie dir nie, kann dir aber egal sein, dachte ich und verschwand.
Mein Weg führte mich direkt vor die Küche, meine Eltern saßen mit dem Rücken zum Eingang. Die Bedienung war in der kurzen Zeit gegangen und ich stand verloren im Türrahmen.
Wo war sie bitte jetzt?
Ich warf einen Blick hinein und stellte fest, dass es nur ein Vorraum zur Küche war. Hier lagerten Kisten voller Getränke.
Die Tür der Küche ging auf und die Kellnerin kam mit Essen heraus. Sie ging an mir vorbei und lächelte.
»Warte, ich komm gleich wieder«, sagte sie.
Eine Minute später kam sie wieder und schloss die Schwingtür, die mit einem Keil festgehalten wurde.

»Na, was schaust du denn so die ganze Zeit zu mir herüber?«

»Du schaust mich doch an. Warum hast du mich denn hergeholt?«, fragte ich.

»Ich bin übrigens Mandy. Meine Zeichen scheinst du zumindest verstanden zu haben«, sagte sie und blickte auf eine Arbeitsplatte, um mit der Fingerspitze in der Feuchtigkeit eine sechs zu zeichnen. Mit der anderen Hand schob sie ihre Haarsträhne zur Seite, die ihr ins Gesicht gefallen war.

»Ich heiße Don«, brach ich die Stille.

»...und ich scheine dir zu gefallen?«, fragte sie und warf mir einen lasziven Blick zu.

»Schon ...«, stammelte ich.

Sie kam mir einen Schritt näher.

»Auch selten, dass wir hier mal so einen süßen Typen herumlaufen haben. Meistens essen hier ja auch nur ältere Leute. Aber ich will gar nicht lange reden ...«, hauchte sie mir ins Ohr.

Jetzt ahnte ich, was sie vorhatte.

Ihr Mund näherte sich meinen Lippen.

»Kommst du mit in den Keller? Ich hätte da Lust auf etwas, wir müssen uns aber beeilen.«

Sie biss mir in die Unterlippe und lutschte daran. Völlig regungslos stand ich mit dem Rücken zur Arbeitsplatte und konnte nicht begreifen, was hier geschah.

Kleinen Moment, falscher Film! So was passiert doch nicht wirklich, spulte mein Kopf immer wieder ab, als liefe eine Schallplatte, die einen Sprung hatte.

Aber es war so: Ich war wieder einem Vamp ins Netz gegangen und nach mehreren Monaten sexueller Vereinsamung war dieses wie ein Sechser im Lotto.
»Jenny, übernimmst du mal mit. Ich mach kurz ne Pause«, rief Mandy lautstark durch den Raum und riss mich aus den Gedanken.
»Okay, aber nur 10 Minuten«, kam es aus dem Nebenraum.
»Komm!«
Mandy nahm meine Hand und zog mich die Treppe herunter in einen Raum, wo der Wein lagerte. Ich war immer noch verstört von ihrem Überfall, ließ mich jedoch nach den ersten fordernden Küssen schnell auf ihr Vorhaben ein. Während unsere Zungen miteinander spielten, tänzelten ihre Finger meinen Oberkörper herunter, um dann den Gürtel und die Knöpfe meiner Hose zu öffnen. Die Hose rutschte herunter und die Gürtelschnalle schlug geräuschvoll auf den Boden. Ihre Küsse erregten mich so sehr, dass mein Schwanz bereits sehnsüchtig auf den Freigang wartete.
»Schnell, zieh mich aus, oder kneifst du etwa?«, fragte sie, wobei sich ihre Stimme überschlug.
Mit etwas zittrigen Händen öffnete ich die Bluse, streifte sie ab und zog den BH herunter. Sie ließ sich nieder, zog meine Boxershorts herunter und nahm meinen harten Schwanz in den Mund. Ihre Hand wichste ihn zu voller Größe, bevor sie aufstand und sich auf einen Tisch neben dem Regal setzte, um ihre Beine zu spreizen.
»Los komm schon, ich will nicht erwischt werden.«

Ich rollte ein Kondom über, während sie sich abstützte und ich ihr darauf das weiße Höschen zur Seite schob, um meinen Phallus vor ihrer Liebesgrotte zu platzieren. Mandy zog mich an sich und ließ meinen Schwanz langsam in ihre Pussy eintauchen. Sie legte ihren Kopf auf meine Schultern und hauchte mir »Nimm mich feste« ins Ohr.
Sie war angenehm eng und während ich sie fickte, konnte ich nicht widerstehen, ihre festen Brüste zu kneten. Ihre dunklen Haarsträhnen fielen immer wieder in ihr Gesicht, ein Anblick, der mich noch mehr erregte. Mandy versuchte ihr Stöhnen zu unterdrücken und biss sich dabei auf die Unterlippe, was unglaublich sexy aussah. Ich umfasste ihren Po und ließ sie meine Stöße noch stärker spüren. Mandys Stöhnen wurde regelmäßiger und lauter.
»Oh, jaaa ... komm schon! Du darfst ruhig noch heftiger zustoßen«, forderte sie mich auf.
»Ich komm gleich, Süße! Mhmm, jaaaaaa...«, stöhnte ich und schaffte es nicht mehr, mich zurückzuhalten.
Mandy bekam meine lange Abstinenz zu spüren und legte erschöpft die Arme um mich, um einen Moment inne zu halten. Unsere Blicke trafen sich und hielten einander stand, bis Mandy vom Tisch rutschte, um sich anzuziehen.
»Geil, das war wirklich geil«, presste sie leise durch ihre Lippen und schaute mir dabei zu, wie ich meine Hose anzog. Sie löste ihre Haarspange, umfasste ihre Haare und ließ sie wieder von ihrer Spange festhalten.
Mit ihren großen Augen schaute sie mich an.
»Wie sehe ich aus?«, fragte sie.
»Hübsch!«
»Nein, das meine ich nicht!«

Sie knöpfte sich die Bluse wieder zu.
»So wie vorher«, sagte ich und grinste.
»Gut, hoffentlich. Jetzt aber schnell zurück. Die zehn Minuten sind um.«
Ich griff zur Türklinke. Mandy zog mich noch einmal zurück.
»Ich fand es geil mit dir!«
Sie gab mir einen Kuss.
»Danke, kann ich nur zurückgeben«, meinte ich überwältigt.
Wir gingen die Treppe herauf und ich trat den Rückweg zu meinem Platz an, um mich wortlos zu setzen.
Du musst etwas sagen, sonst wirst du gleich gefragt...
Meine Mutter schaute mich an.
Zu spät.
»Was hast du denn verschluckt, dass es so lange dauerte?«
»Nichts, ist schon wieder alles okay«, sagte ich und bemühte mich nicht zu grinsen.
»Hast du mit ihr gesprochen?«, fragte mich meine Mutter grinsend.
»Mama, bitte«, sagte ich, weil ich keine Lust auf eine Diskussion hatte.
Einmal ging man mit den Eltern zum Essen und dann passierte so etwas.
»Wie läuft es denn mit Saskia? Wird da jetzt mehr draus?«, stichelte sie. »Oder hast du jetzt die Nummer von der Bedienung? Sehen sich ja schon etwas ähnlich, die zwei.«
»Können wir das jetzt bitte lassen«, entgegnete ich genervt.
»Du hast also ihre Nummer. Wie heißt sie denn?«

»Mandy...«, sagte ich nur knapp, »... und bei Saskia passiert derzeit gar nichts. Sie will anscheinend nur Freundschaft.« Ich blickte auf mein Cola Glas.
War das so? Wollte sie nur Freundschaft? War das nur ein Ausrutscher bei der Hallenfete?
Hunderte von Gedanken schossen mir auf einmal durch den Kopf, während Mandy am Nebentisch servierte und Jenny an unserem Tisch abräumte. Ich lenkte das Gespräch zurück auf den Job. In meinem Kopf kreisten die Gedanken dennoch nur um Saskia.
Als wir das Restaurant verließen, war es bereits dunkel. Ich setzte mich in mein Auto, startete den Motor und schaltete die Scheinwerfer ein. Die Landstraße, die ich befuhr, ähnelte der, die ich vor einigen Wochen nahm, um nach dem aufregenden Date mit Saskia heimwärts zu fahren. Seit dieser Nacht war ich mir ziemlich sicher, dass sie mich glücklich machen konnte.
Warum hatte ich Saskia noch nicht konkret nach ihren Gefühlen gefragt? Hatte sie keine Gefühle für mich oder war der Grund wirklich, dass sie Angst um unsere Freundschaft hatte? Traute ich mich nicht zu fragen, weil ich die Befürchtung hatte, dass sie mir Schmerzen zufügen würde?
Aus diesem Grund beschloss ich, Saskia in den nächsten Tagen dazu zu befragen, woran ich war. Ich wollte die Wahrheit wissen. Keine Ausreden wie »der Altersunterschied und die Entfernung ist zu groß«.
Mein Auto brachte mich zurück zur Wohnung und ich fiel grübelnd ins Bett, um am nächsten Morgen wieder meinem Job nachzugehen. Wenigstens hier hatte ich eine Ent-

scheidung getroffen. Ich würde mich nach etwas Besserem umsehen und kündigen.

Ein neuer Freund

Innerhalb der nächsten Wochen wälzte ich Stellenangebote und spielte sogar mit dem Gedanken, eine Arbeit in Saskias Richtung zu suchen, um ihr räumlich näher zu sein. Mein Gespräch mit Saskia schob ich jedoch vor mir her. Wir blieben beim Freundschaftsstatus und ich fragte sie ein paar Mal, ob wir uns nicht einmal wiedersehen konnten. Sie hatte jedoch viel für ihr Abitur zu lernen und ich musste meine Vorstellungsgespräche organisieren, ohne dass mein Arbeitgeber davon etwas mitbekam.
Drei Wochen später war es soweit. Ich bekam einen Vertrag in leitender Position und dazu meine betriebliche Weiterbildung im Bereich Marketing. In einem großen Medienunternehmen hoffte ich, mich weiterentwickeln zu können, um so später auch in einem anderen Ressort unterzukommen.
An einem folgenden Abend verabredeten Saskia und ich uns nach längerer Zeit für ein Telefonat. Ich wollte ihr hauptsächlich von meinem neuen Job berichten und freute mich darauf, endlich wieder ihre Stimme zu hören. Doch für mich sollte es ebenfalls eine Überraschung geben.

»Schön mal wieder deine Stimme zu hören, Kleine.«
»Finde ich auch, Großer. Wie geht's dir?«
»Mir geht es gut. Ich habe den Vertrag unterschrieben und werde in zwei Monaten meine Stelle antreten.«
»Glückwunsch, das freut mich für dich. Ist das die Stelle in dem Medienkonzern, von der du neulich geschrieben hast?«
»Genau die«, bejahte ich.
»Die hatte doch auch ein gutes Gehalt, stimmt's?«, fragte Saskia.
»Ja, da komme ich auf jeden Fall gut mit zurecht.«
»Freut mich, dass es so gut gelaufen ist.«
»Was gibt es bei dir so Neues?«, fragte ich.
»Kämpfe mich durch das Abi. Sind aber nur noch zwei Prüfungen. Ich hasse das Lernen zwar, aber mit unseren privaten Lerngruppen ist das um einiges angenehmer. Habe jetzt auch wieder einen Freund. Das war echt witzig, weil wir uns durch die Schule schon ewig kennen. Wir sind durch unsere Lerngruppe zusammengekommen, weil wir in den gleichen Fächern Probleme hatten. Nun hat es zwischen uns gefunkt und es läuft echt gut«, erzählte sie freudig.
Stille.
Das war ein Schlag ins Gesicht.
»Don, bist du noch dran?«, fragte sie, weil ich nicht auf ihre Aussage reagierte.
»Ja, bin ich«, antwortete ich kurz, geschockt von der Neuigkeit, die Saskia für mich jetzt unerreichbar machen würde. Ich rang nach Worten.
»Alles okay, du klingst gerade so anders?«, bemerkte Saskia.

»Hm, ich dachte, wir hätten uns noch mal treffen können. Hätte dich gerne wiedergesehen«, versuchte ich vorsichtig das Gespräch in eine Richtung zu leiten.
»Don, das können wir nicht. Ich weiß ganz genau, wenn wir uns wiedersehen, würde wieder etwas passieren. Die Küsse waren einfach himmlisch und ich würde bestimmt schwach werden«, sagte sie leise.
Und warum holst du dir dann jetzt so'n Typ, fluche ich innerlich.
»Warum haben wir uns dann nicht so mal getroffen? Du weißt, wie gerne ich dich mag«, sagte ich traurig.
Es folgte das Übliche: Freundschaft, Entfernung, Altersunterschied, Wochenendbeziehung. Wir drehten uns im Kreis. Ich hörte nicht mehr genau hin, weil es sowieso nichts verändern würde. Saskia hatte nun einen Freund. Sie sprach wieder davon, dass wir uns so gut verstehen, dass sie dieses nicht aufs Spiel setzen wollte für eine gute Freundschaft.
Hatten wir diesen Fehler nicht schon längst begangen? Fange nie etwas mit der besten Freundin an, denn es wird nie wieder so sein, wie es vorher war, schoss es durch meinen Kopf. Es war bereits nichts mehr wie vorher.
Nach der Enttäuschung mit Anita und dem Glücksgefühl mit Saskia fiel ich in ein viel tieferes Loch. Mein Kumpel stand mir in der Zeit bei, um über alles zu reden. Ich wollte Saskia aus dem Kopf bekommen, denn im Augenblick würde es keine Chance für uns geben. So etwas ist jedoch umso schwerer, wenn man fast täglich mit der Person schrieb. Unsere Telefonate legten wir vorerst auf Eis. Ich wollte den Kontakt nicht abbrechen lassen. Irgendwo

schlummerte die Hoffnung, ich könnte noch eine Chance bekommen. Eine Chance, wenn Entfernung und Altersunterschied nicht mehr eine so große Rolle spielten.

Zwei Freundinnen

Das Leben ging weiter. Nachdem ich bei meinem Arbeitgeber die Kündigung eingereicht hatte und mir noch drei Wochen Urlaub zustanden, entschloss ich mich, eine Last-Minute-Reise zu buchen. Es war Sommer, ich wollte weit weg, den Kopf freibekommen und freundete mich mit dem Gedanken an, wieder Single zu sein.
Zugegeben, das Abenteuer mit Mandy hatte mir wieder etwas Lust auf neue Erfahrungen gemacht. Ich beschloss, nach den Enttäuschungen mal etwas unkompliziertere Lust und Leidenschaft zu erleben. Nichts war dafür besser geeignet als ein Single-Urlaub. Ich musste zwangsläufig Menschen kennenlernen und die Richtung würde ich schon auf das weibliche Geschlecht lenken.
Meine Entscheidung hatte ich bereits getroffen: 10 Tage Bulgarien, Sonnenstrand.
Mit dem Flieger ging es nach Burgas und von dort aus weiter zum Sonnenstrand. Das Hotel war neu, ich hatte ein wirkliches Schnäppchen geschlagen. Da ich am ersten Tag früh ankam, blieb mir noch viel Zeit.

Nachmittags ging ich zum Strand, der ungefähr 300 Meter vom Hotel entfernt lag. Es war sonnig und kaum eine Wolke am Himmel zu sehen. Das Wasser war angenehm warm und relativ klar. Ich erkundete den Strand und schaute mir ein paar Plätze an, die ich in den nächsten Tage ansteuern würde.

Am Abend besuchte ich die erste Disco. Der Eintritt lag bei einem Euro. In Deutschland bezahlte man zu jener Zeit schon fünf Euro. Ich hielt mich an diesem Abend mit dem Flirten noch zurück und beobachtete erst einmal das Geschehen. Die Tanzfläche war gut gefüllt und ich mischte mich unter das Publikum. Was ich innerhalb der ersten zwei Tage mitbekam, war, dass es viele russische Urlauber gab. Was Mallorca den Deutschen und Engländern bedeutete, war für die Russen wohl Bulgarien.

Am zweiten Tag ging ich nach dem Frühstück an den Strand, suchte mir eine freie Stelle und genoss die Sonne bei Musik und einem Buch. Am Mittag nahmen vier Bulgarinnen neben mir Platz. Sie breiteten ihre Badehandtücher unter einem Sonnenschirm aus. Ich beobachtete sie eine Weile. Dabei stellte ich fest, dass mir drei davon gefielen und startete einen Annäherungsversuch. Sie sprachen zwar kein Deutsch, aber wir konnten uns mit unserem Schulenglisch unterhalten.

Die meiste Zeit sprach ich mit Violeta und Nina. Violeta war 20, studierte Marketing im Süden Bulgariens, genauso wie ihre Freundin Nina. Nina war ein Tag zuvor 21 geworden. Sie war ziemlich süß, etwas kleiner, braun-blonde lange Haare und schlank.

Und sie war sehr, sehr schüchtern.

Trotz meiner Flirtversuche blieb sie sehr zurückhaltend. Ich gab jedoch nicht auf, und so war ich am nächsten Tag um kurz nach 12 Uhr wieder am Strand.

Zu meiner Überraschung war neben den beiden Freundinnen, die nur gebrochen Englisch sprachen, noch Nina da.

»Hello«, begrüßte ich die Drei.

»Hi«, kam es von allen zurück.

Ich legte mein Bade- und Strandtuch neben das von Nina und setzte mich zu ihr. Sie lag auf dem Bauch, den Kopf in meine Richtung gedreht und lächelte mich an.

Wirklich ziemlich süß, warum ist sie nur so schüchtern, fragte ich mich.

Sie schloss die Augen.

20 Minuten später drehte sie sich um und lag, wie ich, für einige Zeit auf dem Rücken. Zu mir schauend unterhielt sie sich auf bulgarisch mit ihren Freundinnen.

Meine Hand wanderte durch den Sand auf ihr Handtuch und strich über ihre Hand. Ihre Finger bewegten sich und umschlossen langsam die meinen.

Ich lächelte.

Siegesgewiss näherte ich mich ihr und gab ihr einen kurzen Kuss auf ihre Lippen. Sie löste sich von meiner Hand und zog meinen Kopf sanft zu ihrem, um mir einen Zungenkuss zu geben. Ihre Zunge spielte mit meiner und ich zog sie von ihrem Handtuch auf mich, und wir küssten uns weiter. Ihre Küsse waren fordernd, das hatte ich nicht erwartet.

Bei einer kurzen Pause seufzte ich nur so etwas wie »Sweetheart ...«

»Yes?«, fragte sie.

»You're so beautiful«, flüsterte ich ihr ins Ohr.
»Thanks but you told me this yesterday, too.«
Ich schaute sie kritisch an.
Meinte sie damit, ich sollte mir mal etwas Neues einfallen lassen?
Nachdenklich spielte ich mit einer ihrer Haarsträhnen und musterte dabei ihr Gesicht.
»Yes, but I don't know if you like me or if you're only shy«, kam es leise und vorsichtig von mir.
»I like you... very much«, bekam ich als Antwort und als Beweis einen Zungenkuss hinterher.
Das hat mich überzeugt, dachte ich, und ein kleines Lächeln flog über mein Gesicht.
Ich schob ein Bein an ihre Pussy und umarmte ihren braungebrannten Körper. Wir küssten uns bestimmt weitere fünfzehn Minuten. Ihre beiden Freundinnen neben uns ließ das völlig kalt.
»Would you like to go to the hotel?«, flüsterte ich ihr ins Ohr. Sie starrte mich an.
»I have to work at 3 o'clock in the restaurant.«
Ich schaute auf die Uhr.
»1 hour, 30 minutes«, flüsterte ich.
»Hmmmm ...«
Ich gab ihr noch einen Zungenkuss und setzte meinen »Hundeblick« ein. Das genügte.
»Ok! Let's go!«
Zum Abschied gab es für die Freundinnen ein paar Sätze auf bulgarisch. Wir standen auf, nahmen unsere Sachen und gingen den kurzen Weg Hand in Hand zum Hotel.

Auf dem Zimmer angekommen, schloss ich die Tür. Ich zog Nina an mich und umarmte sie, um sie zu küssen.
Sie hatte nur ein Minikleid übergezogen, darunter schimmerte ihr roter Bikini hindurch. Ich glitt mit einer Hand unter ihr Kleid, über die Schleife des Bikini Oberteils und streichelte ihren Rücken. Ihren Hals küssend näherte ich mich ihren Brüsten. Die Haut schmeckte nach Meerwasser. Nina wies mich zurück und zog ihr Kleid aus. Ich folgte ihrem Beispiel, zog meine Shorts und mein T-Shirt aus.
Ein paar Minuten später landeten wir zusammen auf dem Bett, wo es weiterging. Mein Bein streifte ihren Venushügel. Nina lag inzwischen auf mir, ich küsste ihren Hals und tastete nach der Schleife ihres Bikini Oberteils, um sie zu lösen.
Nina nahm das Oberteil und ließ es neben dem Bett auf den Boden fallen. Ich starrte auf ihre Bikinistreifen. Ihre kleinen weißen Brüste sahen perfekt aus.
»Nina, I like you so much ...«, flüsterte ich in ihr Ohr und küsste sie.
Nina saugte an meiner Zunge und ihre Hand wanderte über meinen Rücken. Ich küsste ihren Hals und näherte mich ihren Brüsten, um dann genüsslich an ihren großen braunen Nippeln zu saugen. Nina stöhnte leise auf, während ich meine Hand dazunahm und ihre Brust knetete. Ihre Hand vergrub sich in meinen Haaren.
Ein paar Minuten später drehten wir uns auf die Seite, danach lag Nina auf dem Rücken. Die Hand in meiner Badehose, wichste sie langsam meinen Schwanz.
Ich stöhnte auf, weil sie fest zugriff.

Mich hielt nun nichts mehr zurück, ich wollte sie spüren. Auf der Seite liegend löste ich die beiden Schleifen ihres Tangas.

Die Seiten ihres „Weißen Dreiecks" waren rasiert, in der Mitte zeigte mir jedoch ein breiter Streifen mit kurzen Haaren den Weg zu ihrer Pussy. Ich strich mit meinen Fingern über ihr Schamhaar, bis ich merkte, dass es feuchter wurde.

Ninas Fingernägel fuhren leicht über meinen Rücken und sie schaute mich erwartungsvoll mit ihren braunen Augen an. Ich gab ihr einen Kuss und ließ dabei ganz vorsichtig einen Finger in ihre nasse Pussy gleiten. Dann nahm ich einen zweiten Finger dazu und massierte ihre Klit.

»Dooooon ...«, hauchte sie mir ins Ohr.

Ihre Hand umschloss meinen Schwanz noch stärker.

»Come on. I'd like to feel you again, please«, stöhnte sie.

Mit zwei Fingern in sie eintauchend fingerte ich sie wieder und nahm wenig später noch den dritten dazu. Ich konnte mich kaum zurückhalten und rutschte weiter nach unten, um ihre Pussy zu kosten.

Nina entglitt mein Schwanz dabei. Vor dem Bett kniend legte ich Ninas Beine über meine Schultern, während ich sie genüsslich leckte. Mit den Fingern zog ich ihre Lippen etwas auseinander und drang mit meiner Zungenspitze in sie ein. Wie hatte ich diesen süß-bitteren Geschmack vermisst. Nina legte eine Hand auf meinen Kopf und drückte ihn an sich.

Ich schaute ihren braunen Körper hinauf, sah die weißen Stellen um ihre Brüste und das Dreieck um ihre Pussy.

Nina hielt die Augen geschlossen und biss sich leicht auf die Lippen, während ich an ihrer Perle saugte.
Nach mehreren Minuten unterbrach ich und griff zu meiner Reisetasche, um ein Kondom zu holen.
»Please, be careful...«, stöhnte Nina ziemlich erregt.
»Sure, honey«, versuchte ich sie zu beruhigen.
Ich drang vorsichtig mit meinem Schwanz in ihre nasse Lustgrotte ein. Nina stöhnte kurz auf und griff mit ihren Fingern ins Bettlaken.
»Okay?«, fragte ich leise, dabei füllte mein Schwanz schon ihre Pussy aus.
»It's okay. Come on, go on«, hauchte sie, während ich über ihr war und zog mich zu sich, um mir einen fordernden Zungenkuss zu geben.
Ich glitt aus ihrer Pussy und stieß meinen Schwanz wieder hinein. Ninas Stöhnen wurde lauter, sie griff noch fester in das Laken, während ich sie schneller fickte. Sie murmelte etwas auf bulgarisch, was ich nicht verstehen konnte.
»Turn around, baby«, forderte ich sie auf, und sie drehte sich um und hielt mir ihren süßen gebräunten Arsch entgegen.
Ich zog sie fest an mich und versenkte meinen Schwanz in ihr. Ihre Titten wippten bei jedem Stoß, den ich ihr gab. Nina griff mit ihren Fingern wieder in das weiße Stofflaken von meinem Bett. Ich umfasste ihre Oberschenkel und zog sie an mich.
»Don, oh come on.«
Ein paar Sekunden später merkte ich, wie mein Orgasmus anrollte, wie dieses Glücksgefühl mich hochpushte und sich schlagartig entlud. Ich griff unter ihre Brüste, drückte

ihren Rücken langsam an mich und liebkoste ihn mit meinen Lippen.

Ninas Stöhnen wurde leiser, sie war noch außer Atem, fing sich aber wieder. Sie drehte ihren Arm und warf einen Blick auf ihre kleine goldene Uhr.

»Oh shit. Sorry Don, I have to leave.«
»Oh noooo, a few minutes… please«, flehte ich.
»No, it's 10 minutes before 3 o' clock. Sorry, we will see us tomorrow at the beach.«

Nina zog sich hastig ihren Bikini und das Minikleid wieder an. Ich hingegen lag noch auf dem Bett und beobachtete amüsiert ihren hektischen Abgang. Sie beugte sich zu mir herunter, gab mir einen Zungenkuss und verabschiedete sich.

Nachdem sie gegangen war, beschloss ich, mich noch einmal anzuziehen und an den Strand zu gehen, um das schöne Wetter zu genießen. Dieses Mal suchte ich mir jedoch eine andere Stelle.

Am nächsten Tag suchte ich gezielt wieder den Platz von Nina und ihren Freundinnen auf. Bis auf Nina lagen alle auf ihren Badetüchern am Strand. Ich war etwas enttäuscht, weil sie doch zugesagt hatte, auch zu kommen.

Violeta kam etwas später dazu und erzählte mir von ihrer Arbeit. Sie nahm ihr Handtuch aus dem Sand und legte es neben meines.

»Do you want to come with me to the sea?« fragte sie.
Ich grinste.
Diese Frage hörte ich mindestens viermal am Tag von ihr.
Da Nina nicht da war und anscheinend die Mittagsschicht

hatte, gingen wir alleine. Violeta ging voran, ihre braunen Locken tanzten im Wind, der vom Meer in Richtung Stadt wehte.

Wir erreichten das Wasser. Eigentlich war das Wasser warm, aber Violeta gefiel das anscheinend nicht.

»It's cold«, jammerte Violeta.

Ich stand genau hinter ihr.

Wirst schon sehen, wie kalt es ist, dachte ich, tauchte meine Hände ins Wasser und umarmte Violeta von hinten.

»Aaah ... oh my god!«

Sie drehte sich zu mir um.

»You're bad guy«, schrie sie mich an und musste lachen.

Ich zog sie wieder an mich.

»Do you think, I am?«, fragte ich, um von ihr eine Bestätigung zu erhalten.

»Oh yes sure«, sagte sie und drehte sich zu mir.

Das war die Gelegenheit, mit Violeta anzubandeln, denn Nina war nicht am Strand. Ich ließ sie nicht los und schaute ihr tief in die Augen. Langsam näherte ich mich ihrem Mund und gab ihr einen kurzen Kuss.

»Mhmmm ...«, ließ sie leise verlauten.

Ich küsste sie erneut, dieses Mal vorsichtig mit Zunge. Sie umarmte mich ebenfalls und ließ ihre Zunge mit einigen Schlägen an meinen Lippen abprallen. Ihre Küsse waren viel frecher und fordernder als Ninas

»You're bad guy but your kisses are ... hmm ... very hot!«, flüsterte Violeta mir ins Ohr.

»Seven days and I will go back to Germany.«

Sie schaute mich mit einem traurigen Blick an.

»Hm, do you like to come to my hotel tonight?«, fragte ich provokant.

In Englisch fragt sich das echt viel einfacher, dachte ich, als ich es ausgesprochen hatte.

»Yes, sure. May be I go with you in the afternoon?«, fragte sie.

»Yes, we can eat something before. Do you like to?«

»Sure«, antwortete sie mir und gab mir einen Zungenkuss.

Wir verbrachten einige Zeit im Wasser und gingen dann wieder zu unserem Platz. Ihre Freundinnen waren schon weg. Wir cremten uns gegenseitig ein und legten uns noch ein wenig in die Sonne. Bevor wir den Strand verließen, gingen wir noch einmal ins Wasser. Es war kurz vor 19 Uhr und der Strand war bereits ziemlich leer.

Nachdem wir uns abgetrocknet hatten, packten wir unsere Sachen zusammen und gingen in ein Restaurant in der Nähe meines Hotels. Wir bestellten Pommes und Burger. Während wir auf das Essen warteten, schaute ich Violeta die ganze Zeit in ihre Augen.

Sie bemerkte es.

»Everything okay?«

Ich grinste.

»Yes, of course. Sorry, I like your eyes so much ...«, wich ich aus, denn eigentlich dachte ich daran, dass ich am Tag zuvor mit ihrer Freundin im Hotel war. Ich schob meine Zweifel beiseite.

Du hast Urlaub. Du darfst deinen Spaß haben. Außerdem wirst du sie nicht wiedersehen, denn sie wohnen in Bulgarien.

Als hätte sie es gehört und wäre damit einverstanden, beugte Violeta sich zu mir über den Tisch und gab mir einen

langen Kuss. Der Kellner brachte die Getränke und das Essen. Wir aßen und unterhielten uns nebenbei. Danach gingen wir in mein Hotelzimmer.
Violeta stellte ihre Tasche ab, kam zu mir und gab mir einen intensiven Zungenkuss. Ich strich mit meinen Händen über ihren Körper und öffnete ihr geknöpftes Oberteil. Violeta hob mein T-Shirt hoch und zog mich fest an sich. Ihr Oberteil war mittlerweile auf den Boden gefallen.
»Bad guy«, grinste sie und streifte mir das T-Shirt über den Kopf.
Sie riss mich an meiner Hose zu sich, drehte sich dabei etwas und stieß mich aufs Bett. Sich auf mich setzend küsste sie mich weiter. Ich ließ meine Hände durch ihre lockigen Haare fahren und hielt dabei ihren Kopf. Violeta streichelte meinen Bauch, setzte ihrer Frechheit kein Ende und begann gleich damit, mich von meiner Hose zu trennen.
Bei der Einladung hielt ich mich auch nicht mehr zurück, strich sanft mit meinen Händen über ihren Rücken und öffnete ihr Bikinioberteil. Ihre großen Nippel standen vor Geilheit ab. Violeta hatte schon halb meine Jeans aus, rutschte jetzt nach unten und vollendete ihr Werk: Ich lag nackt vor ihr.
»Mhmm, nice ...«, blinzelte sie und fing an mit einer Hand meinen Schwanz zu wichsen, bis er ganz hart war, um ihn genüsslich mit ihrer Zunge zu verwöhnen.
»And you think I'm bad?«, stöhnte ich, während sie weitermachte und meine Eichel liebkoste, meinen Schwanz dann wieder ganz in den Mund und ihn noch heftiger verwöhnte.

Wenn sie nicht auch ihr Leben genießt, weiß ich es auch nicht.

Ein paar Minuten später kam sie zu mir auf das Bett gekrochen, wobei sie aussah, als wäre eine Wildkatze auf Beutefang. Oh ja, und ich war das Opfer.

Sollte sie das nicht eigentlich sein? Egal, wir würden es beide genießen, ganz gleich, wer hier wessen Opfer war.

Ich kramte ein Kondom aus der Schublade des Nachttisches und rollte es über meinen Schwanz. Violeta schaute gebannt zu und setzte sich anschließend breitbeinig auf meinen Schwanz.

»I want to feel your big one, Don«, stöhnte sie leise und schob ihren kurzen Stoffrock etwas zur Seite.

Ich zog das Bikiniunterteil etwas aus ihrer Ritze und tastete mit meinen Fingern nach ihrer Lustgrotte. Sie war so feucht, dass ich mit meinen Fingern sofort hineinrutschte.

»Come on, bad guy«, lächelte sie.

Mein harter Schwanz rutschte in ihre Spalte und Violeta gab einen lautes Stöhnen von sich.

Sie beugte sich zu mir herunter und begann mich zu reiten. Ich zog sie an mich, wir küssten uns wild. Zwischendurch ließ ich lustvoll meine Hand auf ihren Po klatschen. Violeta trennte sich von meinen Lippen, lehnte sich etwas nach hinten und ritt meinen Schwanz mit kreisenden Bewegungen. Ihr Stöhnen wurde immer lauter.

»Mhmmm, yeaaah, yeah...«

»You're a bad girl, baby ...«, stöhnte ich völlig außer Atem.

Ihr Reiten wurde wilder und härter, ihre Titten wippten im Takt mit. Ich hielt sie mit einer Hand an der Hüfte fest und griff mit der anderen zu ihren großen Brüsten, um sie

zu kneten. Sie ergriff meine Hand und drückte sie zur Seite.
»Bad boy, we have time enough ...«, zischte sie und musste fast dabei lachen.
Durch ihre kräftigen Bewegungen spürte ich jeden Stoß und kam meinem Höhepunkt unweigerlich näher. So gerne ich es herausgezögert hätte, Violeta war mit mir schon auf die Zielgerade eingebogen. Meine Geilheit stieg ins Unermessliche bis sie eine kurze Pause einlegte und sich mit meinem Glücksgefühl vereinte, um über mich hereinzubrechen. Ich kam in ihr und Violeta ließ sich erschöpft auf meine Brust fallen.
»Wow, more... I couldn't say...«, keuchte sie außer Atem und musste sich erst einmal wieder fangen.
Ich schaute sie an und strich mit meinen Fingern durch ihre Locken, die in ihrem Gesicht lagen.
»It was wonderful, baby«, stöhnte ich, noch ein wenig außer Atem.
Wir kuschelten uns aneinander, aber nach ein paar Minuten konnte ich dann doch nicht widerstehen und schob Violeta etwas zur Seite, bis sie auf dem Rücken lag. Ich liebkoste ihre harten großen Nippel und streichelte sie von oben nach unten. Unsere Körper rochen immer noch nach der Sonnencreme vom Nachmittag. Meine Zunge wanderte zu ihrem Bauch und ich zog nun ihren Stoffrock und das Unterteil vom Bikini aus, sodass sie nackt vor mir lag. Meine Finger tauchten in ihre nasse Pussy ein und begannen sie zu ficken, erst langsam, dann heftiger.
Violeta hatte ihre Augen geschlossen und fing an zu stöhnen. Ich rutschte noch tiefer und drang langsam mit mei-

ner Zunge in sie ein, um sie zu lecken und an ihrer Klit zu lutschen. Violeta konnte sich kaum zurückhalten und ich war ebenfalls wieder so geil, dass ich ein weiteres Kondom aus der Schublade nahm.

Mit meinem Phallus stieß ich in ihre nasse Lustgrotte. Violeta lächelte mich an und griff mir an den Po, um zu zeigen, ich solle sie noch härter nehmen.

»Come on, Don. I want this nice one again«, stöhnte sie erregt.

Ich stieß zu und fickte sie härter, schneller. Violeta schloss die Augen, ihr Mund war halb offen, was besonders sexy aussah. Sie griff mit ihren Händen an den Rand der Matratze und vergrub sich darin.

»Mhmmm, yeaaaahh, give me more...«

Sie wälzte ihr Gesicht von der einen Seite zur anderen.

»Mhmm, Baby«, stöhnte ich und konnte es ein paar Minuten später nicht mehr zurückhalten. Laut stöhnend kamen wir zu zweit. Erschöpft blieben wir liegen und kuschelten etwas, bis sich Violeta ankleidete und von mir verabschiedete. In dieser Nacht blieb ich im Hotel.

Ich musste damit rechnen, dass sich Violeta und Nina über ihre Erlebnisse austauschten, also suchte ich mir in den nächsten Tagen ein anderes Fleckchen Strand, der einige 100 Meter entfernt lag. Die restlichen Tage, die ich am Strand und in den Diskotheken verbrachte, erwiesen sich als weniger erfolgreich. Ich lernte noch zwei Russinnen, eine Serbin und zwei Bulgarinnen kennen. Hier ergab sich jedoch nicht viel, außer etwas flirten und Geknutsche mit der Serbin.

Am letzten Abend traf ich noch auf eine deutsche Meute, mit der ich bis spät nachts umher zog. Die drei Männer und vier Frauen feierten mit mir zusammen in drei verschiedenen Diskotheken. Leider waren die Frauen vergeben, die ich attraktiv fand. Ich beließ es bei meinen wilden Abenteuern mit Nina und Violeta.

Am nächsten Tag fuhr der Bus zum Flughafen um kurz vor 12 Uhr ab. Die Sonne brannte und ich genoss die wenigen Minuten, bevor ich den klimatisierten Bus bestieg. Nachdem ich mir einen Platz gesucht hatte, bemerkte ich im Gang nebenan eine attraktive, junge Dame, die anscheinend mit ihrem Freund unterwegs war. Da ich nicht erkennen konnte, ob es »ihr« Freund oder nur »ein« Freund war, brach ich mein Vorhaben, sie anzusprechen, ab.

Ich war zufrieden und glücklich mit meinen beiden Erlebnissen. Dadurch war ich wieder auf den Geschmack gekommen. Für die nächste Zeit nahm ich mir vor, wieder mehr zu unternehmen, um ein paar Frauen kennenzulernen.

Zu Hause angekommen, genoss ich das Wochenende, bevor ich meine neue Stelle antrat. Die ersten Tage im neuen Unternehmen waren sehr angenehm. Anspruchsvolle Aufgaben gab es, wie immer bei einem neuen Job, noch wenig. Man lernte die Abteilungen, die Ansprechpartner und die Abläufe kennen. Um etwas für die Gesundheit zu tun, meldete ich mich im firmeneigenen Fitnessstudio an. Im Urlaub hatte ich schon bemerkt, dass die Bürojobs nicht ganz spurlos an mir vorübergegangen waren.

Als ich am letzten Arbeitstag der ersten Woche daheim eintraf und meine Nachrichten checkte, fand ich eine kurze Mitteilung von Saskia vor:

> *»Hi Don!*
> *Vielen Dank für deine Urlaubskarte. Ich hoffe, du hattest viel Sonnenschein, Spaß und konntest die Zeit genießen. Hab viel Spaß bei deiner neuer Stelle. Ich drücke dir die Daumen.*
> *Hdl, Saskia«*

Ein Messeflirt

Nach einigen Wochen in meinem neuen Job bekam ich die Gelegenheit, zusammen mit Mitarbeitern eines Tochterunternehmens die Jugendmesse in Essen zu besuchen. Das Tochterunternehmen war als Aussteller vertreten und hatte einen großen Messestand. Dieses geschah genau zur richtigen Zeit, weil sich für mich die Möglichkeit bot, eine alte Chatfreundin aus Phebeys Zeiten zu treffen. Kathi und ich wollten uns schon seit längerer Zeit Treffen.
Ein Jahr zuvor planten wir bereits ein Treffen auf der YOU, denn sie wohnte in Essen und studierte dort. Im vergangenen Jahr hatte ich Freikarten bekommen, die ich verschenkte, weil mir terminlich etwas dazwischen gekommen war. Dieses Mal musste ich jedoch selbst auf der YOU arbeiten, sodass wir uns treffen konnten.
Am Donnerstag fuhr ich zuerst nach Köln, um danach mit den Mitarbeitern nach Essen zu fahren. Wir hatten zuvor

im Hotel eingecheckt und fuhren direkt weiter zur Messe. Am späten Nachmittag kam Kathi mit ein paar Freundinnen zu unserem Stand. Wir vereinbarten, dass sie kurz vor Ende der Besuchszeit zu unserem Stand kommen und ich sie im Auto mitnehmen würde.
Es war kurz vor 19 Uhr, als Kathi wieder am Stand auftauchte, dieses Mal alleine. Sie trug ihre dunkelbraunen Haare zu einem Pferdeschwanz streng nach hinten gebunden und hatte ein enges Oberteil sowie eine blaue Jeans an.
»Hi, da bin ich wieder. Bist du soweit?«, fragte sie.
»Ja, gleich...«, antwortete ich, während ich noch ein paar Sachen zusammenräumte.
»Was machen wir denn gleich?«, fragte sie neugierig.
»Ich dachte, wir gehen essen und dann zeigst du mir noch ein wenig von der Innenstadt«, sagte ich und malte mir Bilder von meinem schon geschmiedeten Plan aus.
Erst einmal würden wir ins Hotel fahren und meine Sachen wegbringen. Ich schaute sie an. Klar, sie war absolut mein Beuteschema. Das war mir bereits vorher klar. Trotzdem musterte ich sie intensiv und genoss es. Ihre großen schwarzen Augen kreuzten meinen Blick.
»Warte, ich sag gerade noch Bescheid«, brachte ich schnell heraus, um mich aus der peinlichen Situation zu befreien.
Sie hat sowieso schon bemerkt, dass du sie mit den Augen ausgezogen hast, setzte mein Kopf nach.
»Okay«, kam es kurz von ihr zurück.
Ich ging kurz über den Messestand und verabschiedete mich. Dann gingen wir durch die menschenleeren und zugemüllten Hallen zum Ausgang.

»Und? War es lustig?«, fragte ich, während wir zum Parkplatz gingen.
»Ja, war schon ziemlich interessant.«
Auf der Fahrt zum Hotel erzählten wir uns, was wir bereits auf der YOU erlebt hatten. Ich hielt vor dem Hotel und wollte aussteigen. Kathi blieb sitzen.
»Kommst du mit«, fragte ich, »wir gehen gleich doch eh in der Stadt essen, oder?!«
»Okay ...«, sagte sie misstrauisch, als wüsste sie, dass ich etwas geplant hatte.
Sie stieg aus. Ich holte mir an der Rezeption den Schlüssel, während Kathi auf dem Flur wartete.
»Du brauchst hier nicht zu warten, komm doch mit«, bat ich sie auf mein Zimmer.
Sie stand ganz schüchtern da und schaute mich mit ihren großen braunen Augen an. Ich umfasste ihre Hand und nahm sie einfach mit.
Ob ihr das komisch vorkam? Bestimmt.
Aber sie war so schüchtern, dass mein Interesse nur umso größer war, sie zu erobern.
»Ich will doch nur meine Sachen hochbringen«, zwinkerte ich ihr ermutigend zu.
»Ja, ja, ich kenne dich doch! Wer weiß, was du schon wieder planst, Don?!«, sagte sie.
Sie ahnte es, ließ sich aber trotzdem darauf ein.
Ich musste grinsen. Oben angekommen, schloss ich die Tür auf und wir betraten das Zimmer. Die Tür fiel hinter uns ins Schloss und ich legte meinen Rucksack auf den Stuhl neben dem Bett. Kathi stand mitten im Raum.
Ob sie wirklich denkt, dass ich frech werde, fragte ich mich.

Ich trat vor sie und schaute ihr in die Augen.
»Und nun?«, fragte ich, als hätte ich gar keine Ahnung von dem, was wir eigentlich machen wollten.
»Wir wollten doch etwas essen«, sagte sie und kniff die Augen zusammen. »Du willst mich jawohl jetzt nicht hier verführen, damit es eine neue Geschichte gibt?«, fragte sie schnippisch, ließ danach aber ein Lächeln über ihre Lippen huschen.
»Weiß ich nicht«, gab ich vor und schaute ihr tief in die Augen, während ich einen Schritt auf sie zuging.
Ich war in Reichweite ihrer Lippen, beugte mich nach vorne und erwartete eigentlich lauten Protest. Stattdessen berührten sich unsere Lippen und vollendeten einen kurzen, sanften Kuss. Für Kathi schien es doch überraschend, denn sie sah etwas schockiert aus. Das sah aber so süß aus, dass ich sie an mich zog, umarmte und sie gleich noch einmal küsste.
»Hey«, flüsterte ich, »so schlimm mit mir?«
»Nein, nur ungewohnt, weil es so schnell geht«, sagte sie leise.
Ich strich ihr mit meinen Fingern ihre dunklen Haare aus dem Gesicht.
»Du bist echt süß...«, setzte ich an.
Sie schaute mich gespannt an. Erneut berührte ich ihre zarten Lippen und spielte mit der Zunge an diesen. Sie erwiderte den Kuss und unsere Zungen ließen dies zu einem innigen Kuss wachsen. Nach ein paar Minuten drängte ich sie sanft auf das Bett.
»Don, ich weiß nicht«, flüsterte sie und verdrehte dabei die Augen.

Ich fuhr durch ihr langes Haar und strich über ihr Gesicht.
»Du brauchst keine Angst zu haben«, versuchte ich sie zu beruhigen, im Wissen, dass Kathi schüchtern war und noch wenig Erfahrung mit Männern hatte.
Erneut küsste ich sie, hob sie auf mich und umarmte sie. Sie hätte jederzeit aufstehen können, um zu gehen. Meine Küsse schienen sie jedoch zu fesseln, denn ihre Zunge wurde immer fordernder. Nach ein paar Minuten wanderten meine Hände zur Vorderseite ihres Tops. Ich strich über ihre kleinen Brüste und begann damit, das Top auszuziehen. Die Haken des schwarzen BHs lösend eroberte ich ein weiteres Stück ihres Körpers.
»Das glaube ich einfach nicht, Don«, protestierte sie und konnte anscheinend selbst nicht begreifen, dass sie diese Eroberung zuließ.
»Warum denn«, fragte ich unschuldig, »ist doch sehr schön hier und wir haben unsere Ruhe.«
»Ja«, stimmte sie leise zu und küsste mich, um ihre Zweifel zu verdrängen.
Ihre kleinen apfelförmigen Brüste sahen zum Anbeißen aus und ihre Brustwarzen standen vor Erregung ab. Wir drehten uns und sie zog mein Oberteil aus, während ich mich an ihrer Hose vergriff. Ein paar Minuten später lagen wir nur mit Höschen und Boxershorts auf dem Bett und küssten uns.
»Kathi, du bist so süß«, raunte ich und spielte mit meiner Zungenspitze an ihren harten Nippeln.
Meine Hand wanderte zu ihrem Höschen und wollte ihren Venushügel ertasten. Kahti griff zu meiner Hand.
»Nein, nicht so schnell«, bekam ich zu hören.

Ich gab einen leisen Seufzer ab, war ich doch gespannt darauf, ihr rasierte Vulva zu erkunden. Dass sie rasiert war, hatte sie mir schon mal beim »Dirtytalk« im Chat erzählt. Aber auch da war sie damals zurückhaltend. Es war also meine Aufgabe, in die Offensive zu gehen.
Ich küsste Kathi sanft und schaute sie dabei mit großen Augen an.
»Kann ja sein, dass das bei den anderen klappt Don, aber da musst du dir schon mehr Mühe geben«, sagte sie, mit einem Hauch Ironie in der Stimme.
Mein Magen knurrte.
Oh nein, nicht das jetzt auch noch, dachte ich.
»Don, ich glaub', wir sollten doch lieber Essen gehen.«
»Das find' ich nicht, Süße«, kam es von mir, wie aus der Pistole geschossen und umarmte sie, als sie bereits aufstehen wollte.
Ich werde dich nicht gehen lassen, nicht so kurz vor meiner Eroberung.
Ihr einen langen Zungenkuss gebend schob ich ein Bein zwischen ihre, um damit in ihren Schritt vorzudringen. Sie ließ ihre Händen über meinen Oberkörper fahren und umarmte mich.
Komisch, das funktioniert immer, dachte ich und musste innerlich grinsen.
Nach einiger Zeit vergriff ich mich wieder an ihrem Höschen, welches bereits feucht war. Mit meinen Fingern ertastete ich ihren Schlitz und drang in sie ein, um sie zu fingern.
Kathi stöhnte kaum hörbar. Ich nahm noch einen Finger dazu und ihr Stöhnen wurde lauter. Ihren Atem an mei-

nem Ohr spürend ließ ich meine Finger hinein- und hinausgleiten. Kathi atmete schneller und lauter. Das Höschen rutschte immer weiter hinab und ich streifte es von ihren Beinen. Ihren Körper mit Küssen bedeckend wanderte ich langsam Richtung Bauchnabel und ihres Paradieses. Kathi schloss die Augen, als ich anfing, mit meiner Zungenspitze über ihren Schlitz zu lecken. Ihr Stöhnen wurde lauter und zwischendurch blickte sie blinzelnd zu mir herunter.
»Mhmm, komm mal hoch, Don«, forderte sie mich auf.
Ich kroch zu ihr hinauf und bekam einen langen Zungenkuss. Die Hand zu meinem Schwanz führend zeigte ich ihr, dass sie nun an der Reihe war. Sie überlegte nicht lange, umschloss ihn mit ihren Fingern und begann zu wichsen, während sie mich dabei beobachtete.
»Hast du Lust?«, fragte ich vorsichtig.
Als Antwort bekam ich einen kurzen Kuss. Ich griff zur Seite und holte ein Kondom aus der Hosentasche meiner Jeans, packte es aus und rollte es über meinen harten Ständer. Kathi spreizte die Beine, sodass ich in sie eindringen konnte.
»Ooooar, warte«, stöhnte Kathi.
»Alles okay?«, fragte ich.
»Ja, geht schon Don, mach ruhig weiter! Ist bloß ziemlich ungewohnt«, entgegnete sie und lächelte.
Ich drang bis zum Anschlag in sie ein und begann, sie behutsam zu stoßen. Kathi stöhnte leise, während ich wieder in sie hineinglitt.
»Du bist so süß, wenn du stöhnst«, flüsterte ich ihr ins Ohr, während ich mit meinem Phallus immer schneller zustieß.

»Don... oaar, nicht so heftig... bitte«, flehte sie.
Ich wurde wieder langsamer.
»So ist es besser«, lächelte sie.
Mit diesem ruhigen Rhythmus und der Enge ihrer Pussy dauerte es nicht lange und ich war kurz vor meinem Orgasmus.
»Süße, ich komme gleich«, rief ich.
Wenige Sekunden später überrollte mich eine Welle voller Endorphinen und ließ mich in ihr kommen. Kathi hielt mich fest und gab mir einen zärtlichen Zungenkuss. Ihre Finger fuhren sanft durch meine Haare. Unsere Lippen lösten sich voneinander und ich blickte in ihre großen Augen.
»Jetzt weiß ich, wie du es schaffst, dass Frau dir verfällt«, sagte sie leise.
Ich lächelte.
Mein Magen gab wieder Geräusche von sich.
»Nun gehen wir aber, sonst verhungerst du noch«, sagte sie und musste selbst bei der Aussage kichern.
Wir standen auf und zogen uns unsere Sachen an. Dann verließen wir zusammen das Hotel und gingen in die Fußgängerzone der Innenstadt, um etwas zu essen.
»Worauf hast du denn Lust?«, fragte Kathi.
Eigentlich noch mal auf dich, lag es mir auf der Zunge. Ich biss mir auf die Zungenspitze und verkniff mir die Bemerkung.
»Wie wäre es mit italienisch?«, fragte ich.
»Dann müssen wir aber ein klein wenig laufen«, sagte Kathi und warf mir einen Blick zu.
»Ist okay«, entgegnete ich gleichgültig.

»Nicht, dass ich dich noch hintragen muss, weil du schlapp machst«, witzelte sie und drückte mir ihren Zeigefinger in die Seite.

Der Sex scheint ihr ja gut zu tun, dachte ich und grunzte laut.

Ich nahm sie in den Arm, um sie vor weiteren Dummheiten zu bewahren. So gingen wir die Straße entlang, bis wir beim Italiener eintrafen. Wir beschlossen draußen zu essen, weil es noch warm war. Nach dem Essen verirrten wir uns kurz in einer Cocktailbar, in der ich nach unserem zweiten Cocktail versuchte, Kathi zu überreden, wieder mit ins Hotel zu kommen.

»Sei mir nicht böse, ich möchte nach Hause. Und das Hotel ist in der entgegengesetzten Richtung«, sagte sie und setzte einen traurigen Blick auf.

»Dann komme ich mit zu dir.«

»Nein, das müssen meine Eltern nicht erleben«, sagte sie lachend.

Wir trennten uns vor der Bar, Kathi ging in Richtung U-Bahn-Station und ich zurück zum Hotel.

Die Anhalterin

Nach der Messe ging ich wieder meinem normalen Job nach, in dem ich mich nach der Einarbeitung gut eingefunden hatte. An den Wochenenden unternahm ich etwas mit meinen Freunden. Nach dem Bulgarien-Urlaub war ich auf den Geschmack gekommen und feierte mit ihnen in den Diskotheken unserer Region. In der Zeit, die ich mit Anita verbrachte, war ich meistens am Wochenende am Chatten oder ich telefonierte abends mit ihr.

An den ersten Wochenenden pausierte ich mit dem Flirten. Ich genoss es einfach, mit den Freunden unterwegs zu sein. Zugegeben, ich dachte immer wieder an Saskia, denn schließlich chatteten wir regelmäßig. Mittlerweile war sie aber so fest mit ihrem Freund zusammen, dass ich die Hoffnung auf eine Chance begraben hatte und versuchte, mein Leben zu leben. Trotzdem trug ich ihr Foto im Portemonnaie.

Nun fragt ihr euch, warum trage ich ein Foto mit mir herum, obwohl wir gar nicht zusammen waren und die Hoffnung angeblich aufgegeben hatte? Leider kann ich euch auf diese Frage keine Antwort geben. Vermutlich wollte ich nur, dass sie immer bei mir war.

Es war ungefähr drei Wochen nach der Messe. Der Freitag war ein warmer Spätsommertag und wir beschlossen, feiern zu gehen. An diesem Abend war ich der Fahrer. Wir waren bis frühmorgens in der Disco und ich hatte meinen letzten

Beifahrer zu Hause abgeliefert. Es waren nur noch wenige Kilometer bis ich das Auto in der Garage parken konnte und in mein Bett fallen würde.

Gedankenversunken fuhr ich in die nächste Kurve. Nach dieser Kurve lagen auf der linken Seite die Tennishalle und der Sportplatz.

Im Vorbeifahren bemerkte ich eine Gruppe von Leuten und eine junge Dame, die auf die Straße sprang und winkte. Geschockt schaffte ich es nicht einmal, die Bremse zu treten und war in dieser Zeit bereits 100 Meter weitergefahren.

Was hatte das zu bedeuten? Gab es ein Problem? Nicht, dass dort jemand eine Verletzung hatte oder gar etwas Schlimmeres vorgefallen war?

Ich entschied, nach der nächsten Kurve in den Feldweg abzubiegen und zu wenden.

Als ich langsam an der Stelle vorbeifuhr, sprang die gleiche Dame wieder auf die Straße und winkte. Ich bog in die Einfahrt ein und erkannte im Scheinwerferlicht, wen ich fast umgefahren hätte.

Sie hatte lange gelockte, hellbraune Haare und betrachtete blinzelnd das Auto.

Wäre schade darum gewesen, kommentierte mein Hirn sarkastisch diese Situation.

»Dann wollen wir mal schauen, was es bei euch für ein Problem gibt«, murmelte ich vor mich hin und lenkte das Auto zur Seite.

Ich senkte die Scheibe der Beifahrertür. Sie schaute hinein.

»Na, alles klar bei euch?«, fragte ich locker.

»Ach, du bist das«, rief sie nur aus, »Du bist doch vorhin schon vorbeigefahren!«

»Jaha«, stimmte ich zu, »Aber so wie du nach Aufmerksamkeit gesucht hast, habe ich gedacht, es wäre schlau, einmal zu schauen, ob alles okay ist. Nicht das hier einer stirbt…«

Sie musste lachen.

»Nein, es ist alles okay. Wir waren hier auf einer Party und warten schon seit 'ner Stunde auf unser Privattaxi. Wir hatten vor einer Viertelstunde noch einmal angerufen. Darf ich mich zu dir setzen?«, lallte sie.

Du hast was getrunken, Mädel. Aber dein Kopf ist ja eh schon drin, was soll es, dachte ich.

»Dann komm man rein. Ich fahre weiter auf den Parkplatz, sonst fährt mir euer Taxi gleich noch ins Auto.«

Sie nahm den Kopf aus dem Wagen, wollte den Griff der Beifahrertür fassen, rutschte ab, torkelte und setzte sich mit ihrem Hintern direkt auf den Grünstreifen.

»Hupps«, kommentierte sie die Situation und fing an zu kichern.

Entweder du schließt jetzt das Fenster und fährst einfach oder du nimmst die Challange an und hast heute Nacht noch Spaß, meinte mir mein Kopf sagen zu müssen.

Ich war zwar müde, jedoch war das letzte Date schon etwas her und sie war ziemlich hübsch.

Das ist arm, sie ist betrunken und leicht zu haben. So etwas machst du sonst nicht. Stimmt. Aber betrunkene Frauen haben auch keine Hemmungen mehr.

In der Zwischenzeit hatte die junge Dame sich aufgerappelt und den Griff der Tür gefunden. Sie hatte gewonnen.

»Ich bin Sonja! Und wie heißt du?«, fragte sie, während sie auf dem Sitz Platz nahm.
»Don«, antwortete ich kurz.
Ich stellte das Auto auf dem Parkplatz ab, und Sonjas Freunde kamen zum Auto.
»Das ist Don, er hat sich Sorgen um mich gemacht«, rief sie triumphierend in die Menge und fing an zu kichern.
»Wir machen uns schon seit drei Stunden Sorgen um dich«, rief ein Typ zurück und grölte so laut, dass ich es sogar hören konnte.
»Wo müsst ihr denn hin?«, fragte ich.
»Zwei Dörfer weiter«, meinte sie, und ihren Alkoholpegel konnte ich nun auch mit der Nase wahrnehmen.
Sie blickte mich an.
»Alsooooooo, ich würde mich auch gern von diiir nach Hause bringen lassen, so ist das nicht«, lallte sie und schaute mich mit ihren geschminkten grünen Augen an.
»Wäre mir auch ganz lieb«, sagte ich und lächelte.
Sie grinste.
»Wir verstehen uns. Du bischt süüß.«
»Aber ich weiß nicht, was die anderen sagen«, meinte ich und war in Sorge, dass sie Sonja nicht einfach gehen lassen würden.
Sie kam mir immer näher.
»Wo warst du denn eigentlich?«
»In der Disco …«
»Und du wohnst hier in der Nähe?«, fragte sie.
»Ja, ein paar Kilometer weiter, in der Stadt.«
In diesem Moment kam das »Taxi« um die Ecke und fuhr auf den Parkplatz.

Ich schaute sie gespannt an.
»Tja, dann muss ich jetzt wohl.«
Sie schaute mich mit dem Hundeblick an.
Ihr Gesicht war echt süß. Sie hatte wunderschöne Augen und war dezent geschminkt.
»Wie wäre es denn, wenn ich dich doch nach Hause bringe?«, fragte ich.
Ich überlegte.
Warum sie jetzt gehen lassen?
Ich sagte ihr, ihre Freunde könnten sie ja in einer halben Stunde auf dem Handy anrufen und sonst hätten sie immer noch mein Kennzeichen.
»Okay, du hast recht. Hätte ich dich heute Abend in der Disco kennengelernt, hätte ich auch nichts von dir gewusst! Ich sage mal eben Bescheid.«
Ich stieg aus dem Auto, während Sonja zu ihren Freunden ging, um ihnen das Angebot vorzutragen.
Da wird nichts mehr schiefgehen, dachte ich.
Sonja kam mir entgegen, und das Taxi fuhr los. Ich lächelte, wusste ich doch, dass ich nun gewonnen hatte. Sie stolperte mir direkt in die Arme.
»Tut mir leid, ich bin wirklich betrunken«, sagte sie und schaute mich mit einem lasziven Blick an.
Wir gingen zurück zum Auto, und sie lehnte sich daran, um nicht das Gleichgewicht zu verlieren. Ich hielt sie fest in den Armen und ohne lange zu reden, näherten sich ihre vollen Lippen den meinen. Ihr zaghaftes Entgegenkommen beendete ich mit einem stürmischen Angriff. Ab diesem Zeitpunkt war das dünne Eis ganz und gar gebrochen. Sonja ließ nicht mehr von mir ab. Ihre Hand griff zu mei-

nem Po und zog mich an sich. Durch die Zungenküsse hatte sie mich schon gewonnen und mein Phallus drückte sich gegen die Hose.

»Hm, ich glaube, nach Hause müssen wir nicht. Komm mit.«

Sie nahm meine Hand und wir gingen auf den Fußballplatz, der keine 20 Meter entfernt war und setzten uns ins Trainerhäuschen. Dort dauerte es keine zwei Minuten, dass wir weiter übereinander herfielen. Sonjas Zungenküsse machten mich total geil und ich konnte nicht mehr von ihr ablassen. Meine Hand vergrub sich unter ihrem T-Shirt.

Ein paar Minuten später saß sie auf der Bank und hatte nur noch ihr Höschen und den BH an, als sie meine Jeans öffnete und herunterzog. Die Boxershorts musste als nächstes weichen. Sonja sank vor mir auf die Knie, um meinen Schwanz mit ihrem Mund zu verwöhnen. Langsam strich sie mit ihrer Zunge über meine Eichel und trieb mich mit ihren Zungenschlägen nur noch mehr in die Besinnungslosigkeit.

Ich zog ihr derweil den Sport-BH nach oben und ließ meine Finger über ihre weichen Brüste wandern, um sie zu kneten. Sie schaute mich mit großen Augen und voller Erwartung an. Als nächstes fiel das letzte Teil ihrer Unterwäsche und rutschte behutsam ihre Beine hinab. Ihre Vulva war glatt und rasiert, so wie es mir gefiel. Ihren Po hebend legte ich ihre Beine über meine Schultern.

»Was machst du da?«, fragte sie verdutzt.

Ich fuhr mit meiner Zungenspitze über ihren Schlitz.

»Magst du das nicht?«

»Doch. Mach bloß weiter«, stöhnte sie, als sie bemerkte, was ich tat.
Ich nahm meine Finger zu Hilfe und zog ihre glatten Schamlippen auseinander. Mit meiner Zunge drang ich in ihre feuchte Lustgrotte ein. Es war Wind aufgekommen, der sehr sanft über die Haut strich und mir eine Gänsehaut einbrachte.
Sonjas Stöhnen wurde lauter.
»Oh Don, nimm mich endlich!«
Nein, nein, nein, dachte ich, *da musst du noch ein bisschen warten.*
Mit meiner Zungenspitze über ihre Vulva kreisend nahm ich ihren süß-bitteren Saft auf, um dann Richtung Kitzler zu wandern.
»Dooon, ich will dich! Das ist echt nicht zum Aushalten«, stöhnte Sonja im Rausch des Alkohols. Sie war dabei nicht gerade leise.
Aber das erregte mich noch mehr. Sie wollte nicht warten und es war schön, sie so zu sehen, wie sie fast besinnungslos wurde. Mein Schwanz war hart und ich wollte sie auch – unbedingt.
Sonja kam hoch, sah mich streng mit weit aufgerissenen Augen an.
»Fick mich jetzt endlich – oder hau ab«, fauchte sie mich an.
Böse Mieze, dachte ich nur und kramte hastig nach einem Kondom, um es überzuziehen.
Ich stieß mit meinem Phallus in ihre Pussy. Sonja verdrehte die Augen und schrie laut auf, da stieß ich erneut zu.
Du willst es doch so …

Mit gleichem Rhythmus verwöhnte ihre Liebesgrotte. Ihr lautes Stöhnen beschallte das Spielfeld.

»Ohhh, jaaa, mmmhmm!«

Ich stützte mich mit den Händen auf der Bank ab und nahm sie noch härter. Stöhnend hielt sie sich mit den Händen an den Kanten der Bank fest und wirkte bei jedem der Stöße dagegen. Ich bemerkte, wie ich langsam zum Höhepunkt gelangte. Laut keuchend kam ich über ihr. Sonja schaute mich etwas verwirrt an.

Ich lächelte zufrieden.

»Oh man, das war echt wild, aber leider sehr kurz«, flüsterte Sonja mir ins Ohr.

»Fand ich auch. Es war echt geil!«, sagte ich außer Atem.

»Tut mir leid, dass ich vorhin so frech zu dir war. Wenn ich richtig geil bin, geht es mit mir manchmal durch!«

Und wie. Besonders, wenn du betrunken bist.

Ich wollte etwas sagen, doch dann hörte ich Schritte. Man sah einen Schatten, der von hinten auf das Trainerhäuschen zukam. Wir nahmen unsere Sachen unter die Arme und suchten uns in einer dunklen Ecke einen Platz.

Auf dieser Seite schien das Licht vom Parkplatz nicht. Wir hörten eine fremde Stimme rufen.

»Ist da wer?«

Ich musste mich beherrschen, nicht zu lachen, aber das Grinsen konnte ich mir nicht verkneifen.

»Das kommt davon, weil du so laut gestöhnt hast«, flüsterte ich und kniff ihr in den Oberschenkel.

»Aua! Danke. Sag nur noch, dir hat es nicht gefallen.«

»Doch«, sagte ich und küsste sie. Der Schatten entfernte sich.
»Jetzt aber schnell anziehen und zum Auto.«
Das Auto.
»Hoffentlich schaut der Kerl sich jetzt nicht mein Auto an«, meinte ich, während wir uns ankleideten.
»Ach, was«, meinte Sonja, die sich gerade versuchte, ihre Hose im Stehen anzuziehen. »Haaaalt mich, halt mich!«
Sie stand hüpfend auf einem Bein und war kurz davor umzufallen, als ich ihr unter die Arme greifen konnte, um sie zu stützen.
Wir warteten zehn Minuten ab und gingen zum Auto. Es war niemand zu sehen. Als wir vom Parkplatz fuhren, atmete ich tief durch. Sonja rief ihre Freundin an und erzählte ihr, dass sie nun auf dem Weg nach Hause sei.
Nachdem ich sie abgesetzt hatte, machte ich mich auf den Heimweg, um erschöpft ins Bett zu fallen.
Ein wirklich aufregendes Abenteuer, davon brauche ich mehr. Ich sollte einfach ein Arschloch werden. Ich habe meinen Spaß und brauche mir um Gefühle gar keine Gedanken zu machen. Ich erzähle den Frauen noch eine kleine Geschichte und werde meinen Spaß haben. Das ist einfach und unkompliziert. Kein Liebeskummer mehr, der mich herunterzieht. Das heute war perfekt.
Mit diesem Plan im Kopf schlief ich ein.

Die Arschloch-Theorie

Die Arschloch-Theorie besagt: "Sei ein Arschloch und die Frauen rennen dir die Schlafzimmertür ein."

»Die Arschloch-Theorie kann mich mal«
[www.fanfarella.at – 17. Mai 2011]

»Wenn du zum Arschloch wirst, will ich nichts mehr mit dir zu tun haben«, schrieb mir Saskia, nachdem ich ihr von meinem Plan berichtet hatte. »Das ist ein total idiotischer Vorsatz von dir. Glaubst du wirklich, dadurch wird alles besser? Meinst du, damit wirst du glücklich?«
Saskia war von 0 auf 100 in drei Sekunden. So etwas kannte ich von ihr gar nicht.
Nachdem sie sich etwas beruhigt hatte, erzählte ich, dass drei Freunde und ich nächstes Wochenende wieder losziehen wollten und zeigte ihr ein Foto von uns aus der vergangenen Woche.
»Der in der Mitte sieht ja ganz hübsch aus.«
»Lustig, der hat nämlich vier Frauen gleichzeitig und ist wohl das Arschloch bei uns.«
Außer ein »Uuuh« kam nichts mehr von Saskia.
»Du bestätigst doch nur mein Vorhaben«, tippte ich.
»Wieso?«
»Bist du nett, bist du immer nur der gute Freund oder wirst verarscht.«

»Und bist du 'nen Arschloch bekommst du nur Schlampen. Und mich verlierst du als Freundin. Außerdem wirst du es eh nicht schaffen, deine komplette Persönlichkeit zu ändern. Gute Männer bleiben gute Männer, Arschlöcher bleiben Arschlöcher.«
»Wenn du das meinst«, ruderte ich zurück.
»Außerdem: Deine Internetseite und das was du z. B. mit den Mädels im Urlaub angestellt hast, würde ich nicht als brav bezeichnen. Ich habe das schon gesehen, Großer. Wenn ich dich nicht kennen würde, hätte ich kein gesteigertes Interesse daran, etwas über dich zu erfahren. Aber ich kenne dich. Bleib wie du bist und lass den Quatsch.«
Damit hatte Saskia mir erst einmal den Kopf gewaschen. Eines wusste ich trotzdem: Ich würde nicht so einfach wieder in eine Beziehung schlittern. Die Frau, die es das nächste Mal ernst meinte, die würde um mich kämpfen müssen.
Soviel zur Theorie.
Natürlich verrennt sich das Herz viel zu schnell, schlägt Purzelbäume den Berg herunter und klatscht mit voller Wucht gegen einen Baumstamm. Aber dazu erzähle ich dir später mehr.
Ich wollte mein Leben unkompliziert genießen und die letzten Erlebnisse erinnerten mich daran, wie angenehm die Zeit damals war – ohne Verpflichtung und auf der stetigen Jagd nach mehr Erlebnissen. Sobald ich eine Frau zu nah an mich heranließ, wurde ich enttäuscht. Also hielt ich sie auf Abstand.

3 Girls – 2 Boys

Ein paar Wochen später war Halloween. Ich war mit den zwei genannten Freunden und einigen anderen Bekannten aus der Stadt und der Uni wieder in unserer Lieblingsdiskothek. In den letzten Monaten waren wir fast jedes Wochenende zum Feiern dort.

In der Disco war alles halloweenmäßig geschmückt, was uns bereits im Eingangsbereich nervte, weil irgendwelche Amateure in Kostümen die Besucher erschrecken sollten. Dazu kam noch, dass es an diesem Abend ziemlich voll war.

Wir schoben uns durch die Gänge in die Haupthalle. An der Theke hinter dem DJ-Pult bestellten wir, wie üblich, als erstes etwas zu trinken und schauten uns um. Ein paar Minuten später setzten wir unseren Rundgang fort, gingen durch den Clubbereich und landeten im kleinsten Raum, in welchem Schlager und Rock gespielt wurde. Dort standen wir an der Theke, tranken etwas und unterhielten uns.

Nach einer halben Stunde bemerkten wir zwei junge Damen neben meinem »Macho-Kumpel« Stefan. Robert und ich scherzten herum, wie schnell unser Freund es dieses Mal schaffen würde, eine der Damen abzuschleppen. Er hatte ja noch nicht genug »Freundinnen«.

Ich musterte die Damen. Die eine hatte blonde lange Haare und eine etwas fülligere Figur, die andere rotbraune, lockige, lange Haare und eine schlanke Figur. Die blonde

Dame unterhielt sich interessiert mit Stefan, während das Mädel mit den rotbraunen Haaren offensichtlich einen Blick auf Robert geworfen hatte. Wir beide schauten uns an.

»Ich glaube, die findet dich gut«, meinte ich zu ihm.

»Also ich weiß nicht ...«, entgegnete er etwas skeptisch.

Robert war ein sehr schüchterner Typ. Er suchte sich normalerweise seine Frauen ganz genau aus. Aber wir wollten das ganze Thema künftig ja lockerer angehen ...

Eine weitere Blondine mit normaler Figur und einem netten Top, wo mein Blick gleich ins Dekolleté fiel, stellte sich neben die beiden.

Nicht schlecht, dachte ich und musterte sie intensiver.

Die würde mich wohl interessieren.

Sollte Stefan ruhig bei seiner Auswahl bleiben. Ich bezweifelte jedoch, dass sie in sein Beuteschema passte. Da war meine Auswahl eher sein Typ. Ich blickte sie erneut an, und dieses Mal bemerkte sie mich.

»Die finde ich süß«, sagte ich zu Robert.

»Dann geh doch hin und sprich sie an!«

Ich überlegte und wartete noch ein wenig, um Klarheit zu schaffen. Oft war es so, dass ein paar Minuten später ein Freund auftauchte und die Dame küsste. Aber nichts dergleichen geschah.

Ich beobachtete sie länger. Sie stand weiter alleine in der Ecke. Stefan und die beiden Freundinnen hatten sich mittlerweile hingesetzt.

»Ich verschwinde mal kurz...«, meinte Robert und ging.

Nun stand ich alleine da, denn die Freunde von Robert waren ebenfalls unterwegs. Ich ging zu Stefan und setzte mich zu den Girls.
»Darf ich?«, fragte die Brünette und deutete auf meinen Schoß.
»Ja, klar«, stimmte ich zu.
»Wie heißt du denn?«, fragte ich.
»Kim«, antwortete sie, »und du?«
»Don«, sagte ich und überlegte, ob ich meine Auswahl überdenken sollte.
Nach einem kleinen Gespräch schaute ich rechts zu der schüchternen Blondine. Sie interessierte mich viel mehr.
Inzwischen war Robert wieder zurück und blickte mich grinsend an.
»Ich bin übrigens der Kumpel von Robert«, sagte ich zu Kim.
»Der dort steht?«
»Ja, genau. Er ist ein bisschen schüchtern«, sagte ich und grinste.
»Das werden wir ja sehen...«, sagte sie und stand auf, um sich Robert von der Seite zu nähern.
Gut, die freche Brünette kümmert sich um den schüchternen Robert und ich werde mal die kühle Blonde auftauen.
Ich schaute zu ihr herüber und suchte den Blickkontakt. Sie hatte die Situationen mit ihren Freundinnen beobachtet, aber als sie meinen Blick erwiderte, sprach ich sie an.
»Hey, wie heißt du? Ich bin Don.«
»Ich heiße Kyra«, sagte sie kurz und blickte mich erwartungsvoll an.

Da ich den ersten Schritt gewagt hatte, kamen wir schnell ins Gespräch. Während Stefan mit der unbekannten Blondine sprach und Robert sich mit Kim anfreundete, kam ich Kyra näher. Wir unterhielten uns über allgemeine Sachen, wie Uni, Freunde, Musik und Freizeit. Als ich ein paar Minuten später neben mich schaute, traute ich meinen Augen nicht.
Kim und Robert küssten sich lang und innig.
»Das glaub ich jetzt nicht«, sagte ich und schaute Kyra an.
»Was?«, fragte sie mich.
»Vor ein paar Minuten habe ich Kim noch erzählt, Robert sei schüchtern.«
Kyra lachte.
Robert nahm ebenfalls Platz und Kim auf seinem Schoß. Ich rückte gleich etwas näher zu Kyra, die den Stuhl neben mir besetzte. Bei unserem Gespräch ließ ich meine Hand langsam auf ihrem Rücken entlang wandern, bis ich sie in meinem Arm geschlossen hatte. Mit der anderen Hand nahm ich dann eine Hand von Kyra.
»Ich muss mal gerade«, flüsterte Kyra, gab mir einen kurzen Kuss und verließ mich.
Ich war irritiert. *War ich ihr jetzt zu schnell?*
Ein paar Minuten später kam sie zurück und gab mir zur Begrüßung einen Zungenkuss.
Das zeigt ja, dass sie doch Interesse hat, dachte ich.
Robert und Kim saßen neben uns und küssten sich immer wieder. Ich zerrte Kyra sanft zu mir und gab ihr ebenfalls einen langen Zungenkuss. Roberts Freunde schauten uns alle etwas entgeistert zu.

Die Blondine, die natürlich nicht Stefans Typ war, wie sich herausstellte, stand neben uns und musste sich alles ansehen. Stefan hatte sich von ihr abgewandt und unterhielt sich mit Roberts Freunden.

Kyra gab mir einen erneuten feuchten Kuss und spielte dabei mit meiner Zunge. Wir blieben den Rest der Zeit in der kleinen Disco und genossen die innigen Küsse. Dann drängelte sich die Blondine jedoch auf, und Kyra verabschiedete sich, um mit ihr nach Hause zu fahren.

Kim und Robert lagen sich den Rest der Nacht küssend in den Armen. Ich schaute schon etwas neidisch, war aber mit meiner Eroberung an diesem Abend zufrieden. Es musste nicht gleich immer Sex sein. Das dachte sich wohl auch Robert, denn er war viel zu schüchtern und nahm Kim nicht mit nach Hause.

Es vergingen ein paar Tage. Ich besaß zwar die Handynummer von Kyra, merkte aber ziemlich schnell, dass sie nicht wirklich Interesse an einem Treffen zu zweit hatte.

Robert und Kim hingegen trafen sich noch einige Male. Es stellte sich jedoch nach zwei weiteren Treffen und einem Kinoabend heraus, dass sich zwischen den beiden nichts entwickeln sollte.

Flirttechnisch hatte ich in den nächsten eineinhalb Monaten eine Flaute. Dieses lag auch daran, dass ich mit der Weiterbildung begonnen hatte und während meiner Freizeit sechs Monate viel lernen musste. Der Unterricht an der privaten Schule war einmal in der Woche und am Samstag von 9 bis 16 Uhr. Meine Motivation, abends noch um die Häuser zu ziehen, sank rapide. Ich nahm mir ein Beispiel an Saskias Durchhaltevermögen und beschloss, die Monate zu lernen, um das beste Ergebnis zu erzielen. Kurz vor Weihnachten sollte mir jedoch der Zufall zu Hilfe kommen und mir einen aufregenden Quickie bescheren.

Weihnachtsfeier

Auf unserer Weihnachtsfeier von der Schule trafen wir uns in einer Kneipe in der Stadt. Leider kamen aber nur ein paar der angemeldeten Teilnehmer und unsere Dozentin. Weil Andreas noch Hunger hatte, beschlossen Jörg, Christina und ich nach dem offiziellen Teil in einem Bistro noch mal loszuziehen. Aber anstatt beim Türken um die Ecke zu landen, um einen Döner zu bestellen, standen wir in der nächsten Kneipe. Jörg hatte schon ein paar Bier bestellt und da half es auch nicht, dass Christina protestierte.
»Wir wollten doch etwas essen. Ich habe Hunger. Warum bestellst du hier jetzt etwas zu trinken«, meckerte sie.
»Lass uns doch das eine Bier trinken. Ich habe Durst. Wir können gleich weiter«, versuchte Jörg sie zu beruhigen.
Aus einem Bier wurden drei und Christina fand dieses überhaupt nicht lustig. Sie ging nach draußen, um den stillen Protest auszuüben.
Als Fahrer war mir das egal, obwohl ich auch ein wenig Hunger hatte. Nachdem wir den Laden verließen, hatte ich mein Cola bereits ausgetrunken. Wir gingen über den

Marktplatz zur nächsten Kneipe gingen, hier gab es zumindest etwas zu essen für Christina und Andreas.

Das Erdgeschoss war bereits überfüllt und so gingen wir die Holztreppe hinauf in die erste Etage. Leider sah es dort nicht viel besser aus und so standen wir an der Theke. Dort war noch nicht einmal ein Hocker frei. Ich schaute mich um. Alles war weihnachtlich geschmückt. Etliche Lichterketten, kleine Geschenke und Anhänger zierten die Räumlichkeiten.

Nach einiger Zeit wurde endlich ein Tisch frei und wir setzten uns. Wir bestellten Essen und weitere Getränke. Eine gefühlte Ewigkeit später kamen die gefüllten Gläser.

»Wenn das so langsam weitergeht, bin ich verhungert, bevor das Essen auf dem Tisch steht«, kommentierte Christina die Situation.

Ich schlürfte ziemlich gelangweilt an meiner Cola. Christina und Andreas waren sehr angeheitert, Jörg mittlerweile total betrunken. Er grölte zur Musik, was dazu führte, dass ich über die Tische in eine andere Richtung schaute, um das nicht mit ansehen zu müssen. Fremdschämen kann ich. Ich sah mich um und musterte die ganzen Menschen. Die meisten waren in unserem Alter, an kleineren Tischen entdeckte ich das ein oder andere Pärchen. Neben einem dunklen Holzregal, welches mit einer Lichterkette und Geschenken geschmückt war, traf mein Blick auf zwei junge Damen, die verloren an einem Vierer-Tisch saßen. Die Blondine mit den lockigen Haaren und einem roten Oberteil wirkte sehr sympathisch. Ihre rothaarige Freundin mit den kurzen Haaren fiel aus meinem Beuteschema. Wenig später stießen zwei Männer zu den beiden.

Ich seufzte.

Es war doch immer das Gleiche ...

Während ich in Gedanken der Blondine hinterhertrauerte, kreuzte eine Bedienung mein Sichtfeld.

Die hast du bislang noch nicht gesehen, sagte ich. *Das hättest du sicherlich bemerkt.*

Mit weißer Bluse, einem schwarzen Rock und dunklen Sneakers balancierte sie ein Tablett voller Getränke durch die Menge. Ihre langen Haare hatte sie zu einem Pferdeschwanz zusammengebunden und ein paar Strähnen des pechschwarzen Haares hingen ihr über die linke Gesichtshälfte.

Wieder eine Bedienung, schoss es mir durch den Kopf.

In diesem Moment traf sie mich mit ihrem Blick und ihre blauen Augen visierten mich an. Ich war sprachlos und bemühte mich, nicht die Kontrolle zu verlieren. Ihre Lippen formten ein Lächeln, was sich kurz über das ganze Gesicht ausbreitete. Ihre stark geschminkten Augen blitzten auf und einen Augenblick später war alles vorbei, wie ein Blitz, der die Nacht erhellte.

Was die nicht alles für ein Trinkgeld machen, dachte ich und musste an ein Eintrag in einem Forum denken.

Sie konzentrierte sich wieder auf das Tablett und bediente einen Nachbartisch. Ich zwinkerte Christina zu: »Die ist ja wohl süß!«

»Ja, ziemlich niedlich, mach sie dir klar«, ermutigte sie mich, weil sie meine Erlebnisse und die Internetseite kannte.

»Wäre ja mal lustig, wenn ich dem Don bei einem Fang zusehen könnte«, flüsterte sie und stieß mir in die Seite.

Die Bedienung kam an unseren Tisch und Christina bestellte einen Cocktail.
»Und bei dir?«, fragte sie und lächelte, als würde ich ihr dafür nachher extra ein Trinkgeld geben.
»Ich würde wohl auch einen Cocktail nehmen. Kannst du mir etwas Alkoholfreies empfehlen? Ich darf heute fahren und muss das hier nüchtern ertragen!«
Dabei zeigte ich mit meinem Finger direkt auf unsere Herren in der Truppe.
Mit meiner Trockenheit hatte die Bedienung nicht gerechnet und bekam sich vor Lachen nicht ein.
»Und sie hier ist sowieso die Schlimmste. Also bitte bring mir etwas Freches, Fruchtiges. Ansonsten bekomme ich hier heute nichts mehr geboten.«
»Dann empfehle ich den Spring Fever. Der ist ... Entschuldigung«, sagte sie und bekam einen weiteren Lachanfall, weil mich Christina entgeistert anstarrte.
»Die gehört nicht zu mir, ich muss sie nur nach Hause bringen. Ich tausche sie aber gerne gegen dich ein. Habt ihr noch nen Job für sie? Mit dem Lächeln klappt es ab und zu auch.«
»Don!«, protestierte Christina und die Bedienung lachte weiter, hatte mittlerweile Tränen in den Augen und vom Lachen einen hochroten Kopf.
»Brauchst du vielleicht eine kleine Pause und etwas Hilfe?«, fragte ich.
Die Bedienung hielt sich die Hand vor den Mund, um nicht erneut loszulachen. Dabei verschluckte sie sich und fing an zu husten.

Mein Gott, holt die Sanitäter, sie droht zu ersticken, sparte ich mir und begleitete sie zur Theke.
»Was hat sie?«, fragte eine Bedienung, die zur Hilfe eilte.
Ein, zwei Witze zu viel. Ja und das während der Arbeitszeit. Ist das eine fristlose Kündigung?
Ich schaute sie total ernst an.
»Sie hat sich verschluckt. Können wir sie irgendwo hinsetzen. Eine kleine Pause und ein Glas Wasser?
Christina saß mit Jörg und Andy einige Meter entfernt und alle beobachteten gespannt die Situation.
»Klar, kein Problem. Kommt mit nach hinten.«
Sie dirigierte uns zwischen den Leuten zum Notausgang. Hinter der Tür befand sich ein Treppenhaus. Wir setzten uns auf die Treppe, während die andere Bedienung ein Wasser holte.
»Vielen Dank«, sagte ich, als sie mir dieses reichte. »Wir kommen schon klar.«
Die Bedienung ließ die Tür ins Schloss fallen, und wir saßen alleine auf der Treppe. Bewohnte Wohnungen gab es hier wohl keine, denn es war alles ziemlich staubig und dunkel.
»Na, da habe ich dich wohl ziemlich aus dem Konzept gebracht.«
Sie blickte mich mit ihren verschmierten Augen an.
»Das hast du wohl. Wie heißt du eigentlich?«, fragte sie mich.
»Don«, antwortete ich, »und du?«
»Miriam. Bringst du die Frauen immer so zum Lachen?«
»Nicht so sehr, dass sie einen roten Kopf bekommen und ihnen die Schminke verläuft.«

»Scheiße, ich sehe bestimmt schlimm aus.«
»Nein, einfach nur zauberhaft ...«, flüsterte ich.
Ich strich ihre Haarsträhnen aus dem Gesicht.
Zaghaft näherten sich ihre Lippen und gaben mir einen kurzen Kuss. Ich zog sie an mich und erwiderte diesen mit einem langen, fordernden Kuss. Miriam ließ sich mitreißen, und ich spürte kurze Zeit später ihre Zungenspitze, die in meinem Mund tänzelte.
»Eine gute Ablenkung, um nicht mehr husten zu müssen«, sagte ich überspitzt.
Sie nickte, schaute mich an und gab mir einen kurzen Bussi.
»Warte hier«, sagte sie, stand auf und öffnete die Tür, um in die Bar zurückzugehen.
Eine Minute später öffnete sich die hölzerne Tür und Miriam streckte mir ihre Hand entgegen.
»Komm mit, wir gehen zwei Stockwerke höher«, lud sie mich ein.
Ich ergriff ihre Hand und stand auf, um ihr zu folgen. Mir war schon ein wenig unheimlich, da es ziemlich dunkel war. Nur durch ein paar dreckige Fensterscheiben fiel Licht herein. Sie zog wieder an meiner Hand und ging mit mir eine weitere Treppe nach oben. Dort stellte sie sich in eine Ecke und holte mich heran, um mir einen kurzen Kuss zu geben.
»Du wolltest doch bestimmt nicht mit mir reden, oder?!«, fragte ich.
Ich strich ihr die Haare aus dem Gesicht, während sie mir in die Augen schaute.

»Nein, bestimmt nicht ...«, hauchte sie mich zärtlich an und leckte mit ihrer Zungenspitze über meine Lippen.

»Deine Zeit läuft, Süßer! Da drin ist die Hölle los ... ich will nicht meinen Job verlieren!«

Ihre blauen geschminkten Augen sagten wirklich nur noch eines: Nimm mich endlich!

Von dem einen Moment auf den anderen küssten wir uns wild, und meine Hände massierten ihre apfelförmigen Brüste durch ihre weiße Bluse. Ich öffnete nach und nach jeden Knopf, während Miriam mir ziemlich hastig die Hose herunterzog.

»Mal schauen, was du da hast«, flüsterte sie mir voller Erregung ins Ohr.

Während unsere Lippen sich berührten, spürte ich Miriams Hand, die unter meiner Boxershorts meinen Schwanz ertastete, und dann mit ihren Fingerkuppen über meine Eichel fuhr.

»Ah ... mhm«, brachte ich nur in einer Kusspause heraus.

Als nächstes rutschte meine Boxershorts dem Erdboden entgegen, und sie nahm meinen Ständer mit der ganzen Hand und fing an ihn zu wichsen. Ich fuhr mit meiner Zungenspitze über ihre harten Nippel, die ich aus dem weißen BH befreit hatte.

Miriam stöhnte auf.

»Warte, ich möchte vorher noch etwas anderes! Aber nicht schon kommen, ja?!«

»Okay«, versicherte ich ihr.

Sie kniete sich nieder, um mit ihren vollen Lippen meinen Schwanz aufzunehmen und ihn langsam mit dem Mund zu ficken.

Eine wirklich böse Bedienung bist du.
»Mhmm ...«, stöhnte ich auf, als sie ihn fester umschloss.
»Nicht kommen! Ich mag das nicht, und erst recht nicht über meine Klamotten«, ermahnte sie mich.
In Gedanken musste ich mir vorstellen, wie es mir kam, und ich sie vollspritzte. Ich konnte mir das schweinische Grinsen nicht verkneifen. Wie gut, dass es dunkel war.
Sie stellte sich wieder hin und gab mir einen Kuss. Meine Hand fuhr unter ihren Rock, zog das Höschen beiseite, das schon total durchnässt war. Ich strich über ihre nassen Lippen, während wir uns küssten und drang mit dem Finger in ihre Muschi ein.
»Oah ... mhm ... wir haben nicht mehr viel Zeit, Don. Komm schon«, spornte sie mich an.
»Okay«, stöhnte ich und kramte in meiner Hosentasche nach einem Kondom, welches natürlich ganz nach unten gerutscht war.
Nachdem ich es über meinen Ständer gerollt hatte, griff ich Miriam unter den Po und hob sie hoch. Miriam klammerte sich mit ihren Beinen um mich, nahm meinen Schwanz in die Hand und ließ sich mit einem leichten Stöhnen herab, bis mein bestes Stück tief in ihr steckte.
Sie gab mir einen kurzen Kuss.
»Halt mich gut fest, ja?!«, riet sie mir.
Hilfe, dachte ich nur, *was hat sie denn jetzt vor?*
Sie begann langsam damit, auf meinem Schwanz zu reiten, dann immer schneller.
»Mhmm ... Miriam«, brachte ich nur heraus.
»Ist das gut so?«
»Jaaa...«, stöhnte ich.

»Dann pass mal auf ...«
Sie ließ meinen Schwanz fast heraus und stieß ihn erneut hinein, wobei sie ihr Becken an mich drückte, um es danach zurückzuziehen und wieder zu zustoßen.
Ihre Fingernägel krallten sich in meinem Rücken. Ihre Bewegungen wurden immer derber und härter.
»Ich komme ...«, brachte ich nur hilflos heraus und musste mitansehen, wie Miriam mich weiter ritt.
»Oooaaar!«
Miriam presste sich fest an mich und ich spürte, wie sich ihre Muskeln entspannten.
»Kannst du mich noch eine Minute so halten?«
»Klar«, antwortete ich.
»Bist mich ja auch gleich schon wieder los, du Spaßvogel.«
Ich sah in ihre verschmierten Augen.
»Du solltest vielleicht noch einmal zur Toilette, bevor du weiterarbeitest.«
»Das muss ich sowieso. Ich muss mich frisch machen und meine Haare richten.«
Ich ließ sie langsam meine Oberschenkel hinuntergleiten. Wir küssten uns noch einmal bevor sie zurückeilte, denn 20 Minuten waren bestimmt vergangen. Ich kleidete mich wieder an, ging die Stockwerke nach unten und versuchte so normal wie möglich auszusehen, als ich die Kneipe betrat. Christina kam grinsend auf mich zu.
»Na, war es schön?«
»Ich kann mich nicht beschweren. Stille Wasser können verdammt tief sein«, kommentierte ich nur und verdrehte dabei die Augen.

»Lass uns verschwinden, wir haben bereits bezahlt. Die Jungs warten schon betrunken draußen. Nicht, dass es gleich noch Stress gibt.«
»Okay«, sagte ich und blickte mich um, auf der Suche nach Miriam, die anscheinend noch dabei war, sich »frisch« zu machen.
Wir verließen die Bar und gingen zu meinem Auto. Nachdem ich die »betrunkene Meute« nach Hause gebracht hatte und auf den letzten Kilometern zu meiner Wohnung war, ließ ich den Abend noch einmal Revue passieren. Ich musste schmunzeln, lächeln und war innerlich wieder erregt.
So sollte ein guter Abend ablaufen, dachte ich bei mir.

Das benutzte Bett

Es war jetzt über zwei Jahre her, dass ich mich das letzte Mal mit meiner Ex Melanie getroffen hatte. Damals hatte ich ihr wehgetan, weil ich sie für Anita verlassen hatte. Natürlich riss der Kontakt vollkommen ab, denn Melanie musste die Trennung verarbeiten, und ich war zu dieser Zeit mehr als glücklich mit Anita. Melanie bekam jedoch auch mit, dass mein Glück nicht von langer Dauer war und so kamen wir uns in den letzten Monaten wieder näher. Sie hatte in ihrer nächsten Beziehung ebenfalls wenig Glück gehabt.

An Weihnachten wünschten wir uns gegenseitig per Handy ein schönes Fest und schrieben darüber, wer wo Weihnachten verbringen würde. In den nächsten Tagen wurde unser Kontakt über das Internet und Handy intensiver. Jeder von uns wusste, dass es nicht zu einer zweiten Chance kommen würde, aber in Zeiten, in denen man alleine ist, ist es doch immer schön, eine vertraute Person zu haben!

Mein Kontakt zu Saskia wurde zu diesem Zeitpunkt geringer, weil sie nur mit ihrem Freund beschäftigt war und ich sie kaum noch bei ICQ im Messenger als »online« sah. Zwischendurch keimte in mir wirklich der Gedanke, Melanie wäre doch eine gute Wahl gewesen, da alle anderen »Auserwählten« im Moment überhaupt kein Interesse zeigten. Im Februar vereinbarten Melanie und ich ein Treffen, weil ich geschäftlich für ein paar Tage in Hamburg unterwegs war. Das Hotel hatte ich kurzfristig im Internet gebucht.

Wenige Tage später fuhr ich nach Hamburg. Als ich im Hotel in meinem Zimmer stand, war ich nicht sonderlich begeistert. Es war zwar alles vorhanden, aber das Hotel und die Räume waren echt uralt. Ich packte meine Sachen aus und begab mich zum Bahnhof, um Melanie abzuholen.

Um 19.15 Uhr erreichte der Zug den Hauptbahnhof, und ich wartete am Bahnsteig. Melanie wohnte am Standrand von Hamburg und war somit auf die Bahn angewiesen, weil sie noch kein Auto hatte. Ich erzählte ihr gleich vom Hotel und wir machten uns darüber lustig, was ich mir

dort wieder geleistet hatte. Wir verließen den Bahnhof und wollten in ein Cafe, etwas trinken und reden.
Letztendlich landeten wir in einem Coffee Shop und bestellten zwei heiße Kakao. Ich schielte in die Ecke. Da wenig los war, hoffte ich, mich mit Melanie auf eine der Bänke setzen zu können. Sie ging vor, und ohne dass ich etwas sagte, erfüllte sie mir meinen Wunsch.
Wir unterhielten uns, schlürften unseren Kakao, und ich näherte mich ihr ein bisschen. Leider war der leere Platz auf unserer Bank so groß, dass es mir unmöglich war, mich unauffällig ihr zu nähern.
»Ich komm mal zu dir rüber zum Kuscheln«, sagte ich dreist und hoffte auf keine Gegenwehr.
Ich setzte mich genau neben sie, legte meinen Arm um sie und kuschelte mich an sie. Sie nahm meine Hand, und das zeigte mir, dass alles okay war.
Nachdem wir uns noch einige Zeit geneckt und unterhalten hatten, gingen wir, da der Coffee Shop schloss. Die Straßen entlang schlendernd legte ich meinen Arm um ihre Hüfte und wir gingen zurück Richtung Bahnhof.
»Und wo wollen wir jetzt hin?«, fragte Melanie.
»Ich hätte da einen Vorschlag, aber dafür bekomme ich bestimmt ganz schön was zu hören ...«, setzte ich an.
»Ins Hotel ...«, erriet Melanie, schaute mich dabei streng mit ihren braunen Augen an, konnte sich dann aber ein Lächeln nicht verkneifen.
»Ja, genau«, konnte ich nur noch zustimmen.
Zehn Minuten später standen wir vor meinem Hotel, betraten den Eingangsbereich und gingen zur Rezeption. Ich

wartete gespannt auf den Blick des Portiers und konnte mir ein Grinsen nicht verkneifen.
»Die 31 bitte.«
»Bitte schön«, kam es nur zurück.
Die versteinerte Miene passte zum Flair des Hotels. Ich war etwas enttäuscht, hatte ich doch auf einem amüsanten Blick gehofft.
Wir gingen in die 2. Etage und betraten das Zimmer.
»Na ja, sooo toll ist das wirklich nicht«, meinte Melanie, »aber zum Schlafen reicht es. Du sollst ja nicht gleich drin wohnen.«
»Wenigstens gibt es einen Fernseher hier« sagte ich, schaltete das Ding ein und wartete darauf, dass ein Bild kam.
Nur Schnee. Ich zappte die Programme durch. Überall das Gleiche. Melanie setzte sich aufs Bett.
»Klasse, nicht mal der Fernseher geht«, grummelte ich und suchte nach dem Problem.
Die Antennendose sah ziemlich mitgenommen aus. Melanie amüsierte sich inzwischen köstlich.
»Damit werde ich dich das nächste halbe Jahr aufziehen«, sagte sie und kicherte.
Du wirst schon sehen, was du davon hast, dass wir nun kein Fernsehprogramm haben, dachte ich.
Ich drehte mich um, schmiss Melanie aufs Bett, legte mich auf sie und hielt ihre Hände fest.
»Du bist doch ganz schön frech geworden in letzter Zeit«, stellte ich fest.
Sie grinste. Ihr die Haare aus dem Gesicht streichend küsste ich sie ganz sanft. Kurze Zeit später folgte bereits der nächste Kuss. Melanie umarmte mich und unsere Zungen

berührten sich das erste Mal wieder nach langer Zeit. Anfangs waren unsere Küsse noch recht zurückhaltend aber mit der Zeit wurden sie fordernder.

Wir drehten uns beim Küssen auf die Seite und ich zog Melanie auf mich. Die braunen Haare fielen ihr ins Gesicht. Ich strich sie mit meinen Fingern zur Seite.

Unsere Küsse wurden immer intensiver und ich lutschte beim Küssen an ihrer Unterlippe. Meine Hände umfassten ihre Hüfte, ich überlegte, ob ich weitergehen könnte und ließ es einfach darauf ankommen. Ich erkundete mit einer Hand ihr Oberteil und schob es etwas nach oben, um ihre Brüste zu streicheln. Melanie zögerte nicht lange und zog ihr Oberteil aus.

Ihren Hals liebkosend wanderte ich hinab zu ihren Brüsten. Melanies Lippen berührten auch meinen Hals ganz zärtlich. Wir richteten uns auf, so dass meine Küsse mehr in ihr Dekolletee wanderten. Dabei öffnete ich ihren schwarzen BH und ließ ihn neben das Bett fallen. Sie presste ihre Pussy immer wieder gegen meinen harten Schwanz. Mit ihrem Reiten machte sie mich um so geiler.

Ihre harten Nippel erregten mich so sehr, dass ich gar nicht anders konnte, als an ihnen zu saugen und sie zu liebkosen. Der Duft ihrer Haut war süß und eine Einladung den Rest ihres Körpers zu erkunden. Melanie fing leise an zu stöhnen und ich konnte mich ebenfalls nicht mehr zurückhalten. Ich zog mein Oberteil aus und öffnete den Knopf ihrer Jeans.

»Neiiin ... außer Betrieb«, seufzte Melanie.

Ich schaute sie an. Gerade jetzt muss sie ihre Tage haben, schaltete mein Kopf sofort.

»Tut mir leid.«
»Schon okay, kannst du ja nichts dafür«, erwiderte ich.
Wir küssten uns weiter, ich verfiel ihren Brüsten, küsste und massierte sie.
»Es gibt ja immer noch 5 gegen Willi«, flüsterte Melanie mir ins Ohr.
»Dafür muss ich aber noch etwas loswerden.«
Melanie stand auf, und ich zog mir meine Jeans aus. Dann legte sie sich auf das Bett und ich kroch zu ihr. Wir küssten uns weiter, wobei ich ihre Hand über meiner Boxershorts spürte, welche zaghaft darunter wanderte und meinen harten Schwanz wichste.
Ihre Bewegungen waren erst langsam, aber als unsere Küsse intensiver und fordernder wurden, begann sie auch meinen Schwanz schneller zu wichsen. Ihren Hals küssend beobachtete ich, wie ihre Brüste durch die Bewegungen auf und ab wippten. Mittlerweile war ich so geil, dass ich ihr leise ins Ohr stöhnte.
Als Melanie noch schneller und fester rieb, vergriff ich mich in ihren langen Haaren. Wir drehten uns erneut, und ich versank mit meinem Kopf in ihren Brüsten und saugte an einem ihrer harten Nippel.
»Mhmmmm Süße ...«, stöhnte ich.
Melanie fasste beim Wichsen noch fester zu, und ich konnte mich nicht mehr beherrschen. Ich hatte den Scheitelpunkt des Achterbahnturms erreicht und brauste voller Endorphine hinab in die erste Kurve. Völlig außer Atem lächelte ich Melanie an und gab ihr einen Kuss.
»Na, war es schön?«, grinste sie.

»Ja, nur du bist nicht auf deine Kosten gekommen«, bemerkte ich.
»Schon okay, ich hatte trotzdem meinen Spaß dabei«, lächelte sie zufrieden.
Aneinander gekuschelt unterhielten wir uns noch eine Stunde und dann brachte ich Melanie zum Bahnhof, um sie dort mit einem langen Kuss zu verabschieden.
Als ich zurück ins Hotel kam, beschwerte ich mich erst einmal, dass der Fernseher nicht funktionierte. Der Portier kam mit und sah sich das Problem an. Nach fünfzehn Minuten konnte er den Fehler immer noch nicht finden und war bereit, mir ein anderes Zimmer zu geben.
»Haben Sie darauf geschlafen oder nur gesessen?«, fragte er und blickte auf das Bett.
»Nur gesessen!«, erwiderte ich ganz dreist und grinste feierlich im Inneren, weil ich doch noch meinen Spaß mit dem Portier bekam, der anscheinend noch nie ein Lächeln über seine Lippen gebracht hatte.
Nach meinem Geschäftstermin ging es für mich am nächsten Tag noch kurz in ein Restaurant. Die Ansprechpartnerin unseres Lieferanten begleitete mich und lud mich auf Firmenkosten ein. Optisch gefiel sie mir. Sie hatte blonde, lange Haare und eine weibliche Figur. Ihre Augen blitzten bei jedem Kontakt mit mir auf. Ich zog es jedoch vor, das ganze seriös abzuschließen.
Auf der Autofahrt hingegen ärgerte ich mich jedoch. Ich hätte zumindest ein paar Hinweise geben können, vielleicht wäre sie darauf angesprungen.
Es gibt genügend andere Möglichkeiten, versaue dir nicht den guten Job damit, dachte ich mir schlussendlich und hakte

den Tag damit ab. Aber dazu kam es nicht, denn am Abend wurde es noch einmal aufregend.

Das Saskia-Double

Als hätte sie irgendetwas geahnt, schrieb mich Saskia an, als ich wieder zu Hause war und meinen PC hochgefahren hatte. Ich war etwas überrascht, denn sie hatte in der letzten Zeit nie geantwortet.

Hey, wie geht es dir? Mir ist total langweilig. Erzähl mir was Neues!

Hey, mir geht es gut. Hoffe, dir auch. Ich war ein paar Tage in Hamburg, weil ich dort etwas Geschäftliches zu erledigen hatte.

Und war es gut? Hast du auch wen getroffen oder kennengelernt?

Woher wusste sie das denn? Das konnte doch kein Zufall sein! Ich überlegte, was und wie viel ich ihr erzählen sollte. Nach einer kurzen Pause schrieb ich zurück und entschied mich, ganz nüchtern zu berichten.

Ich habe mich seit langer Zeit mal wieder mit Melanie getroffen. Wir waren etwas trinken, haben ein bisschen erzählt.

Melanie? Seit wann habt ihr denn wieder Kontakt? Ist sie nicht mehr sauer auf dich? Und ihr habt nur etwas getrunken? Ob ich dir das abnehmen kann, mein lieber Don ...

Das war es auch schon mit meinem Plan, nicht zu viele Informationen preiszugeben. Saskia kannte mich einfach zu gut.

Wir schreiben seit Ende letzten Jahres wieder. Und ja, es ist was gelaufen. Kuscheln, küssen und ein bisschen herummachen.

Kommt ihr wieder zusammen? Sie war doch ganz nett.

Nein, das glaube ich nicht. Will ich auch nicht. Ich möchte jemand anders aber diejenige ist unerreichbar.

Don, hör auf damit. Schlag dir das aus dem Kopf. Ich habe einen Freund. Du solltest dir jemand anderen suchen.

Sie war unglaublich, sie wusste sofort, dass sie gemeint war. Es war wie Gedankenübertragung. Ich chattete oberflächlich mit ihr weiter, weil ich wusste, dass ich mit ihr über dieses Thema nicht diskutieren konnte. Das würde nur in einem Streit enden und dieses würde alles nur noch schlimmer machen.
Wie gerne würde ich mal wieder mit dir telefonieren und deine süße Stimme hören. Oder einfach noch einmal deine sanften Lippen spüren, überschlugen sich meine Gedanken.
Das Telefonieren brauchte ich ihr gar nicht vorschlagen. Sie würde sofort wissen, dass es nicht darum ging, schneller Informationen auszutauschen, sondern darum, ihre Stimme

zu hören. Nach einer Stunde schaltete ich genervt den PC aus. Ich regte mich innerlich darüber auf, warum ich nicht einmal vernünftig mit Saskia chatten konnte. Natürlich hatte ich nach dem Chat noch den Bilderordner durchgeschaut und versank nun im Selbstmitleid.
Ich sollte Saskia vergessen. Aus diesem Durcheinander würde nie eine ordentliche Beziehung werden. Das versuchte ich mir zumindest einzureden, während ich alleine im Bett lag und meine Gedanken nicht abschalten konnte.

An den nächsten Wochenenden war ich mit meinen Freunden wieder häufiger unterwegs, weil ich endlich meine Weiterbildung abgeschlossen hatte. Das brachte mich wieder auf andere Gedanken. In der Woche verbrachte ich die Zeit am Abend mit Chatten. Ich war mittlerweile in einer regionalen Community angemeldet.
Viele der User waren durch die Events in den Diskotheken auch auf der Seite angemeldet, und das führte dazu, dass man in der Woche chatten konnte, um sich am Wochenende zu verabreden. Nach einigen Dates, die nichts erwähnenswert sind, landete ich auf dem Profil von Daniela.
Sie hatte hellbraune, lange Haare, ein schmales Gesicht und große Augen. Kurz: Sie sah fast so aus wie Saskia, hatte jedoch eine größere Oberweite und war nicht ganz so schlank.
Wir verabredeten uns für das nächste Wochenende in einer Diskothek in ihrer Nähe. Sie brachte zwei Freundinnen mit und ich war mit drei Freunden gekommen. Während wir im Eingangsbereich waren, teilte mir Daniela per SMS mit, dass sie bereits im großen Floor an der Theke auf

mich wartete. Als ich den Raum betrat, suchte ich die Bar hinter dem DJ Pult ab und erblickte Daniela mit ihren Freundinnen in einer Ecke. Anscheinend hatte ihre kleinere Freundin mit den lockigen Haaren gerade etwas Witziges erzählt, denn Daniela lachte herzlich.
Wow, sie ist wirklich hübsch, dachte ich, während ich auf sie zuhielt. Ein paar Schritte später hatte ich die drei erreicht.
»Hi Daniela!«
»Don! Hi! Hast du uns ja doch gefunden.«
»Das war nicht so schwer«, sagte ich und lächelte.
»Das sind Sarah und Johanna.«
Wir begrüßten uns flüchtig, denn ich hatte nur noch Augen für Daniela. Dass ich eine der beiden Damen mal in den Armen halten würde, hätte mich zu diesem Zeitpunkt nicht interessiert.
Daniela lächelte mich an und bemerkte, wie mir die Röte ins Gesicht stieg. So schnell war es um mich geschehen.
»Seid ihr immer hier?«, fragte ich schnell, um abzulenken.
»Nein, wir gehen auch in den Clubraum«, sagte Daniela.
»Das ist gut, da sind wir auch öfters. Können wir später hin«, schlug ich vor.
»Wir wollen tanzen, kommst du mit?«, fragte sie.
Ich bejahte und wir gingen auf die Tanzfläche. Nach einigen Stunden landeten wir im Cafe, dort war es etwas ruhiger und wir mussten uns beim Gespräch nicht anschreien. Johanna lief noch durch die Gegend, Sarah war mit ihrem Freund bereits gefahren und so hatte ich die Möglichkeit mit Daniela zu sprechen.

Mittlerweile hatten mich aber meine Freunde gefunden und diese quetschten nun Daniela aus. Es wurde nichts daraus, ein ruhiges Gespräch zu führen.
Am nächsten Wochenende hatte ich mehr Glück, und ich wollte es dieses Mal schaffen, Daniela zu begeistern und sie mit nach Hause zu nehmen. Ich hatte nur noch Augen für diese Frau – und das spürte sie.
»Don, schau mich nicht immer so an, als wolltest du mich gleich anspringen«, sagte sie genervt von meinen Blicken.
»Das würde ich aber gerne«, sagte ich provokant.
»Kann ich mir denken ...«, entgegnete sie frech.
Wir wechselten den Raum, und ich drückte sie gegen die Wand. Sie blickte mich mit ihren grünen Augen erschrocken an.
»Ich meine das ernst, ich würde dich gerne näher kennenlernen ...«
»Nein, Don. Wir können Freunde sein aber, mehr wird da nicht passieren«, sagte sie und schüttelte dabei mit dem Kopf.
Erschrocken ließ ich sie gehen.
»Nicht mal einen Kuss?«, rief ich hinterher und seufzte.
»Keinen Kuss und jetzt komm her, wir können zusammen tanzen, wenn du noch magst.«
»Tanzen. Toll«, seufzte ich.
So hatte ich mir das aber nicht vorgestellt. Kaum finde ich jemanden wirklich interessant, werde ich abserviert. Aber nicht mit mir. Ich werde weiter dranbleiben, dachte ich.
In den nächsten drei Wochenenden konnte ich bei Daniela jedoch nichts ausrichten und so blieb erst einmal eine neue Freundschaft.

In meinem Internetblog nahmen unterdessen die Besucherzahlen zu. Meine letzten Erlebnisse hatte ich selbstverständlich gepostet und im Monat bekam ich ein bis zwei Kontakte, von denen die meisten nicht interessant waren, weil sie entweder zu weit weg waren oder nicht mein Beuteschema. Dann gab es jedoch eine »Bewerbung« aus der Nähe mit einer aufregenden Idee, die ich nicht ausschlagen konnte.

»Lieber Don,
ich möchte mit dir mal Sex in einem Einkaufszentrum
haben, am besten in einer Umkleidekabine, wenn ich wieder mal zum
Einkaufen von meiner Mutter mitgeschleppt werde. Viel lieber würde
ich alleine oder mit Freundinnen einkaufen gehen, schließlich bin ich
schon 18. Du könntest mir jedoch den langweiligen Einkauf mit deiner
Anwesenheit versüßen und vielleicht verführst du mich in einer stillen
Ecke.
Wäre das was für dich?
Lieben Gruß, Nadine«

Einkaufszentrum

Ich antwortete Nadine auf ihre Nachricht und kurze Zeit später schrieben wir über ICQ. Wir tauschten Fotos aus und danach ging alles sehr schnell. An Fronleichnam fuhr ich zum Einkaufszentrum, in welchem ich Nadine treffen sollte. In Nordrhein-Westfalen war Feiertag und so konnte ich einen netten Tag verbringen.

Im Einkaufszentrum schaute ich mich ein bisschen um, immer auf der Suche nach Nadine. Außerdem suchte ich noch nach einer dünnen Jeansjacke für den Sommer. In der Modeabteilung war ich richtig, ich musste nur die Augen offenhalten. Zwei Regale weiter sah ich sie.

Sie sah ziemlich jung aus, trug ihre braunen schulterlangen Haare offen und wühlte in einigen Oberteilen. Erst bemerkte sie mich nicht, obwohl ich sie die ganze Zeit anstarrte. Es war an dem Tag sehr warm und ich trug eine Jeans und ein T-Shirt. Ob sie eine Hose oder einen Rock trug, konnte ich nicht erkennen. Aber sie hatte ein enges rosa Oberteil mit einem glitzernden Schriftzug an. Und sie hatte nichts darunter! Das konnte man sehen, denn die Nippel ihrer kleinen Brüste drückten sich spitz durch den Stoff.

Ich betrachtete ihre breiten roten Lippen und ihre Augen, sie waren genau wie auf dem Foto, welches sie mir zusandte. Nadine war vertieft und schaute sich die Kleidung an.

Ich gab einen Seufzer von mir. Etwas lauter, sodass sie es mitbekam und in meine Richtung schaute.

Schnell schaute ich zu den Jacken, denn so leicht wollte ich mich nicht zu erkennen geben.

Kurze Zeit später riskierte ich noch einen Blick. Sie schaute wieder auf ihre Sachen. Aber durch ihren Kontrollblick war ich sicher, dass sie mich erkannt hatte. Ich versuchte mich auf die Jacken zu konzentrieren und für eine zu entscheiden.

Man kann einfach nicht anders, dachte ich, als ich erneut zu ihr schaute. *Man möchte einfach das Gesicht sehen, den süßen Blick und den Rest ja eigentlich auch ...*

Sie war weg. Na ja, bei einer leichten Jeansjacke war ich ja schon angekommen. Jetzt war die Frage: Welche Farbe?
Dunkelblau wäre nicht schlecht.

Ich wollte gerade zu der Jacke greifen, da hielt mir jemand von der Seite eine Hose vor die Nase.
Was sollte das denn jetzt?

Ich drehte mich zur Seite und staunte nicht schlecht, als ich Nadine erblickte, und sie mich ganz lieb anschaute.

»Hier probier die mal an, lieber Don. Die würde dir bestimmt gut stehen!«

»Ich weiß nicht«, sagte ich verunsichert und völlig überrascht.

»Probier sie an«, sagte sie nur und rollte mit ihren großen braunen Augen.

Ich zögerte. Sie schaute mich eindringlich an.

»Nun mach schon, oder willst du ewig warten!«

Ich ging zu den Umkleidekabinen und Nadine folgte mir. Es gab dort 10 oder 12 Kabinen, die alle zusammenstanden. Sie hatten alle Türen und nicht diese Stofffetzen, hinter welchem man nur seinen Körper verdecken konnte und die Beine trotzdem zu sehen waren.

Ich ging in eine Kabine. Nadine schaute sich um und kam auch mit hinein. Sie verschloss die Tür und grinste mich an.

»Leg endlich die dumme Jeans beiseite, Don. Unser Versteckspiel ist vorbei und jetzt kannst du dir deinen Gewinn abholen«, flüsterte sie zu mir.

Ihr jugendliches Lächeln war überwältigend. Ich ließ die Jeans aus meiner Hand gleiten und zog sie vorsichtig an mich, während sie mich ein klein wenig verschämt anschaute.

Ich gab ihr vorsichtig einen Kuss.

»Ist das alles?«, flüsterte sie.

»Beeil dich! Meine Ma läuft da draußen herum. Ich will nicht, dass sie mich überall sucht!«

Ich schaute sie an.

»Meinetwegen!«

Ich gab ihr einen Kuss und drang sanft mit meiner Zunge in ihren Mund ein, um mit der ihren zu spielen.

Ungeduldig öffnete sie meine Hose und zog sie herunter. Ihr Top nach oben schiebend, ertastete ich ihre kleinen Brüste. Ihre Nippel waren vor Erregung ganz hart. Ich strich darüber und spielte damit, während ich mit der anderen Hand ihre Stoffhose herunterzog. Die Hose war sehr weit und sie trat diese auf den Boden, um dann mit ihren Turnschuhen hinauszusteigen.

Mit meinen Fingern strich ich über den Bauchnabel und tauchte in ihren String ein. Ich fuhr über das kurze Scham-

haar bis zu ihrer nassen Lustgrotte. Um sie besser fingern zu können, stellte Nadine sich breitbeinig vor mich. Sie gab ein leises Stöhnen von sich und riss meine Boxershorts herunter, aus der mein Ständer heraussprang. Meine Eichel gab den ersten Lusttropfen von sich, während sie mit ihrem Finger daran spielte.
Nadine begann ihn langsam zu wichsen und flüsterte:
»Der ist richtig schön hart. Ich möchte, dass du mich jetzt fickst, aber erst das Gummi.«
Ich holte ein Gummi aus der Tasche. Sie riss die Verpackung auf und begann nervös und voller Geilheit das Gummi über meinen Schwanz zu rollen. Ihre braunen Haare fielen ihr ins Gesicht und sie musste diese hinter die Ohren streichen.
Als sie fertig war, schaute sie sich um, und nahm den Hocker, der in der Kabine stand, um sich mit ihren Armen darauf abzustützen. Ihre Beine ließ sie bis an beide Trennwände gleiten, sodass sie breitbeinig vor mir stand und ihren Po hinhielt.
Ihren String beiseite schiebend ließ ich meinen Schwanz in ihre Pussy gleiten. Nach ein paar Stößen nahm sie ihre Hände vom Hocker und presste sich gegen die Wand. Lauter atmend schaute sie mich an. Das Stöhnen verkniff sie sich wohl. Wir wussten ja auch nicht, wie viele Leute nebenan waren.
Ihr Oberkörper lag jetzt auf dem Hocker und ihre Brüste drängten sich auf die Holzoberfläche, während mein Schwanz immer wieder zwischen ihren nassen Lippen die Tiefe suchte. Ich zog meinen Schwanz unerwartet heraus. Nadine schaute mich überrascht an.

»Hey, was soll das?«

»Dreh dich um und stütz' dich auf dem Hocker ab«, flüsterte ich.

Sie gehorchte und nahm ihre Position ein. Unter den Rücken greifend hob ich sie ein wenig hoch, damit ich in sie eindringen konnte. Ihre Beine legte ich über meine Schultern und ließ meinen Schwanz ihre Tiefe erkunden. Nach ein paar harten Stößen war es jedoch bereits geschehen. Ich kam voller Geilheit tief in ihr.

Nadine ließ sich vorsichtig auf den Hocker ab, als sie das bemerkte.

»Kurz, aber geil«, kommentierte sie die Situation und gab mir ein Bussi auf die Wange.

Sie streifte sich das Top über ihre Brüste nach unten und stieg in ihre Hose. Dann gab sie mir einen Kuss.

»Freue mich schon auf die Geschichte. Schick mir eine Mail, wenn sie online steht.«

»Klar, mach ich«, sagte ich und kleidete mich nebenbei an.

»War ziemlich nett mit dir ... ich muss jetzt aber weg.«

Hastig öffnete sie die Tür und verschwand.

Ich hob die Jeans vom Boden auf und schüttelte mit dem Kopf.

Sie war echt etwas crazy!

Nachdem ich meine Jeansjacke ausgesucht und bezahlt hatte, fuhr ich noch einen Burger essen und machte mich danach auf den Heimweg. Dieses Erlebnis hatte ich sehr schnell geschrieben und online gestellt. Ich schickte Nadine kurz eine Nachricht, bekam ein »Danke« zurück und danach riss der Kontakt ab. In meinem Kopf war ich sowieso bei einer ganz anderen Person.

Fünf Sekunden

Ich sah Daniela fast jedes Wochenende in der Diskothek. Wir feierten zusammen, meistens mit ihren und meinen Freunden. Diese waren in den letzten Wochen zu einer Clique zusammengewachsen. Da ich sie von Anfang an süß fand, konnte ich es nicht lassen, sie ab und zu anzuflirten. Sie nahm es mit Humor, denn ich wusste, sie wollte nur Freundschaft – mehr nicht.

In der Zwischenzeit war sie sogar schon einmal in meiner Wohnung gewesen.

Nun waren wir erneut verabredet, und dieses Mal wollte sie ihre Freundin mitbringen. Das passte mir aber überhaupt nicht, weil ich vorhatte, sie zu verführen.

Ich erzählte Daniela, dass ich etwas Wichtiges mit ihr besprechen wollte und sie sagte zu, sich mit mir alleine zu treffen. Da sie kein Auto hatte, holte ich sie ab und wir fuhren zu mir.

Kaum oben angekommen, fragte sie mich aus.

»Was wolltest du mir erzählen? Jetzt sag. Warum sollte ich alleine kommen?«

Ich suchte schnell nach einer Erklärung.

»Erzähl ich dir gleich. Lies erst einmal die Geschichte ...«, setzte ich an, denn ich hatte ihr von meinem Date im Einkaufszentrum erzählt.

»Ach ja, die wollte ich ja lesen«, erinnerte sie sich.

Ich rief meinen Internetblog auf und zeigte ihr meine Erlebnisse, in der Hoffnung, es könnte sie etwas erregen.
Während sie las, überlegte ich, was ich ihr erzählen sollte, wenn sie noch einmal nach der »dringenden Sache« fragen würde.
Mich neben sie setzend beobachtete ich sie beim Lesen. Ihre grünen Augen flogen über den Text, während ich sie von oben bis unten musterte. Diese dunkelblonden Haare, ihr Körper und die wundervollen Lippen. Ich flehte innerlich darum, sie einmal küssen zu dürfen. Daniela riss mich aus den Gedanken.
»Nette Geschichte«, grinste sie.
Sie schaute mich an. Ich rückte etwas näher zu ihr.
»Du hast doch beim letzten Mal etwas angedeutet«, sagte ich.
»Was denn?«
»Dass ich dich mal küssen darf ...«
Ja, das hatte sie beiläufig mal erwähnt. Vermutlich hatte sie es bereits wieder vergessen.
»Aber ich habe nicht heute gesagt. Was wolltest du denn mit mir bereden?«, wollte sie geschickt ablenken.
»Nichts. Es gab nie etwas. Ich wollte nur mit dir alleine sein.«
Ich kuschelte mich an sie.
»Schaust du auf mein Gesicht oder auf meine Titten?«, fragte sie frech.
»Auf dein Gesicht natürlich«, sagte ich grinsend.
Wobei man an deinen Brüsten nicht wirklich vorbeischauen konnte, dachte ich und schob den Gedanken schnell beiseite.

»Bitte Daniela, ich möchte dich nur einmal küssen«, flehte ich. *Warum tat ich das?*
»Nein. Warum willst du das überhaupt? Ich kann nicht küssen.«
»Das würde ich gern selbst beurteilen«, entgegnete ich.
»Das lohnt sich nicht«, konterte sie.
»Doch, ganz bestimmt«, schob ich direkt hinterher.
Ich schaute ihr ganz tief in die Augen.
Du wirst das jetzt tun, befahl ich ihr innerlich.
»Schau mich nicht so an«, sagte sie und konnte dem Blick nicht standhalten.
»Bitte ...«, bettelte ich.
»Küss doch Johanna.«
Danielas Freundin Johanna war ganz nett, aber nun gar nicht mein Typ.
»Die würde ich nie küssen.«
»Du musst sie aber küssen, dann küss ich dich auch.«
»Daniela, das mache ich nicht.«
Eine kurze Diskussion später und ich hatte Daniela im Arm. Aber einen Kuss bekam ich trotzdem nicht.
Irgendwann gab ich meine Annäherungsversuche auf, aber die Diskussion war noch lange nicht beendet.
»Okay, fünf Sekunden Zungenkuss, ich lass dich in Zukunft in Ruhe und sage es niemanden«, einigten wir uns.
Ich zögerte etwas.
»Willst du jetzt doch nicht?«, fragte Daniela.
»Doch, klar!«, entgegnete ich.
Ich beugte mich zu ihr, schloss die Augen und genoss es diese sanften weichen Lippen zu berühren und ihre Zunge zu spüren ... nur fünf Sekunden. Danach war alles vorbei.

Wir schauten uns an und brachten kein Wort heraus.
»Ist wohl besser, wenn du mich nun nach Hause bringst.«
Ich nickte und verließ mit ihr wortlos die Wohnung. Zu gerne hätte ich sie ein weiteres Mal geküsst, aber ich hatte ihr versprochen, sie in Ruhe zu lassen. Daran hielt ich mich auch. Dass dieser Kuss sie bewegt haben musste, sollte ich erst später erfahren.
Unsere Clique blieb weiterhin zusammen, wir gingen regelmäßig feiern und auch Daniela entfernte sich nicht von mir. Es war so, als hätte es den Kuss nie gegeben.
Ich stürzte mich wieder ins Online-Dating und hatte ziemlich schnell mein nächstes Ziel ausgemacht: Jessica
Sie war jung, attraktiv und wir schrieben schon mehrere Monate. Zuerst war es nur ein allgemeines Gespräch, aber bald verstanden wir uns sehr gut, sodass wir jeden Tag auch SMS schrieben. Ab und an unterhielten wir uns sogar per Skype. Das war für mich neu, hatte ich mich doch immer sicher gefühlt, wenn ich schreiben konnte und mein Gegenüber mich nicht sah. Bei Jessica hatte ich jedoch ein gutes Gefühl und ließ dieses als Ausnahme durchgehen. Ich half ihr ein wenig bei ihrem eigenen Blog im Internet, weil ich mit meiner Seite schon viel Erfahrung sammeln konnte.
Jessica war eine begeisterte Leserin meiner Erlebnisse und fragte immer danach, ob ich bereits an etwas Neuem schreiben würde. Als wir wieder einmal skypten und sie fragte, verneinte ich und schob ganz frech ein »Vielleicht sollten wir uns mal für ein Erlebnis treffen« hinterher.

»Das überrascht mich etwas, Don. Ist aber nett, dass du Interesse an mir hast. Ich weiß nicht, ob ich mich das traue. Das muss ich mir überlegen«, bekam ich zu hören.
»Das würde bestimmt etwas ganz Besonderes werden«, fügte ich hinzu, um sie etwas zu locken und dachte an ein paar Fantasien von ihr, die sie mir einmal abends geschrieben hatte, als sie angetrunken war.
»Was meinst du damit?«, fragte sie.
»Du hast doch da einige verrückte Fantasien, die du nicht mit einem festen Freund ausprobieren würdest, weil du Angst hättest, er würde dich bei diesen Wünschen verlassen«, sagte ich und schaute ihr dabei direkt in die Augen.
Sie blickte verschämt auf den Boden.
»Nicht meine SMS von vor drei Wochen, Don ...«
»Ich würde bei allen deinen Fantasien mitmachen. Du weißt, ich bin offen für Neues. Natürlich kannst du dir sicher sein, dass ich dich nicht auslache. Außerdem hättest du nachher eine Geschichte davon.«
Jessica musste grinsen und biss sich auf die Unterlippe. Sie blickte mich mit ihren großen grünbraunen Augen an.
»Hmmm, ich werde mir das noch einmal überlegen. Das klingt zwar sehr aufregend, aber ich weiß nicht, ob ich mich das auch traue.«
Zwei Wochen später, es war an einem Samstagabend und Jessica war anscheinend wieder angetrunken, schrieb sie mir eine SMS mit folgendem Inhalt:

> *Ich bereue das wahrscheinlich, wenn ich es morgen lese – aber ich nehme dein Angebot an. Lass uns ein verrücktes Abenteuer erleben!*

Mit einem Grinsen im Gesicht schrieb ich ihr zurück, dass ich mich über ihre Entscheidung freute.

Verrücktes Abenteuer

Am nächsten Tag skypten wir und ich bemerkte, dass Jessica nicht mehr ganz so überzeugt von ihrer Entscheidung war. Sie traute sich jedoch auch nicht, einzuknicken und diese zurückzuziehen.
Zwei Wochen später stand ich mit einem leicht flaum Gefühl im Magen vor ihrer Schule, um sie abzuholen. Ich hatte mir einen Tag Urlaub genommen, um dieses außergewöhnliche Date überhaupt organisieren zu können.
Ich stand vor meinem Auto und wartete, dass die sechste Stunde zu Ende war und sie den Eingang verließ. Jessica war kurz vor ihrem Abitur und hatte vor zwei Jahren eine Klasse wiederholt. Sie war nun mit die älteste Schülerin an der Schule, welches man ihr nicht ansah, weil sie so klein war. Es klingelte und ich hielt Ausschau nach einer kleinen, brünetten Dame mit lockigem Haar. Einige Schüler und Schülerinnen strömten aus dem Eingang.
Es dauerte ein paar Minuten, dann meinte ich sie zu erkennen. Sie kam mit zwei Freundinnen auf mich zu.
Das musste sie sein, war ich mir nun sicher.

Sie hatte ihre dunklen Haare nach hinten gesteckt und ein paar Strähnen hingen ihr ins Gesicht. Wusste sie das etwa, dass ich so etwas richtig hübsch fand?
Ich lächelte. Sie stand mir fast gegenüber, als sie sich von ihren Freundinnen verabschiedete und ich nur noch mitbekam, wie die beiden meinten:
»Viel Spaß noch, euch beiden.«
Sie kicherten und verließen den Platz.
Jessica setzte ihre Tasche ab und umarmte mich kurz. Danach folgte ein Kuss auf die Wange.
»Hi«, kam es kurz von ihr.
Sie strahlte über das gesamte Gesicht und ihre Augen funkelten, als hätte sie etwas ausgeheckt.
»Hi«, erwiderte ich.
»Hast es ja doch gefunden«, sagte sie entspannt.
»Ja«, bestätigte ich prompt.
Ich ging auf die Fahrerseite meines Wagens und sperrte die Tür auf. Jessica öffnete die Beifahrertür und warf ihre Tasche auf den Rücksitz. Sie setzte sich aber nicht in den Wagen. Ich schaute etwas überrascht.
»Willst du nicht einsteigen?«
Sie schloss die Tür.
»Komm, schließe das Auto ab! Ich muss dir was zeigen!«
Da war das Funkeln in den Augen wieder. Ich schaute sie misstrauisch an, schloss das Auto ab und ging zu ihr herüber.
Die kurze Zeit genügte, um mich daran zu erinnern, was sie vorhaben könnte. Es gab da eine SMS, die mir im Gedächtnis blieb.
»Komm mit«, forderte sie mich auf.

Jessica nahm meine Hand und zog mich hinter sich her. Erst ging es quer über den Schulhof, dann führte sie mich in ein Nachbargebäude.
»Was hast du vor?«, fragte ich.
»Wir hatten in den letzten beiden Stunden Sport.«
»Und?«, fragte ich völlig skeptisch.
Sie blieb stehen.
»Schau mich an!«
Ich musterte sie. Sie trug ein schwarzes Oberteil, einen blauen Rock und schwarze Stiefel. Ich begriff immer noch nichts.
»Die Putzen waren schon in unserem Klassenraum«, sagte sie grinsend und näherte sich meinem Ohr.
»Und ich hab mir vorhin beim Umziehen das Höschen ausgezogen«, flüsterte sie.
Ich schluckte und spürte, wie mein Herzschlag sich erhöhte.
»Gut eingefädelt ...«, meinte ich.
»Meinst du etwa, ich hätte gestern wirklich keine Zeit gehabt? Der Schultag passte nicht«, sagte sie und schlug mit der Hand auf meine Brust.
»Du bist ganz schön gerissen ...«
»Ich weiß«, sagte sie und zog mich hinter sich her.
Ein paar Minuten später waren wir an ihrem Klassenzimmer. Die Luft war rein. Keiner da! Wir gingen hinein.
»Wie schön, dass der Raum am Ende des Gebäudes liegt«, sagte ich kaum hörbar, um mich selbst zu beruhigen.
Jessica hielt direkt aufs Pult zu. Dann stieß sie den Stuhl beiseite und hüpfte mit einem kleinen Sprung auf das Pult. Ich schaute mich kurz um.

»Na, so interessant hier?«, fragte sie und blickte mich mit ihren großen Augen an.
Ich näherte mich ihr und stellte mich genau vor sie.
»Ich kenne was Besseres«, rutschte es mir heraus.
Meine Lippen berührten ihren Mund und gaben ihr einen langen zarten Zungenkuss. Jessica zog mich zu sich und umarmte mich beim Küssen. Kaum spürbar trennte ich mich von ihren schmalen Lippen.
»Du machst mich geil, Jess«, brachte ich nur leise heraus.
Ich wanderte mit einer Hand unter ihr Sweatshirt und tastete nach ihren Brüsten.
»Upps, hätte ich dir ja auch sagen können. Den BH habe ich vorhin mit abgelegt.«
Sie grinste und küsste mich.
Ich massierte ihre kleinen Brüste und als wir uns trennten, schob ich Jessica das Sweatshirt nach oben. Die Nippel standen ab und ich bemerkte, dass sie ziemlich hart waren, als ich daran saugte. Jessicas Hände wanderten zu dem Knopf und dem Reißverschluss meiner Hose. Langsam öffnete sie ihn und streifte sie einschließlich der Boxershorts herunter. Mein harter Schwanz sprang förmlich heraus. Jessica lächelte vergnügt und stützte sich auf dem Lehrerpult ab.
»Heb mir bitte den Rock hoch«, bat sie mich.
Ihrer Aufforderung nachkommend blickte ich auf ihre rasierte Pussy. Nur ein schmaler Streifen ihres Schamhaars hatte die Rasur überstanden. Ich strich mit meinem Finger darüber, glitt nach unten und öffnete mit den Fingerkuppen ihre Schamlippen.

Jessica gab ein leises Stöhnen von sich. Meine Finger glitten tief in ihre Lustgrotte, während Jessica mit einer Hand nach meinem Ständer griff und ihn vorsichtig wichste.
»Lass mich dich lecken, bitte«, flehte ich.
Sie schaute mich mit ihren grünbraunen Augen an. Dann legte sie sich auf das Pult und spreizte die Beine. Ich schob meinen Kopf zwischen ihre Beine und begann den Saft ihrer Lust zu lecken. Mit meinen Fingern half ich nach, um ihre glatten Schamlippen auseinander zu halten, damit ich tiefer in sie eindringen konnte. Jessica stöhnte laut, dabei presste sie meinen Kopf mit ihren Händen noch fester zwischen ihre Schenkel.
»Oh Don, Don ich will es jetzt. Das reicht nun. Das macht mich so geil ...«
Meinen Kopf hebend begab mich in Position und zog Jessica an mich. Nachdem ich ein Gummi übergezogen hatte, ließ ich meinen Schwanz in ihre feuchte Vulva eintauchen.
»Mhmmhm, das fühlt sich gut an ...«, ließ Jessica verlauten.
Mit tiefen Stößen verwöhnte ich ihre Liebesgrotte. Jessica hielt sich am Pult fest, während ich sie nach hinten drückte. Nach einiger Zeit stieß ich schneller zu, weil ich bemerkte, dass ich kurz vor meinem Orgasmus stand. Als es soweit war, hielt ich inne, damit Jessica spüren konnte, wie ich kam.
Sie schaute mich an, zog mich heran und ihre süßen Lippen berührten meine.
»Lass uns bei mir weitermachen. Meine Eltern sind auf Arbeit. Komm, Süßer«, forderte sie mich auf.

Wir kleideten uns an und verließen die Schule. Das Einzige, was davon zeugte, dass wir dort waren, war ein feuchtes Lehrerpult, welches am nächsten Tag wohl trocken sein würde. Jessicas Klassenlehrer würde in der ersten Stunde kommen, nichts ahnend seine Bücher darauflegen und Jessica müsste sich zusammenreißen, um nicht zu lachen.
Bei dem Gedanken musste ich schmunzeln. Ich wäre nur zu gern dabei gewesen, um dieses zu sehen.
Im Auto redeten wir immer wieder über diese Szene und amüsierten uns. Mittlerweile hatten wir den Weg geschafft und standen wir vor dem Haus, in welchem sie wohnte.
Wir gingen hinein und suchten ihr Zimmer auf. Jessica stellte ihre Tasche in der Ecke ab, nahm meine Hand und dirigierte mich direkt aufs Bett.
»Ein wirklich aufregender Einstieg. Ja, du hattest recht. Mit dir kann so etwas machen.«
»Danke, ich fand es auch toll«, bestätigte ich ihren Eindruck.
»Aber wo du schon mal hier bist ...«, ließ Jessica verlauten und legte sich zu mir aufs Bett, um mit ihrer Hand über meinen Bauch hinab zwischen meine Beine zu fahren.
» ... können wir gleich weitermachen«, sagte sie mit erregter Stimme und setzte sich auf mich.
»Booarrrr, sonst geht's dir gut?«, fragte ich und zog Jessica zu mir, um sie zu küssen.
Es folgte ein langer Zungenkuss, der wie ein Aphrodisiakum wirkte. Mit meinen Händen erkundete ich erneut ihre zarte Haut und näherte mich ihren Brüsten. Sie hielt inne.
»Warum so kompliziert?«

Sie streifte sich das Sweatshirt über den Kopf. Diese Einladung nahm ich umgehend an und verfiel ihren weiblichen Reizen.

»Mhm, mach weiter«, schwärmte Jessica, als ich eine Pause einlegen wollte.

Sie schob mir mein Sweatshirt über den Kopf und öffnete ziemlich ungeduldig meine Hose. Mein Schwanz war hart und übte schon Druck auf meine Boxershorts aus. Ich hob meinen Po an, um Jessica dabei behilflich zu sein, mich von der Hose zu trennen.

Sich vor dem Bett kniend öffnete sie mir die Schuhe und zog alles aus, bevor sie wie eine Raubkatze zurück auf das Bett kam.

»Einen richtig schönen Ständer, den du da hast«, sagte sie leise und umschloss ihn mit ihren Lippen.

Ihre Zungenspitze kreiste um meine Eichel und ließ meinen Schwanz komplett in ihrem Mund verschwinden.

»Mhm, Jess, das gefällt mir. Mach weiter! Komm heb' dein Bein mal über meinen Kopf!«

Sie tat, was ich sagte. Vorsichtig hob sie ein Bein, mit den schwarzen Stiefeln, über meinen Kopf. Ich streifte den Stoff ihres Rockes zurück und tauchte mit meiner Zunge in ihre feuchte Vulva ein. Das Gefühl der Geilheit durch ihr Lutschen stieg ins Unermessliche. Ihr in die Haare greifend zeigte ich ihr, wie sehr es mich antörnte.

Nach einiger Zeit hörte sie abrupt auf und schaute nach unten.

»Ich glaub, ich hab schon die richtige Position ...«

Mit einem lasziven Blick lächelte sich mich an.

»Nimmst du mich von hinten?«

»Ja, aber vorher zieh ich dir die restlichen Sachen aus.«
Nachdem der Rock auf dem Boden lag, wollte Jess mit den Stiefeln anfangen.
»Nein, die stören mich nicht, lass sie ruhig an«, sagte ich grinsend, weil ich ihre Stiefel mochte.
Sie kniete vor mir auf allen Vieren und ich streichelte ihren Rücken, während sie gespannt darauf wartete, dass ich in sie eindringen würde. Ich suchte mit meinem Schwanz ihr Allerheiligstes und stieß zu. Nicht mehr so sanft wie beim ersten Mal, denn ich wollte sie spüren lassen, dass ich auch anders konnte.
»Mhmm ... weiter ... jaa«, spornte mich Jessica an.
Sie ließ ihr Gesicht auf das Kopfkissen fallen und stöhnte, während ich weiter zustieß. Ich konnte spüren, wie sich die Spannung in ihrem Körper aufbaute.
»Jaaa ... nur noch ein bisschen ... ich komme«, stöhnte Jessica.
Erschöpft sank sie auf das Bett und schaute sich um.
»Wow, das war heftig«, keuchte sie außer Atem, »hätte nie gedacht, dass es von hinten so viel anders ist.«
»Ja, das soll intensiver sein«, meinte ich.
Ich war allerdings noch nicht gekommen und so legte ich Jessica auf den Rücken.
»Jetzt wird's nicht so anstrengend ... Genieße es einfach.«
Jessica war immer noch ein wenig außer Atem. Ich legte ihre Beine über meine Schultern und drang erneut in ihre Pussy ein. Dieses Mal sanfter und langsamer. Angetörnt von ihrem Orgasmus überkam es mich innerhalb einer Minute.
»Oh ja, Jess«, stöhnte ich laut.

Ich bemerkte das warme Gefühl in meinem Schwanz und ließ von Jessica ab. Sie schaute mich fragend mit ihren großen Augen an.

»Hast du Lust zu duschen?«, fragte ich und nahm ihr die Worte aus dem Mund.

»Ja, das ist eine gute Idee«, meinte sie und lächelte.

Wir standen auf, Jessica führte mich durch den Flur zum Badezimmer und ließ das Wasser laufen. Gemeinsam stiegen wir unter die Dusche und seiften uns gegenseitig ein. Sie griff zu meinem Schwanz und schaute mich an.

»Wollen wir nicht einfach nackt bleiben und ich nehme nicht deine Hand, sondern ziehe dich so hinter mir her?«, fragte sie und kicherte über ihre Bemerkung.

Ich schloss sie in die Arme und gab ihr einen Kuss.

»Ich hätte nichts dagegen, Jess«, sagte ich und schlug ihr mit einer Hand auf den Po.

Nach der Dusche beschlossen, wir vor unserem geplanten Kinobesuch noch beim Italiener etwas zu essen. Das Essen war recht gut und wir verweilten dort noch etwas länger, um die Zeit bis zum Kino zu überbrücken. Danach gingen wir zu Fuß zum Kino, das nebenan lag.

An diesem Wochentag war nicht viel los, und der Film, den wir uns aussuchten, lief bereits drei Wochen. Somit hatten wir fast das ganze Kino für uns alleine. Unser Kinosaal hatte oberhalb eine Loge und Jessica meinte, wir sollten nach oben gehen, weil die Aussicht dort besser wäre. Was sie vorhatte, wusste ich natürlich längst.

Aber die Aussicht von der Loge war wirklich bestens und als der Film anfing, waren wir immer noch alleine in unserem Bereich. Wir hatten uns mit Popcorn und Getränken eingedeckt und warteten darauf, dass die Werbung aufhörte und der Film anfing.

»Don, ich finde es eigentlich ziemlich scheiße, dass du heute Abend schon wieder fahren musst.«

»Das finde ich auch, ich muss morgen jedoch arbeiten.«

Ich gab ihr einen Kuss. Jessica stand auf und setzte sich auf meinen Schoß.

Oh man, dachte ich nur, *ich wusste doch, dass du so etwas hier im Kino planst.*

Ich umarmte sie und griff ihr mit einer Hand unter den Pulli.

»Don, du willst doch wohl nicht hier ...«, gab sie schüchtern vor.

»Siehst du jemand, der was mitbekommen würde?«

»Nein«, antwortete sie und kicherte.

»Siehst du«, sagte ich.

Der Film begann. Jessica hatte wieder einen Rock an und ich überlegte, ob sie dieses Mal etwas darunter trug.

Sie schaute mich an.

»Du bist unmöglich«, versuchte sie mir die Schuld zu geben und setzte dabei ihren Unschuldsblick auf.

»Ich weiß«, antwortete ich knapp.

Ihr einen langen Zungenkuss gebend rollte ich ihren Pulli hoch. Sie trug einen BH darunter. Zum Glück war es ein Sport-BH, welchen ich nach oben schob um ihre kleinen Brüste zu massieren. Sie löste sich von mir.

»Don, ist das wirklich dein Ernst?«

»Ja, du hast mich heute Mittag auch überrascht.«

Sie stand auf, hob ihren Rock hoch und zog das Höschen aus. Sie hielt es mir hin.

»Hier, steck es ein, falls wir hier gleich ganz schnell verschwinden müssen. Ich hab keine Taschen«, flüsterte sie.
Ich ließ es in meiner Hosentasche verschwinden. Sie küsste mich. Ihre Nippel standen vor Erregung ab, als ich mit meinen Fingerkuppen darüber fuhr. Jessica fielen die Haarsträhnen ins Gesicht, als sie meine Hose öffnete und meine Boxershorts beiseite schob.
Sich im Dunkeln über mich beugend nahm sie meinen Schwanz in den Mund und verwöhnte ihn mit ihrer Zunge. Ich schloss die Augen und versuchte, nicht zu stöhnen, während sie zärtlich an ihm saugte.
Ihre Zungenschläge wurden sehr intensiv und ich biss mir auf die Lippe, weil ich es kaum aushalten konnte. Die Haare nach oben ziehend teilte ich ihr mit, dass es zu viel des Guten war.
»Sorry, es tut weh«, flüsterte ich und griff in die Hose, um ein Gummi hervorzuholen.
»Dann lieber so ...«
Ich rollte das Kondom über meinen Schwanz, rutschte bis zur Sitzkante nach vorne und ließ Jessica meinen Ständer in ihrer Vulva aufnehmen. Erneut spürte ich ihre Enge und hätte ihr am liebsten einen Schlag auf den Allerwertesten gegeben. Sie nahm meinen Schwanz ganz in sich auf und begann damit, mich ganz langsam und unauffällig zu reiten. Ein wunderbares Gefühl. Jessica schaute mich an und lächelte zufrieden.
»Na, gefällt es dir?«, stöhnte sie leise.
»Jaaaa«, brachte ich nur heraus.
Sie hatte ein Bein angewinkelt, kniete damit auf dem Nachbarsitz, während sie sich mit dem anderen Fuß gegen

die Logenwand abstützte. Manchmal ließ sie ihr Becken kreisen, wenn ich tief in ihr war und leise stöhnte. Ihr Atmen wurde schwerer und sie versuchte ebenfalls, nicht zu stöhnen, auch wenn es im Film gerade ein bisschen lauter zuging.
»Jess, ich komme gleich«, stammelte ich.
»Ich will dich bis zum Ende«, stöhnte sie.
In dem Moment kam ich aber auch schon und Jessica ließ meinen Schwanz noch einmal tief in ihr Allerheiligstes eintauchen. Sie legte ihren Kopf auf meine Schulter und rang nach Atem.
»Das war echt geil!«
Sie nahm den Kopf hoch und schaute mich an.
»Gibst du mir bitte mein Höschen wieder?«, fragte sie während sie den Sport-BH und den Pulli wieder herunterzog.
Ich nahm das Höschen aus der Tasche und gab es ihr.
»Danke!«
Von den wenigen Besuchern unterhalb hatte wohl keiner etwas mitbekommen - oder nichts gesagt. Nachdem ich meine Hose wieder hochgezogen hatte, setzte sich Jessica neben mich, um sich anzukuscheln. Ein bisschen blieb uns noch vom Film, nachdem wir unsere private Vorstellung sehr genossen hatten. Als wir den Kinosaal verließen, kamen wir uns beide beobachtet vor.
»Lass uns bloß hier raus«, kommentierte Jessica die Situation und schob mich Richtung Ausgang. Als wir im Auto saßen, atmete sie tief durch.
»War dir das zu aufregend?«, stichelte ich.
»Dabei nicht, im Nachhinein schon«, sagte sie und ein Lächeln huschte über ihre Lippen.

Ich brachte Jessica nach Hause und machte mich auf den Rückweg. In den Tagen darauf schrieben wir über unser Erlebnis und ich hatte in der Woche darauf schon die Geschichte im Blog eingestellt. Jessica und ich blieben weiterhin in Kontakt, was ich immer gerne sah. Manche Freundschaften waren inzwischen eingefroren, Freundschaften, von denen ich mir viel mehr erhofft hatte.

Ich hatte schon längere Zeit nichts mehr von Saskia gehört, deswegen wagte ich einfach den Versuch, sie anzuschreiben, in der Hoffnung, sie würde es beim nächsten Mal lesen, wenn sie online wäre. In der ICQ-Liste hatte ich sie seit Wochen nicht mehr gesehen, in meinem Kopf dachte ich jedoch immer wieder an sie.
Sie ist vermutlich mit ihrem Abitur und dem Lernen beschäftigt. Den Rest der Zeit ist sie dann bei ihrem dummen Freund, dachte ich und ärgerte mich darüber, dass ich mich damit wieder belastete.
Nach ungefähr fünf Tagen erhielt ich endlich eine Antwort von ihr.
»Hi«, kam es kurz von ihr.
»Hi, redest du nicht mehr mit mir?«, fragte ich und bemerkte, dass es wie ein Vorwurf klang. Ich hatte aber be-

reits auf »senden« geklickt und konnte es nicht mehr rückgängig machen.
»Warum sollt ich nicht mit dir reden?«
Ich hätte es nicht schreiben dürfen, dachte ich und seufzte.
»Ich weiß nicht. Du bist fast gar nicht mehr online ...«, versuchte ich das Gespräch aufzubauen.
»Habe so viel mit dem Abi zu tun und bin ja meist bei meinem Freund«, kam es als Antwort zurück.
Es war die Bestätigung zu meiner Vermutung.
»Wie läuft es denn bei euch?«, fragte ich.
»Ach, alles okay soweit. Seine Ex-Freundin nervt nur gewaltig. Anscheinend kommt sie mit unserer Beziehung nicht klar und versucht ständig mich hinter meinem Rücken schlechtzureden. Wenigstens erzählt mein Schatz mir das und hält zu mir. Irgendwie hat sie ein Foto von mir bekommen, was für meinen Schatz bestimmt war. Das hat sie ihren Freundinnen weitergeschickt.«
»Was war das denn für ein Foto?«
»Da hatte ich Unterwäsche an. War also nicht wirklich etwas Schlimmes. So viel sieht jeder von mir, wenn ich im Bikini schwimmen gehe. So etwas Unreifes, sich jetzt darüber lustig zu machen.«
»Na ja, ich habe auch so einige Fotos von dir. Aber ich verschicke die bestimmt nicht. Das ist schon sehr frech von deinem Freund. Er wollte wohl mit dir angeben?«
»Mit mir angeben – lach – wie soll das gehen?«
»Du bist ja schon sehr hübsch«, schrieb ich ihr.
»Ach Quatsch. Darauf kommt es im übrigen gar nicht an. Wie läuft es denn bei dir?«, wollte sie von mir wissen, um vom Thema abzulenken.

»Ich hatte das ein oder andere Date, aber die, für die ich mich mehr interessiere, da wird immer nix draus.«
Du kennst das ja mit uns, setzte mir mein Kopf zu.
»Und schon wieder ein paar Erlebnisse gehabt?«, fragte Saskia.
»Ja, da waren ein paar ...«, gab ich zu und wollte gar nicht mehr dazu sagen.
»Dann warst du ja nicht ganz alleine.«
»Nein, das war ich nicht. Ist ja schön, dass dein Freund dich so unterstützt. Aber wehe, er ist nicht brav zu dir. Dann komm ich vorbei. Du gehörst auf Händen getragen«, wechselte ich das Thema.
»Nun übertreib es mal nicht, Don«, bremste mich Saskia.
»Wenn ich mit 30 noch Single bin und der nicht artig ist, heirate ich dich«, rutschte es mir heraus.
Darauf bekam ich natürlich keine Antwort. Das wurde von Saskia ignoriert, war aber von mir wahrscheinlich ein wenig übers Ziel hinausgeschossen.
»Gibt es von Phebey eigentlich was Neues?«, fragte sie.
Das »Themenwechseln« beherrscht du ja gut – und dann kommst du auch noch auf meine Ex, dachte ich und schüttelte vor dem PC den Kopf.
»Nein, nachdem ich das letzte Mal da war, habe ich nichts mehr gehört«, blockte ich das Thema.
»Ich kann mir jetzt erst einmal etwas suchen, um Geld zu verdienen.«
»Warum? Was hast du vor? Willst du für ein eigenes Auto sparen?«
»Das könnte ich auch mal, aber es steht bald die Abifahrt nach Mallorca an. Natürlich geht es zum Ballermann. Für

so etwas bin ich ja überhaupt nicht zu begeistern. Aber ich muss da wohl durch.«
»Du Arme! Genieße doch einfach trotzdem die Zeit in der Sonne.«
»Das werde ich auch versuchen. Es kostet ja Geld genug. Und dann kann ich mal den neuen Bikini ausgiebig ausführen. Weißt du was?«
»Was denn?«, wollte ich wissen.
»Meine Cup ist jetzt C! Toll, oder?«
Ich erinnerte mich daran, wie sie sich im letzten Jahr darüber aufgeregt hatte, dass sie trotz ihres Alters nur einen A/B-Cup hatte.
»Habe ich doch gesagt, das kommt noch! So ist das mit den Wünschen ...«, gab ich nachdenklich zu.
»Joa ...«
»Die meisten bleiben aber Wünsche.«
»Ja, oder sie gehen in Erfüllung =)«
»Wenn ich gewusst hätte, dass alles so ausgeht, hätte ich mich an dem Abend anders verhalten«, schrieb ich.
»Mhm ...«
»Dann hätte ich alles auf eine Karte gesetzt :P«
»Alles? Dann hättest du meinen Handabdruck im Gesicht gehabt«, schrieb Saskia.
»Sicher?«, wollte ich wissen. »Das Fummeln wolltest du doch schon!?«
»Ja ... aber das ist ja nicht ALLES!«
»Soweit, wie ich gehen müsste, um dich zu überzeugen und deine Gefühle zu wecken. Das meinte ich mit alles.«

»Durch Fummeln erweckt man bei mir keine Gefühle. Man kann mich durcheinanderbringen, das hast du auch geschafft.«
»Dann hätte ich dich vielleicht so durcheinandergebracht, dass wir uns ein zweites Mal getroffen hätten. Na ja, egal.«
»Ich geh jetzt mal offline«, schrieb Saskia und war danach schon verschwunden.
Ich konnte es einfach nicht lassen, sie darauf anzusprechen, obwohl ich wusste, dass es nicht gut war. Aber ich wollte nicht kampflos aufgeben. Unser Kontakt sollte jedoch bald für einige Monate ganz abreißen.

Glitzer auf der Nase

Am nächsten Wochenende war ich wieder in unserer Disco und mit Silvie verabredet. Ich hatte sie ebenfalls in der Community kennengelernt, in der ich bereits Daniela und ihre Freundinnen angeschrieben hatte. Sie wollte mit einer Freundin tanzen gehen und so beschlossen wir, uns auf der Tanzfläche kennenzulernen.
Ich fuhr alleine zur Disco, traf jedoch schnell einige Freunde, als ich durch die verschiedenen Räume ging. In der großen Halle sah ich Silvie in der Ferne auf der Tanzfläche und wollte mich auf den Weg zu ihr machen, als mich eine gute Freundin ansprach.

»Na, Don. Heute auch wieder hier? Hältst es wohl nicht ein Wochenende zuhause aus.«
»Genauso wie du. Dich sieht man ja immer hier«, entgegnete ich ihr.
»Wo hast du die anderen gelassen? Du bist doch nicht alleine hier?«, fragte Nadine.
»Doch. Das war eher kurzfristig. Habe noch ein Date hier. Mal schauen, was das wird«, sagte ich und lächelte.
»Dann mal viel Spaß, du Schlingel. Kannst dich ja zwischendurch mal blicken lassen«, sagte sie und lachte.
Nadine ging weiter und ich hielt direkt auf Silvie zu. Sie stand mit ihrer Freundin auf der Tanzfläche und ich stellte mich dazu.
»Dooon«, schrie sie und sprang mir an den Hals.
Ich stand etwas verblüfft da, bemerkte aber auch, dass sie schon einiges getrunken hatte.
»Schön, dass du auch hier bist«, begrüßte sie mich.
Ich konnte mir das Grinsen nicht verkneifen – wir waren ja schließlich verabredet. Ihre Freundin schüttelte den Kopf. Es war ihr sichtlich peinlich. Silvie begann mich anzutanzen, und ich ließ es mir nicht nehmen, gleich mitzumachen.
Sie lächelte mich an. Ihre strahlend blauen Augen und ihre verführerischen Lippen unterstützten die Wirkung. Ich musterte sie weiter. Sie hatte ihre langen braunen Haare nach hinten gebunden, trug etwas Makeup, welches auf ihrer Haut glitzerte.
Sich von mir lösend tanzte sie ihre Freundin an. Zwei Minuten später kam sie überraschend zu mir zurück und küsste mich direkt auf dem Mund. Ich war total durchein-

ander und bekam kein Wort heraus. Silvie schaute mich an und grinste nur. Die Überraschung war gelungen.

»Wir sind mal gerade weg und kommen gleich wieder. Warte hier«, sagte sie und zog ihre Freundin mit sich.

Ich schaute ihr hinterher und war schon wieder verwirrt.

Was zum Teufel ist mit dieser Frau los, fragte ich mich.

Völlig durcheinander wartete ich zehn Minuten, aber die beiden kamen nicht wieder und so ging ich weiter und traf noch einmal auf Nadine. Die fing sofort an zu grinsen.

»Na, wie war das Date?«, fragte sie.

»Joooaarrr ...«, stotterte ich und rang nach Worten. »Überraschend würde ich sagen! Sie hat mich gleich geküsst.«

Nadine lachte.

»Hab mich schon gewundert, warum du Glitzer auf der Nase hast!«

»Die hat mich echt einfach geküsst ...«, protestierte ich. »Ich konnte da gar nichts machen. Nicht, dass ich was dagegen hätte. Aber ich hätte es gerne etwas genossen.«

»Und wo ist sie jetzt?«

»Sie wollte mit ihrer Freundin kurz weg, kam aber nicht wieder. Ich glaube, sie war auch schon sehr angetrunken.«

»Willst du sie noch mal suchen? Dann kannst du sie ja mit einem Kuss überraschen«, empfahl Nadine mir.

»Das werde ich auch machen ...«, sagte ich und ging weiter.

Nachdem ich zehn Minuten meine Blicke schweifen ließ, entdeckte ich sie im kleinen Clubraum. Die laute Musik wummerte und sie stand mit ihrer Freundin an der Wand, eine Flasche Mischbier in der Hand. Demonstrativ stellte ich mich vor sie und schaute ihr tief in die hellblauen Augen.

»Du hast vorhin etwas auf der Tanzfläche vergessen«, sagte ich so laut, dass sie es auch verstehen konnte.

Ich ließ sie gar nicht antworten, nahm ihre Handgelenke, drückte sie gegen die Wand und küsste sie. Unser Kuss war lange und intensiv. Ihre Zunge in meinem Mund spürend genoss ich diesen langen Augenblick der Zärtlichkeit. Sie schaffte es glatt, mich damit zu erregen und ich ließ ihre Hände los, um sie zu umarmen. Küssend begann sie ihren Körper im Takt der Musik an mich zu schmiegen und ließ mein Herz dadurch noch schneller schlagen.

Unsere Lippen lösten sich voneinander und ich schaute in ihre Augen. Im gleichen Augenblick wurde Silvie aus meinen Armen gerissen.

Dieser Abend war eine einzige Überraschung, dachte ich.

Im Augenwinkel konnte ich nur sehen, dass ihre Freundin sie wegzerrte und mit ihr schimpfte. Die Lücke zwischen uns füllte sich so schnell mit Menschen, dass ich nicht hinterherkam und sie verlor. Von dem Kuss geflasht suchte ich fast zwei Stunden nach Silvie, konnte sie jedoch nicht finden. Ich beschloss, zu fahren und sie am Nachmittag anzuschreiben.

Am späten Nachmittag schrieb ich ihr eine SMS und fragte sie, ob sie gut nach Hause gekommen sei.

> *Meine Freundin ist gefahren, das war auch besser. Ich war wirklich sehr betrunken.*

> *Das habe ich gemerkt, als ich dir begegnet bin. Aber es war schön dich zu treffen, auch mit den Lippen.*

> *Du warst auch da? Wo warst du denn? War es schon später? Ich kann mich an fast nichts mehr erinnern.*

Ich seufzte. Super. Da hatte ich eine hübsche Frau geküsst und sie wusste es nicht einmal mehr. Ich legte nach, um ihrem Erinnerungsvermögen auf die Sprünge zu helfen.

> *Wir haben uns auf der Tanzfläche getroffen. Du hast mich direkt geküsst und mit mir getanzt.*

> *Oh weh, da habe ich es gestern wohl wirklich sehr übertrieben. Es tut mir leid, wenn ich so aufdringlich war.*

> *Das ist gar nicht schlimm gewesen. Du brauchst dich nicht entschuldigen. Wir haben uns ja noch mal getroffen. Da habe ich dich geküsst ;) Hat mir übrigens sehr gefallen.*

Auf diese SMS erhielt ich keine Antwort mehr. Nachdem ich noch zwei dumme SMS mit »Alles okay? Du schreibst nicht mehr« hinterhergeschickt hatte, konnte ich mir vorstellen, warum ihre Freundin sie weggezogen hatte.

Dieser Abend und die Nachrichten von Silvie verunsicherten mich so sehr, dass ich sechs Monate weder über das Internet noch in einer Diskothek ein Date abschleppte. Selbst bei den interessierten Frauen fragte ich mich immer, ob ich den Schritt gehen konnte, sie mit nach Hause zu nehmen. Mein Bekanntenkreis an Frauen wurde immer größer, jedoch konnte ich meine Unsicherheit nicht überwinden. Es war unglaublich, wie sehr mich dieses Erlebnis gezeichnet hatte.

Die meiste Zeit verbrachte ich nun mit Daniela, Johanna, Nadine und Sarah in der Disco. Oft waren auch meine Freunde dabei und so war es keine Seltenheit, dass ich am Wochenende zwei Tage unterwegs war. Ich arbeitete sogar ein dreiviertel Jahr für ein großes Fotoportal, um Eventfotos zu schießen. Klar bekam ich dadurch die Gelegenheit zu flirten, jedoch verhielt ich mich in der Zeit wie ein kleiner unschuldiger Junge, der noch nicht einmal sein erstes Mal hatte.

Die große Abenteuerzeit sollte nun vorbei sein. Ich hielt mich an alte Bekannte und Ex-Freundinnen, bei denen ich wusste, sie würden mich nicht verstoßen.

Das laute Bett

Nach einem Jahr traf ich mich wieder mit Melanie, weil ich Anfang des Jahres auf einer Messe in ihrer Nähe mit einem Kollegen aus unserer Firma für unseren Stand eingeteilt war. Wir schliefen bei einem Kumpel von meinem Kollegen in der WG, da er in der Stadt studierte. Melanie und ich trafen uns auf der Messe und fuhren, nachdem wir etwas zu essen besorgt hatten, zur seiner Wohnung.

Ich war nicht sehr begeistert von dieser Lösung, denn ich wäre mit Melanie viel lieber in einem Hotel abgestiegen. Melanie fand es nicht schlimm und ich sah, wie mein Kol-

lege einen Blick auf sie warf. Ihm war die »nette Unterhaltung« wohl ebenfalls recht.
Wir setzten uns gemeinsam in das Wohnzimmer, aßen und schauten etwas Fernsehen. Als wir fertig waren, gingen Melanie und ich in das Zimmer nebenan, wo ich untergebracht war. Das hämische Grinsen meiner männlichen Begleiter nahm ich selbstverständlich im Augenwinkel wahr und machte mich in diesem Augenblick etwas stolz, denn ich wusste, Melanie würde ich heute Abend haben können.
Melanie und ich setzten uns aufs Bett und unterhielten uns erst einmal über die Neuigkeiten. Irgendwann verschwand sie kurz im Badezimmer und als sie zurückkam, ging ich.
Im Bad überlegte ich, ob ich es wirklich riskieren sollte und entschied mich, allen Mut zusammenzunehmen und in die Offensive zu gehen.
Ich kam wieder ins Zimmer zurück, schaute sie kurz an und setzte mich aufs Bett. Was ich nicht wusste, als ich sie anschaute, war, dass es nicht einfach ein Blick war. Es war der Blick, der einer Frau sagt:
»Hier bin ich, ich will dich jetzt – also worauf wartest du!«
Nicht wissend, dass mein Blick alles gesagt hatte, kam Melanie sofort zu mir und gab mir einen Kuss. Da ich den Anfang machen wollte, war ich total überrascht. Ich hatte mich auf einen »Eroberungskampf« eingerichtet und was sagte sie mir jetzt damit:
»*Du willst mich? Dann komm her und hol dir, was du willst. Worauf wartest du!*«
Sie auf mich ziehend küssten wir uns weiter, meine Zungenspitze spielte mit ihren Lippen und mit ihrer Zunge. Ich knöpfte ihr Shirt auf, zog es aus und danach war ihr

Top an der Reihe. Melanie trug einen schwarzen BH, der mit seinen Verzierungen und durchsichtigen Stellen sehr neugierig auf ihre nackte Haut machte. Mit meinen Händen fuhr ich durch ihre dunklen Haare. Melanie saß auf mir und massierte mit ihrem Becken meinen harten Schwanz.

Hatte sie das alles geplant, schoss es mir kurz durch den Kopf.

Ich wartete nicht lange und öffnete den BH, um ihn zur Seite zu werfen. Melanie zu mir herunterziehend küsste ich sie, erst ihren Hals, bis ich schließlich bei ihren Brüsten angekommen war.

Wir drehten uns und sie knöpfte mein Hemd auf, was seinen Platz ebenso schnell mit meinem T-Shirt neben dem Bett fand. Ich liebkoste weiter ihre Nippel und wanderte mit meinen Küssen zum Bauchnabel, um mich nebenbei mit ihrer Hose zu beschäftigen. Langsam zog ich sie herunter, sodass der schwarze Tanga zum Vorschein kam. Meine Küsse wanderten zu ihrem Oberschenkel, als ich den Tanga abstreifte.

Melanie gab einen lasziven Seufzer von sich, als sie völlig entblößt vor mir lag. Ich genoss den Anblick und musterte sie, ihre Brüste mit den harten Nippeln, herunter bis zu ihrer glatt rasierten Pussy. Es war wirklich gar kein Haar zu sehen und ich fragte mich ein weiteres Mal, wenn sie sich heute morgen rasiert hatte, ob das nicht doch von ihr geplant war.

Ich verwarf den Gedanken und ließ meine Zungenspitze über ihren Venushügel gleiten und tauchte in ihre Lippen ein, um ihren Kitzler zu verwöhnen. Meine kreisende Zunge erkundete ihre feuchte Vulva, deren Nässe spürbar zunahm. Ihre Geilheit war nicht mehr zu bremsen und so ließ ich meinen Finger in sie eintauchen, um ihre Pussy zu ficken. Gleichzeitig saugte ich an ihrer Klit und massierte sie weiter mit der Zunge. Melanie stöhnte leise und nahm den Kopf hoch, um mich dabei zu beobachten.

Ich grinste und kroch in ihre Arme, um sie zu küssen. Dann drehten wir uns, sodass sie oben war. Melanie zog mir die Boxershorts aus und wichste meinen Schwanz.

Ihre Finger übten spürbar Druck aus und ließen mich aufstöhnen. Sie setzte sich auf mich und massierte meinen Schwanz mit ihrer Pussy.

Jetzt war ich sehr überrascht. Normalerweise erwartete ich die Frage »Hast du ein Kondom dabei?«

Ich stutzte.

Als wir zusammen waren, wollte sie nie ohne Gummi!

»Ähmm Süße ... nimmst du die Pille?«, fragte ich.

»Ja«, kam es kurz zurück.

»Okay«, sagte ich und akzeptierte, was sie sagte, weil ich ihr vertrauen konnte. Das wusste ich.

Sie strich mit ihrem Venushügel und ihre Vulva immer wieder über meinen Schwanz, bis er die inneren Lippen durchdrang und ihr Allerheiligstes betrat. Ich stöhnte laut auf, weil sie so eng war. Das hatte ich ganz vergessen und sie brachte mir es mit jedem Stoß in meine Erinnerungen zurück.

Melanie ritt mich schneller und ich erinnerte mich wieder daran, wie geil das war.

»Da hast du wieder deine wilden Ritte, die besten auf der Welt«, flüsterte Melanie und grinste.

Jetzt musste ich daran denken, was ich für sie unter „Thanks4" auf meinem Blog geschrieben hatte.

Als wenn sie mir es erneut beweisen wollte, ließ sie ihr Becken kreisen und stieß heftig zu. Jetzt erst bemerkte ich, dass das Bett ziemlich laute Geräusche von sich gab und dachte daran, dass nebenan die beiden Jungs saßen. Ich fasste Melanie an den Po und bremste sie etwas, weil das Knarren schon extrem laut war. Sie beugte sich zu mir nach vorne und ließ meinen Ständer immer wieder mit ihren Bewegungen eintauchen.

»Hast du Angst, dass wir erwischt werden, Don?«, hauchte sie.

Ich quittierte ihre Fragen mit einem Stöhnen. Nach ein paar Minuten setzte sie sich wieder aufrecht hin und ritt mich abermals leidenschaftlich, wobei ich meine Hände gegen ihre Brüste presste.

»Mhmm ... jaaa ...«, stöhnte Melanie leise, wobei das Bett immer weiter knarrende Geräusche von sich gab.

Ich stieß mit meinen Schwanz von unten in ihre Venus-Spalte, ohne auf das Bett zu achten. Ihre Enge trug mich weiter, zog mich auf den Achterbahnturm des Glücks und als ich bemerkte, dass ich den höchsten Punkt erreicht hatte und alles still stand, zog ich Melanie zu mir herunter, um noch einmal tief in sie zu stoßen.

»Mhmmm jaaa ... Süüüüßeeeee ...«, keuchte ich, als es mich überkam und die berauschende Fahrt startete.

In meinem Kopf überrollte mich das Glücksgefühl und mein Phallus entlud sich in ihrem Paradies. Völlig außer Atem und berauscht schaute ich Melanie an.

»Die haben das bestimmt gehört ...«, sagte sie zaghaft und wir beide mussten lachen.

Sie ließ sich auf meiner Brust nieder und kuschelte sich mit ihrem gesamten Körper an mich.

»Ist das schön warm, hier bleibe ich einfach liegen«, flüsterte sie.

»Das kannst du gerne machen«, meinte ich und strich ihr dabei durchs Haar.

Erschöpft und verträumt blieben wir für eine Weile liegen und unterhielten uns.

»Viel Spaß, wenn du hinübergehst, um den Schlüssel vom Auto zu holen«, sagte sie und amüsierte sich dabei.

»Das konnten die bestimmt vorhin hören, das Bett war so megalaut. Wahrscheinlich werde ich breit grinsend angegafft«, murmelte ich und bekam mich gar nicht mehr ein.

Wir kuschelten uns unter die Decke und küssten uns weiter, denn wir hatten noch eine Stunde Gnadenfrist.

»War das eigentlich von dir geplant?«, wollte ich wissen, weil ich die Frage im Kopf nicht los wurde.

»Warum meinst du das?«

»Ja, wegen der Unterwäsche, weil du glatt rasiert bist und mich vorhin nach der Toilette so angefallen hast ...«

»Nein, geplant war das nicht. Ich wusste nur Bescheid, als du aus dem Badezimmer wiederkamst.«

»Wie, du wusstest Bescheid?«

»Du hattest den Blick drauf ...«, lachte Melanie.

»Dieser Blick bringt mich noch mal um, dass ich so leicht zu durchschauen bin«, grummelte ich.

»Na ja, ich kenne dich halt. Ich war mal mit dir zusammen, da weiß man das.«

Langsam wurde ich von den ganzen Küssen wieder geil und ich zog Melanies Hand zu meinem Schwanz. Sie wichste ihn zärtlich, küsste mich und grinste.
»Du bist immer noch so unersättlich wie damals?!«
»Mhmmm, vor allen Dingen weil ich weiß, dass du nur für ein paar Stunden hier bist und ich dich gehen lassen muss.«
Melanie lag auf dem Rücken und ich beugte mich über sie, aber wir bekamen es wieder nicht hin, dass ich in sie eindringen konnte. Es war alles wie früher.
Wir drehten uns, sodass sie oben war und auf mir saß. Weit nach hinten gelehnt ließ sie meinen Phallus in ihre Vulva eintauchen, die noch feucht war vom unserem ersten Liebesabenteuer.
Es ist sowieso am geilsten, wenn du auf mir bist, dachte ich und genoss ihren zweiten Ritt.
Das Bett gab wieder seine Geräusche dazu und Melanies Brüste wippten im Takt zu ihren Stößen. Mein Schwanz rutschte zweimal aus ihrer Pussy, weil sie so feucht war. Melanie hielt das aber nicht auf, sie wollte mich erneut spüren, so lange sie es konnte.
Ich gab ihr einen Klaps auf den Po und küsste ihre sanften Lippen, während sie mich so leidenschaftlich verwöhnte.
Es war so aufregend und intensiv, wie sie mich zehn Minuten ritt und immer wieder mein Gemächt in ihre enge Muschi stieß.
Mein Stöhnen wurde lauter und ich versuchte, mich zurückzuhalten aber Melanie schien es darauf anzulegen.
Ich richtete mich auf und drückte Melanie etwas nach hinten, was sie mir mit einigen harten Stößen quittierte. Ihre beiden Pobacken umfassend drückte ich sie immer wieder

herunter auf meinen Schwanz. Melanie ließ mich die Enge ihrer Pussy spüren und ich hielt weiter von unten mit meinem Ständer dagegen und fühlte, dass ich bald wieder in ihr kommen würde. Ein weiterer harter Stoß von ihr genügte, um meinen Liebessaft in ihrer Pussy zu entladen.

»Mhmm Süße ... war das geil«, sagte ich und lächelte zufrieden.

»Du bist immer noch so unersättlich und schlimm wie früher«, stellte sie fest.

Wir kuschelten ein paar Minuten und zogen uns danach an. Ich wagte mich in die Höhle der Löwen und Melanie folgte mir.

»Ich bringe Melanie eben zum Bahnhof. Habt ihr den Schlüssel hier?«, fragte ich.

Die beiden Jungs grinsten frech.

»Da vorne«, deuteten sie.

Melanie verabschiedete sich und ich machte mich schleunigst aus dem Zimmer.

»Oh ja, sie haben es mitbekommen«, ließ Melanie verlauten und boxte meinen Arm.

»Na danke, ich muss ja nur noch den restlichen Abend mit denen verbringen.«

»Das tut mir sooooo leid. Aber dafür hattest du ja ein paar schöne Stunden.«

»Du hast recht«, sagte ich freudig.

Am Bahnhof verabschiedeten wir uns mit einigen langen Küssen voneinander. Da der Zug Verspätung hatte, blieben uns weitere Minuten. Auf der Fahrt zurück dachte ich darüber nach, ob es klug war, sie damals für Anita zu verlassen. Ich war mir aber sicher, dass sie einfach nicht die

war, die ich suchte. Es war schön, dass wir so offen waren und wieder eine Freundschaft pflegten, eine Freundschaft, die auch manchmal ein paar Extras beinhaltete.
Von den Jungs bekam ich weder am Abend, noch an den nächsten Tagen einen Kommentar zu hören.
Die werden sich schon zu zweit darüber sehr amüsiert haben. Den wirklichen Spaß hatte ich doch wohl selbst gehabt, dachte ich und war in den kommenden Tagen sichtlich entspannt.

Versautes Wiedersehen

Ein paar Wochen später traf ich in unserem Supermarkt auf Ela. Anscheinend war im Moment »die Zeit der Wiedersehen«, denn Ela hatte ich schon Jahre nicht mehr gesehen. Bei unserem ersten Treffen wohnte sie noch eine halbe Stunde entfernt. Im Gespräch erfuhr ich jedoch überraschende Neuigkeiten.
»Wir wohnen schon seit vier Monaten in der Stadt«, gab Ela bekannt und griff ins Kühlregal, während sie meine Reaktion erwartete.
»Ui, wir?«, brachte ich nur heraus und schluckte.
»Mein Freund und ich«, fügte sie hinzu.
Die Kühlprodukte wanderten in den Einkaufswagen und Ela schaute mich wieder erwartungsvoll an.

»Noch der alte Freund?«, fragte ich und erinnerte mich daran, dass sie einen ziemlich komischen Typen abgegriffen hatte, als sich unser Kontakt verlor. Sie war damals nicht wirklich zufrieden mit ihm.

»Ja, mal wieder. Das ist immer eine On-Off-Beziehung«, kommentierte sie gleichgültig meine Aussage.

»Freude sieht anders aus«, stellte ich fest.

»Ja, ich bin es derzeit wieder leid. Er motzt herum und vernachlässigt mich einfach. Aber jetzt haben wir die Wohnung zusammen. Und bei dir? Mittlerweile vergeben oder noch Single?«

»Single«, antwortete ich knapp.

»Warum wundert mich das nicht. Welche Frau kann dich auch halten«, sagte sie und ein Lächeln flog über ihr Gesicht.

»Es hätte schon welche gegeben, aber lassen wir das ...«, bemerkte ich.

»Wie lange ist das schon her mit uns?«, fragte sie und blickte mir dabei direkt in die Augen.

»Ungefähr fünf Jahr dürften es sein ...«, meinte ich.

... und du siehst mittlerweile aus wie eine richtige Lady, fügte mein Kopf hinzu, als ich sie musterte.

Sie sah wirklich sehr hübsch aus, vor allem die Haare gefielen mir, denn damals trug sie ihre blonden Haare kürzer. Sie hatte ihre Haare zu einem Pferdeschwanz nach hinten gebunden und war leicht geschminkt.

»So lange? Wir sollten uns mal wieder treffen, wenn du verstehst«, sagte sie und nahm meine Hand.

Du willst mit mir fremdgehen?

»Hast du deine Handynummer für mich?«, fragte ich, um die Situation zu vertagen und nicht gleich eine Entscheidung fällen zu müssen.
»Ich speichere dich dann mal unter Daniela und melde mich. Mein Freund kontrolliert mein Handy. Also keine bösen SMS. ICH melde mich«, sagte Ela, nachdem wir die Nummern getauscht hatten.
Ela ging weiter und ließ mich alleine im Gang stehen.
Sollte ich das tun? Ela beim Fremdgehen unterstützen?
Ich setzte meinen Einkauf fort, sah Ela noch einmal kurz an der Kasse und fuhr nach Hause. Es dauerte keine Stunde, da bekam ich schon die erste SMS.

Schön dich mal getroffen zu haben. Hast du diese Woche abends mal Zeit. Vielleicht bist du alleine und wir können mal einen Wein trinken und quatschen?

Unglaublich, wie dreist sie war. Aber mir gefiel die Vorstellung, Ela nach fünf Jahren noch einmal verführen zu dürfen. Ich war gespannt auf ein Treffen und sagte zu.

Ich habe am Donnerstagabend Zeit und bin alleine. Komm doch um 18 Uhr vorbei.

Okay, dann sehen wir uns am Donnerstagabend. Rufe dich gleich noch an wegen der Adresse.

Das ist auch besser so, bloß nichts schriftlich, sonst steht dein »Freund« noch vor der Tür, dachte ich.

Zwei Tage später klingelte es abends an meiner Tür. Als ich öffnete, blickte mich Ela erwartungsvoll an. Ich kannte diesen Blick und wusste, was in den nächsten Minuten folgen würde.

»Hi, komm herein!«

Wir gingen in mein Wohnzimmer und setzten uns auf die Couch. Es waren ein paar Minuten vergangen und ich wusste inzwischen, dass sie nicht den ganzen Abend Zeit hatte, weil sie später noch zu einem Bekannten wollte.

Ein weiterer Flirt, war sie so verdorben? Dann hatte sich in den letzten fünf Jahren viel getan, dachte ich.

Ich legte meinen Arm um sie, sie lächelte und kuschelte sich an mich. Es dauerte nicht lange und unsere Lippen berührten sich. Ich küsste sie erst sanft, ohne Zunge, aber ein paar Minuten später fanden unsere Zungen zueinander.

Ihr Blazer von ihren Schultern schiebend bemerkte ich, wie Ela meine Hose öffnete und mit ihrer Hand darin verschwand.

Du hast es aber eilig, dachte ich und stöhnte leise auf, weil sie ihr Ziel gefunden hatte.

Nachdem ich ihr Top nach oben geschoben hatte, kam ihr schwarzer verzierter BH zum Vorschein.

»Stop, nicht so schnell, erst bist du dran«, ermahnte sie mich und setzte sich auf mich, um mir das Sweatshirt auszuziehen.

Danach dauerte es nicht lange und ihr BH fand den Weg auf den Boden. Ich liebkoste ihre großen Brüste und saugte an einem Nippel, bis er voller Erregung abstand.

Ela massierte meinen harten Schwanz mit ihrer Pussy, als sie auf mir saß. Ich öffnete unterdessen den Knopf und Reißverschluss ihrer Hose. Dabei lehnte sich Ela zurück

und rutschte auf das Sofa, sodass ich ihre schwarze Stoffhose ausziehen konnte. Wir küssten uns wieder und wieder.
Ela zog es vor, mir gleich die Jeans und die Boxershorts ganz auszuziehen, damit sie freie Bahn hatte. Sie wichste mir vor ihrem Gesicht meinen harten Schwanz.
Wenn du ihn mir so weiter wichst, spritze ich dir mitten ins Gesicht, du geile Sau, dachte ich und musste grinsen.
Als wenn sie meine Gedanken gelesen hätte, stoppte sie abrupt.
»Wir wollen es ja nicht übertreiben ... «, meinte sie und grinste amüsiert.
Ich zog das letzte Überbleibsel von ihr aus und strich mit meinen Fingern über ihre nasse Pussy, um sie darin zu versenken.
»Fick mich«, zischte Ela.
Grinsend holte ich ein Gummi aus der Tasche und rollte ihn über. Sie kam sehr schnell zum Punkt und war nicht mehr die schüchterne junge Frau von damals.
Ich ließ meinen harten Schwanz in ihre Lustgrotte eintauchen und begann sie gleich hart zu ficken.
Ela stöhnte beim ersten Stoß laut auf und verdrehte die Augen.
»Genau das brauche ich ...«, gab sie keuchend von sich.
Ich nahm sie hart und ohne Rücksicht auf ihre schmatzende Pussy, ohne Rücksicht auf das laute Stöhnen. Das gefiel mir sogar. Ela sah mit ihrer Frisur und der Brille aus, als käme sie gerade aus dem Büro.
Ich würde ihr schon den Chef geben, schoss es durch meinen Kopf.

Ihre weichen Brüste wippten mit jedem Stoß und ich bemerkte, dass ich bald kommen würde. Da ich dieses nicht wollte, zog ich meinen Ständer heraus, rutschte auf den Boden und begann ihre zarte Pussy zu lecken. Meine Zunge über ihren Kitzler streichend nahm ich meine Finger zur Hilfe. Erst versenkte ich zwei Finger, später drei Finger und dann sogar alle vier.
Elas Seufzen wurde lauter.
Nach zehn Minuten setzte ich mich auf das Sofa und Ela lächelte mich an. Ich wollte sie auf mich ziehen, damit sie mich reiten konnte.
»Nicht so schnell, Süßer«, stoppte sie mich.
Sie beugte sich nach vorne über meinen harten Schwanz und begann ihn zu lecken, um ihn ganz in den Mund zu nehmen und daran zu saugen. Das entlockte mir ein lautes Stöhnen und ich schob ihren Kopf mit einer Hand noch weiter auf meinen Phallus. Elas Lippen umfassten meinen Schwanz ganz, sie saugte heftig und ließ ihn immer wieder schmatzend aus ihrem Mund gleiten.
Dann bekam ich meinen Wunsch erfüllt, auch wenn es nur ein kurzes Vergnügen wurde. Ela setzte sich auf mich, ließ meinen Ständer in ihre rasierte Vulva gleiten und ritt mich so wild, dass das Sofa Geräusche dazu abgab.
»Lass uns ins Schlafzimmer ...«, sagte sie nach ein paar Minuten, stand auf und zerrte mich gleich mit.
»Wohin«, fragte sie, weil sie die Wohnung nicht kannte.
»Geradeaus und dann rechts die Tür«, sagte ich außer Atem.

Ela ließ sich gleich auf dem Bett nieder und spreizte ihre Beine, um mir einen Blick auf ihre Liebesgrotte zu gewähren.

»Komm her«, sagte sie und keine zehn Sekunden später stieß ich mit einem neuen Gummi in ihre feuchte Lustgrotte. Ich nahm sie erneut richtig hart, sodass unsere Beine immer wieder aneinander klatschten.

»Das reicht«, stoppte sie mich und verwies mich nach unten, damit ich ihre Pussy lecken konnte.

»Ich habe da noch was für dich ...«, sagte ich grinsend und ging kurz zum Schrank.

»Was denn?«, fragte Ela neugierig.

»Warte ab und schließe deine Augen.«

Eine Minute später bohrte sich ein kühler blauer Glasdildo in ihr Innerstes.

»Mhmmm ... du bist ja einer«, sagte sie zufrieden, die Augen weiter geschlossen.

Ela langsam mit dem Dildo fickend leckte ich sie, saugte an ihrer Klit, sodass sie immer lauter stöhnte.

»Komm mal hoch zu mir, aber fick mich bloß weiter«, kam es von ihr.

Ich gehorchte und spürte, wie ihre Hand sich zu meinem Schwanz vortastete, um ihn zärtlich zu wichsen. Erst nahm sie nur ein paar Finger, aber irgendwann umfasste sie ihn mit der ganzen Hand und ich fühlte ihren festen Griff.

Nach einiger Zeit unterbrach ich sie, schob ihre Beine auseinander und ließ meinen harten nassen Prügel erneut in ihre gedehnte Pussy eintauchen. Es dauerte nicht lange, ich war kurz davor zu kommen und musste mich wieder zurücknehmen.

Meinen Schwanz aus ihrer Pussy gleitend fickte ich sie mit meinen Fingern weiter, erst drei Finger und später mit der ganzen Hand.
Elas Stöhnen war mittlerweile ziemlich laut. Ich wichste mir nebenbei meinen Schwanz hart und entfernte meine Hand. Dann rammte ich meinen Lustschwengel mit voller Wucht in ihre Lustgrotte.
»So gefällt mir das, Don...«, stöhnte Ela und gab mir einen langen Zungenkuss, während ich meinen Schwanz mit klatschenden Geräuschen immer wieder in sie stieß.
»Leck mich noch mal ... bitte ...«, flehte Ela.
Das würde ich ihr bestimmt nicht gleich erfüllen, dachte ich.
»Bitte ... leck mich«, flehte sie.
»Bitte ...«
Ich kroch nach unten und ließ meine Zungenspitze über ihren Kitzler streichen. Sofort spürte ich ihre Hand, die mich fest an ihre Vulva drückte. Ich leckte ihre Klit mit kreisenden, langsamen Bewegungen und Ela konnte sich kaum noch zurückhalten. Ihre Pussy zuckte, während meine Zunge sie umschleichte und ich sie fingerte.
»Mhhmmmmm ... mach weiter Süßer ...«
Ich saugte an ihrer Klit und stieß danach in ihre Liebesgrotte. Ela drehte sich in meine Richtung, um sich meinem Schwanz zu nähern.
»Schön weiter massieren ...«, ermahnte sie mich, weil ich nebenbei ihre Pussy bearbeitete.
Sie beugte sich über meinen Schwanz und ihre langen blonden Haare fielen ebenfalls darüber. Mir gefiel es, wie ihre Lippen meinen Schwanz berührten, ihn zärtlich küss-

ten und daran saugten. Das verfehlte seine Wirkung nicht und er wurde so hart wie Stein.

Ein paar Minuten nachdem ich genossen hatte, wie ihre Zunge sich um meinen Schwanz schlängelte, legte sie sich wieder auf den Rücken und lud mich zu einer weiteren Runde ein. Dieses Mal würde ich sie nehmen, bis ich zu meinem Orgasmus kam.

Ich nahm sie erst etwas langsamer und dann immer schneller. Mein Schwanz tauchte in sie hinein und Ela schrie bei jedem Ruck lauter. Ihre großen Lippen umschlossen meinen Schwanz fest und so kamen wir unserem gemeinsamen Höhepunkt näher.

Unter lautem Stöhnen kam Ela und riss mich mit, einen letzten Stoß tief in ihre Lustgrotte gebend. Elas Pussy zuckte noch, nachdem ich meinen Schwanz herausgezogen hatte.

»Mhmmm, das war mal wieder richtig geil. Hatten meine Erinnerungen mich doch nicht getäuscht, dass es so gut mit dir ist«, sagte sie außer Atem.

Ich ließ das unkommentiert, freute mich natürlich über das Kompliment. Ela in den Arm nehmend kuschelte ich mich an sie.

»Ich muss aber gleich weiter, habe meinem Freund gesagt, ich fahre nur kurz bei meiner Freundin vorbei.«

»So, so, deine Freundin.«

»Vielleicht können wir uns ja bald wiedersehen«, sagte sie, während sie sich aus meinen Armen löste, um sich anzukleiden.

»Und wie wollen wir das machen?«

»Ich rufe dich an, wenn ich Zeit habe. Schreiben ist nicht gut«, gab Ela zu bedenken, während sie ihre Unterwäsche anzog.

»Mal schauen, wann ich am Wochenende einen Nachmittag Zeit habe, wo es nicht auffällt. Dann haben wir etwas mehr Zeit für uns«, sagte sie und zog sich ihr Blazer über.

Ich begleitete sie zur Tür und wir verabschiedeten uns mit einem kurzen Kuss.

Ein weiteres Treffen sollte es jedoch nicht geben, denn in den nächsten Wochen traf es mich unerwartet, wie aus heiterem Himmel. Saskia war es nicht, obwohl ich insgeheim immer noch an sie dachte. Sie war allerdings mit ihrem Freund zusammen und ich hatte die Hoffnung fast aufgegeben, jemals eine zweite Chance zu bekommen.

Heimlich verliebt

Wie fast jedes Wochenende war ich mit meiner Clique in unserer Lieblingsdiscothek unterwegs. Meine Augen blieben zwar immer wieder an Daniela hängen, jedoch hatte ich den Freundschaftsstatus mit ihr akzeptiert. Es war okay, sich bei ihr Appetit zu holen, ich schaute mich nun aber anderweitig um.

Ihre beste Freundin Sarah empfand ich als sehr unauffällig und schüchtern. Wir unterhielten uns zwar, sie war andererseits oft bei ihrem Freund, der ebenfalls mit uns und seinem Freundeskreis die Nächte verbrachte. Ab zwei Uhr nachts hatte ich Daniela meistens für mich, weil Sarah mit ihrem Freund zu diesem Zeitpunkt die Diskothek verließ. Wir belächelten dieses, waren wir doch oft bis kurz vor 5 Uhr morgens im Partyrausch.

Seit zwei Wochen blieb Sarah ebenfalls länger, und als ich Daniela dazu befragte, erzählte sie mir, dass sich die beiden getrennt hatten und Sarah wieder Single wäre. Nach dieser Information fiel mein Blick öfters auf diese unscheinbare Frau und ich stellte fest, sie war eigentlich ziemlich süß: Schlank, dunkle lockige Haare und strahlend blaue Augen.

Es war einer der Abende, wo ich wieder mit meiner Kamera unterwegs war, um vom Event Fotos zu schießen. Neben den vielen Partygästen, die ich fotografierte, waren häufig Fotos von Sarah und Daniela dabei.

Zu später Stunde war Sarah bereits etwas angetrunken. Sie zog mich in eine Ecke und blickte mich eindringlich an.

»Würdest du von mir auch mal mehrere Fotos machen?«, fragte sie.

»Klar, können wir gerne machen. Jetzt?«, fragte ich.

»Nein, nicht hier. Vielleicht könnten wir uns mal treffen und du bringst deine Kamera mit, um mit mir ein Shooting zu machen?«

»Das wäre bestimmt möglich.«

»Aber erzähl Daniela nichts davon.«

»Warum?«

»Sie ist nicht begeistert davon, dass ich mich mit dir alleine treffen will. Sie meinte, du würdest das bestimmt ausnutzen, weil du andauernd Frauen triffst.«

»Ach, so etwas erzählt sie also?«, sagte ich irritiert, konnte mir aber ein schweinisches Grinsen nicht verkneifen.
»Sag ihr bloß nichts davon«, zischte Sarah.
»Keine Bange, das bleibt unser Geheimnis.«
Wir verabredeten uns für den nächsten Tag. Sarah und ich trafen uns vor der Disco, die nicht weit entfernt von ihr lag.
Sie war zu Fuß gekommen und so fuhren wir gemeinsam zu ihr. Sarah wohnte bei ihren Eltern und wir gingen hoch in die erste Etage, wo ihr Zimmer lag. Ich schaute mich, neugierig wie ich war, erst einmal um. Das Zimmer war nicht sehr groß, hatte aber alles, was man brauchte, wenn man zu Hause lebte.
An diesem Wochenende war das erste Mal sommerliches Wetter und so öffnete Sarah die Balkontür und wir begaben uns nach draußen und genossen die Sonnenstrahlen. Von drinnen ertönte mehrere Male der ICQ-Ton und Sarah verließ den Balkon, um nachzuschauen, wer ihr geschrieben hatte.
Ich folgte ihr unauffällig, stellte mich hinter sie und umarmte sie ganz dreist von hinten, während sie vor ihrem Schreibtisch stand.
»Du weißt ja von Daniela, dass ich ziemlich frech bin«, provozierte ich.
»Ja, du bist ziemlich dreist und akzeptierst kein 'Nein'«, bestätigte sie und tat so, als würde sie das gar nicht beeindrucken.
Wenn du damals bei Daniela nicht so dreist gewesen wärst, hättest du das heute nicht sagen können, dachte ich.

Sarah drehte sich um, stand auf und kuschelte sich überraschend an mich.
Ich fuhr ihr mit meiner Hand über den Rücken, worauf sie mich ganz fest an sich zog. Ihre blauen Augen ließen mich einen Augenblick träumen, bevor sie mich zum Sofa zog und wir uns setzten. Mich über sie beugend wollte ich ihr einen Kuss geben. Stattdessen knallten unsere Köpfe zusammen, weil sie im gleichen Augenblick nach vorne kam.
»Aua ... Mann", lachte Sarah.
»Tut mir leid, das war nicht beabsichtigt«, entschuldigte ich mich.
»Macht nix, ich hatte ja eh schon leichte Kopfschmerzen«, sagte sie und schenkte mir ein verträumtes Lächeln.
Nach kurzer Zeit legten wir uns auf das Sofa. Sarah setzte sich auf mich, beugte sich zu mir herunter und gab mir einen Kuss. Dieses Mal ohne eine böse Überraschung. Ich spürte ihre weichen Lippen, was für mich mehr eine süße Überraschung war, die ich ausgiebig genoss. Unterdessen wanderten meine Hände über ihren Rücken zu ihrem Po.
»Hey ...«, protestierte sie.
Ich blinzelte sie an und zog sie zu mir, um sie erneut zu küssen. Langsam spielten unsere Zungenspitzen das erste Mal miteinander, jedoch sehr vorsichtig. Sarah setzte sich aufrecht hin und gab mir lächelnd zu verstehen, dass es ihr gefallen hatte. Nach ein paar Minuten beugte sie sich wieder zu mir herunter und wir küssten uns erneut.
Es klopfte an der Tür. Sarah sprang auf und setzte sich aufs Sofa. Die Mutter kam herein.
»Hallo.«
»Hey«, entgegnete Sarah.

»Wollte nur sagen, dass wir wieder da sind.«
»Ok«, erwiderte sie knapp. Die Mutter schloss die Tür.
»Wetten, es dauert nur ein paar Minuten, dann steht meine Schwester hier und fragt uns aus«, meinte sie.
Wir kuschelten und küssten uns, da kam ihre Schwester hereingestürmt.
»Wer ist das?«, fragte sie nach der Begrüßung und begutachtete mich neugierig.
Ich hielt ihrem Blick stand und musterte sie ebenfalls. Sie war höchstens 10 Jahre alt.
»Don«, sagte Sarah.
»Woher kennst du ihn?«
»Über Daniela. Wir gehen immer zusammen feiern.«
»Seid ihr jetzt zusammen?«, fragte sie frech.
»Warum sollten wir?«, fragte Sarah.
»Ihr habt euch doch geküsst.«
»Wir können uns auch küssen, ohne dass wir zusammen sind«, konterte sie. Die Befragung dauerte einige Zeit, wobei ich mich an Sarah kuschelte.
Zu unserem Fotoshooting kamen wir nicht. Ich bin mir bis heute nicht sicher, ob sie dieses überhaupt an dem Tag wollte. Nachdem uns ihre kleine Schwester in Ruhe ließ, kuschelten wir noch etwas, bevor ich mich auf den Heimweg machte.
Es war bereits dunkel und ich musste am nächsten Tag arbeiten. Sarah wollte an der Haustür noch wissen, wann wir uns wiedersehen. Es sollte sich zwischen uns also etwas entwickeln. Meine innere Spannung stieg, wie es weitergehen würde.

Heimlich geliebt

Drei Tage nach dem ersten Treffen, es war ein Mittwochabend, hatten wir unser zweites Date. Ich fuhr abends nach der Arbeit direkt zu Sarah. Wir umarmten uns zur Begrüßung und gaben uns einen Kuss. Sarahs kleine Schwester hatte die Klingel ebenfalls gehört und stand grinsend auf der Treppe.
»Na, ist dein Freund wieder da?«
Sarah verdrehte die Augen.
»Sie kann so eine Nervensäge sein«, flüsterte sie.
Meine Hand nehmend zog sie mich die Treppe hinauf, in ihr Zimmer. Sarah schloss die Tür und wir legten uns auf das Bett und kuschelten miteinander.
»Wie war dein Tag?«, fragte sie grinsend, als wären wir verheiratet.
»Das übliche Chaos, bin froh, dass ich hier sein darf«, sagte ich.
Wir küssten uns und ich streichelte dabei über ihre weiche Haut.
Das ist eine angenehme Abwechselung nach dem Stress in der Firma. Es wäre schön, so etwas wieder regelmäßig zu erleben, dachte ich.
»Vielleicht kann ich dir ja den Abend versüßen ...«, flüsterte sie mir leise ins Ohr.

»Das wäre wirklich toll ...«, erwiderte ich und überlegte kurz, ob sie meine Gedanken gelesen hatte.

Sarah gab mir einen langen Zungenkuss und ich zog sie ganz dicht an mich. Sie drehte sich dabei, sodass ich unten lag und sie sich auf mich setzte.

»Du bist wohl gerne oben ...«, sagte ich etwas frecher.

»Geht so, das ist ziemlich anstrengend«, antwortete sie, wohl ahnend, dass ich ihre Anspielung sofort begriff.

Ich zog sie zu mir herunter, um ihre süßen Lippen zu küssen und mich dabei ihrem Hals zu nähern, denn ich wusste, es würde sie erregen. Meine Hand schlängelte sich unter ihrem Top entlang und wanderte ihren Rücken hinauf.

Sarah küsste meinen Hals und begann an einer Stelle zu saugen, während ich weiter ihr Top hochschob. Ein paar Minuten später landete es auf dem Fußboden. Innig küssend ließ ich mich nach hinten fallen und Sarah folgte mir. Während sie auf mir lag, wanderte ich mit meinen Küssen zu ihrem Hals und an einem Ohrläppchen, um daran zu lutschen.

»Moment ...«, unterbrach Sarah mich und lehnte sich nach hinten zur Türe, um sie abzuschließen.

»Sonst bekommen wir noch ungebetenen Besuch. Meine Eltern standen schon einmal hier im Zimmer ...«

Sie schaute zu mir herunter.

»Sieht ganz schön versaut aus, wie ich auf dir sitze.«

So lange es nachher auch noch so versaut wird, dachte ich.

Sarah beugte sich wieder zu mir herunter und gab mir einen Kuss. Ich fuhr mit meiner Hand über ihren Rücken und löste die zwei Haken des BHs.

»Wow ...«, stammelte Sarah erstaunt.

Ich war etwas verwirrt.
»Ähm jaa?!«
»Du kannst das ja mit einer Hand!«
»Ja«, bestätigte ich und musste grinsen, weil ich das nicht für eine besondere Fähigkeit hielt.
Der BH landete auf meinem Oberkörper, von wo aus ich ihn mit einem Wurf aus dem Bett verbannte. Küssend fiel ich über Sarahs Hals her, wanderte hinab, bis ich bei ihren Brüsten angekommen war. Über ihre harten Nippel leckend zog meine Zungenspitze einen Kreis bis zur weichen Haut ihrer Brüste. Sarah gab ein leises Stöhnen von sich. Sie drehte sich und legte sich auf den Rücken, sodass ich oben war. Während ich sie weiter liebkoste, entfernte sie mein T-Shirt.
Ich zögerte etwas den Gürtel ihrer Hose zu öffnen, weil sie mich mit ihren Blicken verunsicherte und mich daran erinnerte, dass es bei unserem ersten Treffen nur bis zum Küssen gehen sollte. War das nun anders?
Sie schaute mich an, griff zu meinem Gürtel an der Hose und kam mir zuvor.
»So geht das, Schatz«, sagte sie frech und grinste amüsiert.
Schatz? Hatte ich etwas nicht mitbekommen?
Ich schob den Gedanken beiseite und griff zu ihrem Gürtel, um ihn zu öffnen. Es folgten die Knöpfe ihrer Jeans und die Hose lag wenige Minuten später auf dem Fußboden. Nun fühlte ich ihre Hand über meine Hose, die ohne zu zögern den Reißverschluss öffnete.
»Man ist der lang ... der Reißverschluss«, korrigierte sie und lachte laut.

Nachdem meine Hose ebenfalls auf dem Boden lag, folgte ein langer Zungenkuss, der damit endete, dass ich an ihrem Hals entlang wanderte, bis ich wieder bei ihren Brustwarzen angekommen war, um daran saugen. Sie waren mittlerweile ziemlich hart. Meine Hand verschwand unterdessen unter ihrem Tanga, um ihre nasse Pussy zu ergründen. Sie war wirklich ziemlich nass.
Sarahs Atmen wurde lauter, als ich mit meinen Fingern über ihre Vulva strich. Bedächtig drang ich in ihre Lustgrotte ein, erst mit einem Finger, dann mit zwei Fingern und schließlich nahm ich den dritten dazu.
Mehr als nur feucht, stellte ich fest. Sie war nass.
Meine Finger schoben sich schneller in sie hinein, während Sarah meinen Hals küsste und begann an einer Stelle meines Halses zu saugen.
Ich drückte ihren Kopf leicht zur mir, um ihr zu zeigen, dass mir ihre Zuneigung gefiel. Sarahs Hand hatte den Weg unter meine Boxershorts gefunden und wichste zärtlich meinen Schwanz. Die Finger an meinem Ständer spürend blickte ich in Sarahs strahlend blauen Augen.
Ich rutschte nach unten und streifte ihren Tanga ab. Dann verschwand ich unter der Bettdecke, küsste ihren Bauch und glitt mit meiner Zunge in Richtung Venushügel. Meine Zunge verschwand in Sarahs Spalte und ich genoss es, ihren süßen Saft zu lecken.
Sarahs Stöhnen wurde lauter, ich tastete mit meinen Händen nach ihren und hielt sie fest, während meine Zungenspitze ihren Kitzler mit kreisenden Bewegungen massierte.
Das Stöhnen wurde so laut, dass ich das Gefühl bekam, sie würde jeden Moment kommen. Ich brach ab und kroch zu

ihr nach oben. Wir küssten uns und Sarah ließ keine Zeit vergehen. Sie riss meine Boxershorts herunter und wichste erneut meinen Schwanz, dieses Mal etwas härter. Ihren Hals entlang gleitend verteilte ich zärtlich ein paar Küsse. Ich stieg über sie und ließ meinen harten Schwanz in ihre nasse Pussy gleiten.

Überrascht, dass das Gefühl bei ihr so intensiv war, begann ich zaghaft sie zu ficken. Sarah schloss die Augen und stöhnte leise, als ich ihren Hals liebkoste. Ich nahm sie immer schneller und Sarah schob mir ihr Becken mit jedem Stoß entgegen. Das Gefühl in ihr zu sein, wurde dadurch intensiver und so kam ich innerhalb kurzer Zeit laut keuchend. Sarah drückte mich an sich.

Etwas von mir enttäuscht, seufzte ich. Es ging mir einfach zu schnell. Sarah lächelte verständnisvoll.

»Beim nächsten Mal ...«, brachte ich nur heraus und hielt sie im Arm.

Sarah kuschelte sich an mich.

»Wir haben bestimmt noch einige Male«, sagte sie.

Jetzt wollte ich es genauer wissen, schließlich hatte ich das Gefühl, ich war von heute auf morgen in eine Beziehung geschlittert.

»Hm, darf ich also davon ausgehen, du willst mich öfters sehen?«, fragte ich vorsichtig.

»Ja, wenn du Lust hast auf mehr als nur ein Abenteuer«, sagte Sarah und zwinkerte mir zu.

»Ja, das habe ich. Es war zwar keine Liebe auf den ersten Blick aber du hast mich sehr positiv überrascht, jetzt wo ich dich kennenlernen darf.«

»Danke, ich bin auch ziemlich beeindruckt«, sagte Sarah, musste lachen und schaute an mir herunter.
Ich grunzte.
»Ja, auch deswegen ...«, meinte sie noch ausdrücklich zu bestätigen.
»Aber wir gehen das langsam an, ja?«, sagte sie und blickte mich dabei nachdenklich an. »Ich habe da gerade schlechte Erfahrungen gemacht und außerdem will ich mir schon sicher sein, bevor ich es Daniela sagen muss.«
»Wie meinst du das?«
»Daniela ist überhaupt nicht begeistert, dass wir uns getroffen haben. Als ich ihr von dem Kuss erzählt habe, ist sie ausgeflippt. Ich musste ihr versprechen, nichts mit dir anzufangen.«
Und jetzt liegen wir frisch gevögelt im Bett und ich muss mich beherrschen, nicht loszulachen, schoss es mir durch den Kopf.
»Du weißt schon, was wir gerade gemacht haben?«, fragte ich, als würde ich daran zweifeln, dass sie recht bei Sinnen sei.
»Der Reiz des Verbotenen ... und außerdem waren die Küsse einfach so gut«, flüsterte sie mir ins Ohr.
Ich drehte mich zu ihr und gab ihr einen dieser guten Küsse.
Eine völlig verdrehte Welt. Ich liege mit der besten Freundin meines Schwarms im Bett. Die hatte mich abserviert, hat nun aber etwas dagegen, dass wir vielleicht unser Glück finden.
»Ich weiß gar nicht, was Daniela hat. Die soll doch froh sein. Sie wollte mich nicht, also muss sie sich jetzt auch nicht so anstellen.«

»Grübele nicht so viel«, sagte Sarah, gab mir einen Kuss und vertagte das Thema.
Es war schon spät, also brachte mich Sarah zu Tür und wir verabschiedeten uns. Am nächsten Tag musste ich arbeiten. Ich konnte es kaum erwarten, dass es Wochenende wurde, denn ich hatte Geburtstag und würde sicherlich wieder zu Sarah fahren.

Weil unsere Clique, mit der wir immer die gleiche Diskothek besuchten, so groß war, beschloss ich dieses Mal in der Diskothek zu feiern. Dort fühlten wir uns sowieso wohl und das Zusammentreffen war jedes Wochenende aufs Neue geplant. Der Freundeskreis aus unserer Stadt traf sich an diesem Abend bei meinem besten Kumpel. Ich besorgte dieses Mal etwas zum Vortrinken und war bereits etwas eher dort, um Robert von meinen Erlebnissen mit Sarah zu berichten.
»Seid ihr denn nun zusammen?«
Ich zuckte mit den Schultern.
»Ich glaube schon, sie hat nur ein Problem, es Daniela zu sagen.«
»Das kann ich ja nicht verstehen. Warum regt Daniela sich so auf? Und warum kann sie sich nicht freuen, dass ihr zwei euch mögt?«
»Vielleicht will sie doch mehr als nur Freundschaft?«, stellte ich als Vermutung an.
»Don, du hast dich so um sie bemüht. Und ganz ehrlich, du hast ihr bis vor kurzem noch ganz schön am Rockzipfel gehangen. Erinnere dich mal daran, wie oft du mit ihr getanzt hast.«

»Freundschaftlich ... du hast mindestens genauso oft mit ihr getanzt«, korrigierte ich.
»Ich gucke sie aber nicht so an, als wollte ich sie flachlegen.«
Stirnrunzelnd winkte ich ab.
»Und wie habt ihr das nun vor? Ihr könnt das nicht ewig verheimlichen. Daniela ist heute Abend auch da.«
»Keine Ahnung, ich lasse es auf mich zukommen.«
In diesem Moment klingelte es an der Tür und die nächsten Freunde trafen ein. Wir blieben ungefähr zwei Stunden bei Robert, bevor wir zu Fuß weiter in die Disco zogen. Diese war nur etwa 10 Gehminuten entfernt. Nachdem wir unseren Eintritt bezahlt hatten, trafen wir uns in der kleineren Disco. Aus der Ferne sah ich schon Sarah und Daniela, die mit zwei weiteren Freunden auf uns warteten.
»Hi, herzlichen Glückwunsch und alles Gute«, begrüßte mich Sarah und drückte mich leicht.
Das war völlig ungewohnt, denn ich hätte am liebsten mit meinen Lippen nach ihren gesucht und mir einen Kuss abgeholt.
»Hi. Vielen Dank«, sagte ich kühl und blickte auf Daniela, die schon darauf wartete, mir zu gratulieren.
»Von mir auch alles Gute!«, sagte sie und drückte mir einen Kuss auf die Wange.
Sarah schaute sie böse an.
Oh je! Das hat sie bestimmt extra gemacht. Vielleicht platzt ja heute Abend schon die Bombe ...
Ich schob den Gedanken beiseite.
»Lasst uns was trinken«, hörte ich mich sagen und schlug den Weg zur Theke ein.

Das wird keine zwei Wochen gutgehen, das weißt du, schob mein Kopf nach.

Robert stellte sich neben mich an die Theke, als ich die Getränke orderte.

»Das wird ganz schön schwierig«, bemerkte er nur und blickte sich um. »Ihr solltet das Daniela bald sagen.«

Nachdem wir angestoßen hatten, hielt ich mich bewusst von Daniela und Sarah fern. Dieses Verhalten war ebenso auffällig, aber ich konnte mich nicht dazustellen und auf »gute Laune« machen.

Wir gingen mit meinen Freunden durch die kleineren Räume. Sarah und ihre Freundinnen waren zwischenzeitlich irgendwo anders gelandet. Ich blickte mich immer wieder um, suchte sie in der Menge und blieb dann doch bei meinem Freunden, anstatt mich auf die Suche zu begeben.

Robert und ich besuchten nach der Tanzfläche die nächste Bar. Als wir bestellten, hielt mir jemand von hinten die Hände vor mein Gesicht. Ich drehte mich um und sah Sarah, die mich anstrahlte.

»Wo hast du Daniela gelassen?«

»Die ist beschäftigt«, winkte Sarah ab.

Im gleichen Moment nahm sie meine Hand. Sie führte mich zehn Meter weiter in eine dunkle Ecke, um mich zu umarmen und mir einen langen Zungenkuss zu geben.

»Happy Birthday, mein Schatz«, sagte sie und drückte mir einen weiteren Kuss auf die Lippen.

»Endlich habe ich dich für mich«, kommentierte ich die Situation.

»Zumindest haben wir mal eine halbe Stunde, denn Daniela läuft jetzt mit Jörg durch die Gegend und meinte, das würde etwas länger dauern.«
Ich zog Sarah ganz dicht an mich. Ein Kuss folgte dem anderen, trotz dass wir uns jedes Mal umschauten, ob Daniela in der Nähe war. Die anderen Gäste in der Ecke beachteten uns nicht weiter und so konnten wir ungestört etwas Zweisamkeit genießen. Es verging eine Stunde, bis uns Robert und ein paar Freunde erspähten.
Sarah und ich ließen unsere Hände hinabgleiten und gingen verschiedene Wege, um nicht mehr Aufmerksamkeit als nötig zu erregen. Wir verbrachten die restliche Zeit getrennt. Daniela sah ich an diesem Abend gar nicht wieder.
Ich hielt mich an meine Jungs, die mit mir meinen Geburtstag feierten. Früh morgens waren wir die einzigen auf der Tanzfläche, die auch bis zum Schluss blieben.
Als wir aus der Disco kamen, verspürte ich das Verlangen mich auf den Weg zu machen, um Sarah einen kurzen, unanständigen Besuch abzustatten.
Stattdessen gingen wir zur nächsten Dönerbude, um dort unseren Hunger zu stillen. Das Verlangen nach Sex mit Sarah würde ich erst am späten Nachmittag befriedigen können. Aber bereits da sollte ich erfahren, wie wichtig ihr Sex war.

Der Fleck auf dem Sofa

Sarah und ich hatten uns für Sonntagnachmittag verabredet. Ich fuhr zu ihr und wir gingen hoch in ihr Zimmer. Den restlichen Nachmittag kuschelten wir auf ihrem Sofa und küssten uns. Zwischendurch hatten wir für uns ein paar Fotos gemacht.

Am Abend holte Sarah uns eine Pizza und ging kurz an den PC, um nach neuen Nachrichten zu schauen. Als sie mit essen fertig war, kam sie zu mir aufs Sofa und gab mir einen langen Zungenkuss.

»Bevor meine Schwester gleich wieder im Zimmer steht«, setzte sie an, lehnte sich nach hinten und schloss die Tür ab.

Damit war klar, was jetzt geschehen wird.

Ich freute mich wie ein kleines Kind.

Ein paar Minuten später, wir waren vertieft in unser Küssen, gab es an der Tür einen lauten Knall. Wir schauten uns beide an und mussten lachen.

»Das war wohl deine kleine Schwester ...«, grinste ich.

»Booar, dieses Kind. Man sollte auch daran denken, dass nicht jede Tür grundsätzlich offen steht«, lachte Sarah.

Ich zog Sarah auf mich und gab ihr einen langen Zungenkuss, während ich auf den Hals schielte. Dort und an den Ohren war sie besonders leicht erregbar. Mir das Grinsen kaum verkneifend fuhr ich mit meinen Lippen ihren Hals entlang.

»Hör mal«, protestierte sie.

Ich schaute sie an und sie grinste. Der Protest war echt süß, alleine um den zu hören, war es geil weiterzumachen. Ihren Hals küssend tastete ich mich mit meinen Händen unter ihrem Shirt zu ihren Brüsten vor.
Langsam schob ich ihr Oberteil weiter nach oben, bis der BH frei lag. Sarahs Küsse wurden fordernder, unsere Zungen spielten leidenschaftlicher miteinander. Keine zwei Minuten später zog ich ihr Oberteil über den Kopf.
Sarah blickte mich an.
Ich griff dreist an ihren BH.
»Hör mal«, grinste sie.
»Hör mal, was?!«, fragte ich und gab ihr einen Zungenkuss. Ohne Protest, wir küssten uns schließlich gerade, öffnete ich den BH und strich die Träger von ihren Schultern. Der schwarze BH fand seinen Platz neben dem Oberteil auf dem Fußboden und ich ließ meine Lippen über Sarahs Haut zu ihren harten Nippeln wandern. Während ich sie umkreiste und daran saugte, seufzte Sarah leise.
Meine andere Hand hatte bereits ihre Hose geöffnet und sich unter ihrem Tanga vergraben. Ihre weiche Haut spürend strich ich mit zwei Fingern über ihre Vulva und bemerkte gleich, dass sie feucht war.
Auf ihr sitzend nahm Sarah mir mein T-Shirt ab und öffnete meine Hose. Nachdem sie ihren Tanga verloren hatte, zog sie meine Hose nach unten und massierte meinen Schwanz durch die Boxershorts. Meinen Körper mit Küssen bedeckend zerrte Sarah meine Boxershorts herunter und verwöhnte mich weiter mit ihrer Hand.

Ich drang mit meinen Fingern in ihre nasse Lustgrotte ein und fingerte sie vorsichtig. Sarahs Nässe war deutlich spürbar und ihr Stöhnen wurde lauter.
»Lieb dich, mein Schatz«, flüsterte ich ihr ins Ohr.
»Ich dich auch«, hauchte sie zurück.
Sarah spreizte ihre Beine und ich glitt mit meinem harten Schwanz in ihre feuchte Pussy hinein. Ich fickte sie, erst ein wenig vorsichtig, dann fordernder. Sarah schloss die Augen und stöhnte lauter. Ihren Hals küssend beobachtete ich, wie sie dalag und es genoss, von mir genommen zu werden.
Das Gefühl in ihr zu sein, wurde intensiver, je heftiger ich zustieß und es dauerte nicht lange, da kam ich schon. Ich schaute Sarah an.
»Tut mir leid, ich weiß nicht ... aber das ist immer so intensiv bei dir. Vielleicht sollten wir mal was anderes probieren.«
Sarah schaute mich entsetzt an.
»Mist, ich hab keine Taschentücher hier und jetzt läuft das alles aufs Sofa.«
»Das gibt bestimmt einen schönen Fleck«, grinste ich amüsiert.
Sie im Arm haltend lagen wir zusammen unter der Decke. Ich bemerkte, dass Sarah noch erregt war, denn ihre Hand wanderte zu meinem Schwanz und begann ihn hart zu wichsen.
»Schönes Spielzeug ...«, grinste Sarah.
»Du weißt, wie du mich ganz schnell wieder geil bekommst«, lachte ich.

Sarah gab mir einen Zungenkuss, und ich streichelte mit meinen Händen über ihren festen Po.
Nach ein paar Minuten gelangte Sarahs Spielzeug erneut in ihr Allerheiligstes. Sie war allerdings so nass, dass wir beide nichts spürten. So kuschelten wir stattdessen und zogen es vor, noch ein wenig zu warten.
Mit ihren lockigen Haaren lag sie an meiner Schulter und gab mir einen Kuss, während sie mit meinem Piercing spielte.
»Ich will auch so eines ...«, flüsterte sie.
Ich strich über ihren Bauch und landete mit meinen Händen wieder auf ihrem Po. Nach einer Viertelstunde waren unsere Küsse so intensiv, dass ich zu ihrem Hals wanderte und mit meinen Händen ihre Brüste knetete.
Sarah spielte nicht mehr mit meinem Piercing, sondern umfasste meinen Schwanz und begann ihn zärtlich wichsen.
Meine Finger erkundeten ihre Vulva, die nun trocken war. Das blieb aber nicht lange so. Ein paar Berührungen mit meinen Fingern und Sarahs Pussy war erneut feucht. Langsam drang erst einer meiner Finger in sie ein, dann ein weiterer. Ich fickte sie mit meinen Fingern bis sie feucht genug war.
Anschließend stieg ich über sie, schob ein Bein zur Seite und stieß mit meinem Schwanz in ihre Lustgrotte. Wild küssend fickte ich sie und Sarah hielt mit ihrem Becken dagegen. Jetzt konnte ich ihre Pussy noch stärker spüren. Ich nahm sie schneller.
»Mhmmm, jaaaa ...«, hauchte sie immer und immer wieder.

Ihr Stöhnen wurde lauter und ihr Körper zuckte, während ich weiter zustieß. Sarah konnte sich nicht mehr zurückhalten. Laut stöhnend kamen wir zusammen.
Aneinander gekuschelt lagen wir auf den Bett, ich spürte Sarahs verschwitzte Haut und genoss diesen Moment, in dem ich ihr nah war, denn ich wusste, bald war es wieder Zeit zu gehen.
»Was hast du morgen vor?«, fragte sie mich.
Ihr Atmen war ruhig und entspannt. Ich überlegte kurz.
»Nun, erst arbeiten und dann wollten Robert und ich über den Urlaub im Sommer sprechen.«
»Wo geht es denn hin?«, wollte Sarah wissen.
»Mallorca haben wir festgemacht. Ich würde dich glatt mitnehmen, aber das wird nachträglich bestimmt schwer«, sagte ich und gab ihr einen Kuss.
»Ich war schon länger nicht mehr weg. Da würde ich glatt mitkommen, wenn es möglich wäre«, meinte Sarah und lächelte mich an.
»Mal schauen, ob sich da etwas machen lässt. Ich muss Robert natürlich fragen, ob er damit einverstanden ist.«
»Klar, verstehe ich.«
»Und du tust mir auch ein Gefallen. Rede mal mit Daniela über uns. Irgendwann wird sie es eh erfahren. Entweder sieht sie uns oder irgendwelche Freunde erzählen ihr davon.«
Sarah sagte mir zu, es sich zu überlegen. Es sollte jedoch ganz anders kommen.
Nachdem wir uns angezogen hatten, brachte mich Sarah noch zur Tür und gab mir einen Abschiedskuss.
»Hab dich lieb. Fahr vorsichtig«, flüsterte sie mir ins Ohr.

»Hab dich auch lieb. Schlaf schön, Süße«, sagte ich und blickte ihr dabei tief in die Augen.

Am nächsten Tag traf ich mich nach der Arbeit mit Robert. Wir gingen in eine Kneipe zum Billard spielen und tranken ein paar Bier zusammen. Mein Blick fiel auf den großen Fernseher an der Wand.
»Bald geht es mit der Fußball-WM los«, meinte ich, weil ein Bericht dazu im Fernsehen lief.
»Dann ist hier bestimmt richtig was los«, entgegnete Robert und lochte mit einem weiteren Stoß eine volle Kugel ein.
»Auf Malle bestimmt auch. Und wir sind mittendrin.«
»Hast du das jetzt alles fest«, fragte er mich.
»Ja, habe die Buchungsbestätigungen letzte Woche bekommen. Hättest du etwas dagegen, wenn wir noch eine dritte Person mitnehmen?«, fragte ich vorsichtig.
»Wie meinst du das?«
»Sarah würde auch gerne mitkommen …«, setzte ich an.
»Hm, verstehe. Ich überlege mir das mal. Bekommst du das denn mit einem weiteren Zimmer hin?«
»Das habe ich noch nicht in Erfahrung gebracht. Ich wollte dich erst einmal fragen«, sagte ich und griff zu meinem Bier, um einen Schluck davon zu nehmen.
»Dann frag doch mal, ob das überhaupt klappt.«
»Werde ich machen«, sagte ich und setzte zum nächsten Stoß an. Die weiße Kugel schoss über den Tisch und traf eine halbe, die in die naheliegende Tasche fiel.
»Jetzt bleibt nur noch die 8«, grinste ich.

Mein Versuch, sie einzulochen, misslang und Robert holte sich den Sieg.

»Pech im Spiel, Glück in der Liebe«, meinte er und schlug mir bestätigend auf den Rücken.

»Da hast du wohl recht«, sagte ich, »ich möchte aber trotzdem eine Revanche!«

»Weiß Daniela eigentlich Bescheid?«

»Nein, Sarah hat es ihr noch nicht gesagt. Ich hoffe, das passiert bald, sonst gibt es nachher richtig Stress.«

»Hab ich das am Samstag richtig gesehen? Bandelt sie mit diesem Jörg an?«

»Ich habe nicht viel mitbekommen. Vielleicht ist es ihr dann nicht so wichtig, wenn ich mit Sarah zusammen bin. Meine Vermutung ist jedoch, dass es darum nicht geht.«

Wir diskutierten zu dem Thema noch weiter und dieses dauerte drei weitere Spiele und zwei Bier an. Da alles nur Vermutungen waren, entschieden wir uns, abzuwarten. In den nächsten Wochen würde es sicherlich Neuigkeiten geben.

Am nächsten Tag ging es mit etwas Kopfschmerzen zur Arbeit. Ich freute mich aber bereits auf den Mittwochabend, den ich mit Sarah verbringen würde.

Der wilde Ritt

Nach der Arbeit fuhr ich abends zu Sarah. Als Sarah mir die Tür öffnete, kam sie gerade aus dem Badezimmer.
»Hey Schatz, sorry bin gerade eben erst fertig geworden. Hab mich geduscht.«
Sie hat dich Schatz genannt.
»Hey, mein Schatz. Macht ja nichts«, sagte ich und grinste, weil ich den neuen Kosenamen nicht unbeantwortet lassen wollte.
Wir gaben uns einen Begrüßungskuss. Heute waren wir offiziell eine Woche zusammen und ich hatte ihr eine kleine Überraschung mitgebracht.
»Hier, bitte schön. Die ist für dich«, sagte ich und gab ihr eine CD.
Darauf waren sieben Lieder und ein kleiner Text. Sieben Lieder für die sieben Tage, die wir zusammen waren.
»Danke, mein Schatz«, sagte Sarah freudestrahlend und gab mir einen langen Zungenkuss.
»Tut mir leid, dass die ganzen Klamotten auf dem Boden liegen, bin gerade dabei gewesen meinen Schrank auszumisten.«
Sie ging zum PC und schaute noch einmal, ob Nachrichten eingegangen waren. Danach legten wir uns aufs Bett, redeten und kuschelten ein wenig. Sarah hatte nebenbei Musik laufen und ich genoss es, wie sie in meinem Arm lag und mich anlächelte. Es war einfach nur schön, ihre Nähe zu spüren.

Ich bemerkte, dass sie mich komisch anschaute.
»Ist was?«, fragte ich.
»Ich glaube, mein BH ist auf dem Rücken verdreht.«
»Warst du wohl etwas schnell beim Anziehen«, meinte ich und grinste.
Meine Hand wanderte über ihren Rücken, um den Ernst der Lage zu erkunden.
»Ja, du hast recht. Soll ich das mal gerade ändern?«
»Mhm ...«
Ich löste die Haken, drehte die eine Seite und ließ die Haken wieder in die Ösen schnappen.
»Danke, Hase.«
Ob sie wohl erwartet hatte, dass ich ihr den BH abnahm?
Grinsend zog ich sie an mich und küsste sie. Meine Zungenspitze berührte ihre und ich ließ nicht mehr von ihr ab.
Ein paar Minuten später stürmte Sarahs kleine Schwester ins Zimmer. Erschrocken trennten wir uns.
»Ich geh jetzt ins Bett, mach mal die Musik leiser. Gute Nacht.«
»Gute Nacht«, kam es von uns gemeinsam zurück.
Und schon war sie wieder verschwunden.
Sarah stand auf und stellte die Musik etwas leiser.
»Wenn ich schon mal hier bin, kann ich ja auch mal in die CD hören«, sagte sie und legte die CD in den Player.
Darauf waren Lieder, die uns in der letzten Woche immer wieder begegnet waren, ob in der Disco, bei unserem ersten Treffen oder im Radio.
»Danke, Schatz«, lächelte sie, nahm meine Hand und zog mich zurück zum Sofa.

Auf dem Sofa setzte sie sich auf mich und beugte sich zu mir herunter. Wir küssten uns und ohne lang zu überlegen landeten meine Hände unter ihrem Oberteil und hoben es ihr über den Kopf.
»Moment ...«, unterbrach Sarah mein Vorhaben.
Sie lehnte sich zurück, drehte den Schlüssel um und war wieder für mich da. Ihre blauen Augen konnten einem wirklich den Atem rauben. Ich fuhr mit meiner Hand durch ihre dunklen Haare, wir drehten uns auf die Seite und küssten uns. Sarahs Hände verschwanden unter meinem T-Shirt und wenig später hatte sie mir es bereits ausgezogen. Während ich die Haken ihres BHs öffnete, dieses Mal um ihn entfernen, gab Sarah nur grinsend ein kurzes »Hör mal« von sich.
Ich liebte diesen neckischen Spruch. Meine Hand strich über ihren Bauch, eine weitere Stelle, die sie antörnte. Sarah ging in die Offensive. Sie öffnete den Gürtel meiner Hose und den Reißverschluss. Kurzer Zeit später lag ich in Boxershorts neben ihr.
Den Anblick ihres Körper genießend nahm ich ihre harten Nippel wahr, die vor Erregung in die Höhe standen. Ich beugte mich nach vorne und leckte mit meiner Zungenspitze darüber. Sarah stöhnte leise. Mit einer Hand öffnete ich ihren Gürtel, danach den Knopf und den Reißverschluss ihrer Hose.
Meine Lippen wanderten auf ihrem Körper Richtung Bauchnabel und ich streifte gleichzeitig ihre Hose herunter, über ihren festen Po, die Oberschenkel entlang, bis sie auf dem Boden lag. Ihre Oberschenkel küssend wanderte ich zu ihrem Becken, um ihren Tanga auszuziehen.

Meine Finger drangen langsam in ihre feuchte Pussy ein. Sie zu fingern war einfach ein aufregendes Gefühl. Ich nahm den Platz neben ihr ein und gab ihr einen Kuss. Ohne zu zögern griff Sarah unter meine Boxershorts und rieb meinen Schwanz.

»Na, hast du dein Spielzeug wieder?«, grinste ich.

»Jaaa«, strahlte sie und drehte mich auf den Rücken, um sich auf mich zu setzen.

Sie massierte meinen Schwanz mit ihrem Becken durch die Boxershorts und schaute mich dabei mit einem leicht frivolen Blick an. Ich genoss den Anblick, wie sie nackt auf mir saß und ihre Bewegungen meine Lust antrieben. Sie nahm ihr Becken etwas hoch und beugte sich zu mir, um mich zu küssen.

Meine Hände streichelten die ganze Zeit ihren Po. Ich versuchte Sarah dazu zu bewegen, dass ich nach unten durfte, weil ich sie lecken wollte, aber sie schien von der Idee nicht so begeistert. Sie zupfte etwas an meiner Boxershorts. Ihrer Aufforderung nachkommend half ich ihr dabei, sie auszuziehen.

Langsam setzte sie sich auf meinen harten Schwanz, der in ihrer nassen Pussy verschwand. Dann ließ sie ihn einige Male ganz eintauchen. Das Gefühl zu spüren, dass er fast aus ihrer Pussy glitt, bevor er wieder eintauchte, hielt mich nicht mehr auf.

Ich wollte sie so tief es nur ging erleben.

Leise stöhnend ritt mich Sarah weiter. Sie setzte mit weiteren Stößen nach und massierte meinen Phallus in ihrer Pussy, indem sie ihr Becken kreisen ließ.

»Mhmmmm, Schatz …«, stöhnte ich auf.

Sarah beugte sich zu mir herunter und küsste mich.
»Lieb dich, Schatz …«, flüsterte ich ihr ins Ohr und liebkoste ihren Hals.
»Ich dich auch …«, keuchte Sarah etwas außer Atem.
Kurze Zeit später zog ich meinen Schwanz aus ihrer Pussy und wir drehten uns, sodass ich auf ihr lag.
Sarah gab sich mir völlig hin und schloss die Augen, während ich ihre nasse Enge vollständig ausfüllte.
»Mhmmm …«, stöhnte sie und kostete ihre Lust vollkommen aus.
Meine Bewegungen wurden schneller, mein Ständer drang jedes Mal tief in ihre Enge ein, bis ich meinem Höhepunkt sehr nahe kam. Überwältigt hielt ich inne und spürte, wie es mich überkam.
Erschöpft legte ich mich neben Sarah und wir begaben uns unter die Bettdecke zum Kuscheln. Sie zog mich dicht an sich und genoss die Wärme.
»Ich lieb dich, mein Schatz«, flüsterte Sarah mir ins Ohr, während sie in meinem Arm lag.
»Ich dich auch, Süße …«
… weil du so ein kleines Monster bist, das ist genau mein Geschmack, beendete ich den Satz in meinen Gedanken.
Ihre Hand hatte bereits wieder ihr Spielzeug erreicht.
Du bist so ein böses Mädchen.
»Schaaaaatz …«, ermahnte ich grinsend.
»Ist doch mein Spielzeug.«
»Mmhm. Gut, dass ich gleich mehrere hab!«
Ich schielte auf ihre harten Nippeln, beugte mich vor und lutschte daran.

Sarah drehte mich auf den Rücken und setzte sich auf mich. Ich schaute in ihre blauen Augen. Mit ihrem Venushügel massierte sie meinen Schwanz und ließ ihn vorsichtig in ihre Pussy gleiten.

Wie konnte sie nur so unersättlich sein? Und sie schaffte es glatt, mich wieder mitzureißen.

Da mein Schwanz nicht so feucht war, spürte ich das Eindringen ganz besonders und dieses ließ mich laut aufstöhnen.

Dessen ungeachtet versenkte Sarah meinen Phallus und mit jedem Stoß drang ich tiefer in ihrer Lustgrotte vor. Ihre Bewegung waren anfangs sinnlich, dann jedoch viel triebhafter als beim ersten Mal.

Ich zog sie zu mir nach unten und half etwas nach, indem ich meine Beine anwinkelte und ich sie von unten nahm. Sarah schrie leise auf.

Sich wieder aufrichtend ließ sie ihr Becken meinen Schwanz massieren. Berauscht kneteten meine Hände ihre Brüste und ich leckte mit meiner Zunge über ihre Nippel. Ich spürte, dass Sarah feuchter wurde und zeigte ihr, dass sie mich härter nehmen durfte. Das ließ sich mein Sexvamp nicht zweimal sagen. Unsere Liebeslaute erfüllten den Raum und Sarah ließ mich ihr Feuer bis zum Äußersten spüren.

»Mhmmmmm Schatz ... jaaaaaaa ...«, rief ich laut, als ich kam.

Aneinander gekuschelt lagen wir wieder unter der Decke und ich erkannte schon an Sarahs libidinösen Blick, dass sie noch nicht genug hatte. Sie war unersättlich – und das passte wunderbar zu mir, denn sie riss mich Minuten später in das nächste »Bettabenteuer«.

Mit ihrem zärtlichen Wichsen an ihrem Spielzeug ließ sie mich wieder geil werden. Ich strich mit meinen Fingerspitzen über ihre harten Nippel und spielte damit. Sarah griff unterdessen fester zu und massierte meinen Schwanz, bis er hart war. Meine Hand wanderte über ihren Bauchnabel zu ihrer Pussy.

Ihre Perle mit den Fingerspitzen massierend glitt ich hinab in ihre Vulva. Als meine Finger in sie eindrangen, stöhnte Sarah laut auf. Unbeherrscht ließ ich meinen Schwanz in ihrer nassen Enge verschwinden und gab ihr, wonach sie sich sehnte. Das Gefühl ausgefüllt zu sein, ließ Sarahs Stöhnen immer lauter werden.

»Mhhhmmmmm ... jaaaa ...«, hauchte sie berauscht.

Mit ihren Beinen umklammerte sie fordernd meinen Po. Somit war ich gefangen, konnte mich meiner Lust nicht weiter hingeben. Erst als sie mich wieder freigab, ihre Beine weit öffnete, stieß ich wieder tief zu.

Sarah ließ mich ein weiteres Mal zum Orgasmus kommen, gemeinsam mit ihr. Ermattet krochen wir unter die Decke. Der lüsterne Blick war aus Sarahs Gesicht gewichen. Sie blickte mich zufrieden und entspannt an.

»Hast du etwas dagegen, wenn ich am Wochenende zu dir komme?«, fragte sie.

Werde ich das überleben, fragte mich meine innere Stimme.

»Nein, bestimmt nicht. Aber am Freitagabend unternehmen wir noch was, ja? Dann haben wir Samstag und Sonntag noch für uns.«

»Klasse«, meinte Sarah knapp und ich erkannte ein kurzes Funkeln in ihren Augen.
Wir werden vermutlich die ganze Zeit im Bett verbringen, setzte mein Kopf nach.

Bettsucht

Am Freitagabend traf ich mich mit Sarah und einigen Freunden in der Disco. Ich parkte mein Auto direkt vor der Diskothek. Sarah war zu Fuß gekommen und wartete bereits im Eingangsbereich auf mich.
Daniela wollte mit einer Freundin später nachkommen.
In der ersten Zeit blieben Sarah und ich noch bei unserer Clique. Wir durchquerten die verschiedenen Räume, trafen weitere Bekannte und tranken Cocktails an der Bar.
»Wollen wir zusammen tanzen? Daniela scheint heute sowieso nicht mehr zu kommen. Also können wir die Zeit auch zu zweit genießen«, sagte Sarah und gab mir einen Kuss.
»Bin ich gerne dabei«, sagte ich und nahm ihre Hand, um sie zur Tanzfläche mitzunehmen.
Als wir einen freien Platz gefunden hatten, kam mir Sarah beim Tanzen immer näher und ließ mich dabei ihren Körper spüren. Ich zog sie an mich und küsste sie, während meine Hand auf ihrem Po lag.
»Das magst du, was?!«, fragte sie.

»Ja, das ist jetzt meiner«, sagte ich frech.
»Und der gehört mir ...«, setzte Sarah an, während sie ihre Schenkel in meinen Schritt schob.
Ich ging darauf ein, sodass wir tanzend in die Knie gingen, um uns dabei zu küssen. Sarah hob mich langsam mit ihrem Schenkel an. Wir ließen uns nicht aus der Ruhe bringen, obwohl ich bemerkte, dass wir unter Beobachtung einiger Gäste standen.
»Hier seid ihr«, sagte Robert, der mit ein paar Freunden ebenfalls auf die Tanzfläche gekommen war.
Wir tanzten gemeinsam am Rand und Sarah kam mir immer wieder näher, um mir einen Kuss aufzudrücken.
Dann sah ich gegenüber ein Paar weit aufgerissene Augen: Daniela!
Schockiert ließ ich von Sarah ab, die nun ebenfalls bemerkte, dass etwas passiert sein musste. In dieser Zeit hatte Daniela bereits die Tanzfläche betreten und kam in großen Schritten auf uns zu.
»Daniela ist ...«, setzte ich an, aber in diesem Augenblick riss Daniela Sarah bereits aus meinen Armen und ich musste mitansehen, wie Sarah eine Ohrfeige erhielt. Aufgrund der lauten Musik, konnte man das schallende Geräusch nicht hören. Sarahs Gesicht sprach jedoch Bände.
»Was soll das?«, schrie Daniela. »Wir hatten das doch geklärt!«
Ich fühlte mich wie im falschen Film und konnte nur daneben stehen und dem Streit folgen. Wieder war ich dabei, zwei beste Freundinnen zu trennen. In diesem Fall konnte ich den Streit allerdings nicht verstehen.
Warum rastet sie nur so aus?

Daniela zerrte Sarah von der Tanzfläche, Sarah schlug ihre Hand von ihrem Arm, folgte ihr aber trotzdem. Ich vermutete, dass die beiden in einer ruhigeren Ecke ein Gespräch führen wollten.
»Was ist da denn los?«, wollte Robert von mir wissen.
»Sarah hat Daniela noch nicht über uns aufgeklärt«, schrie ich, damit Robert mich bei der lauten Musik auch verstehen konnte.
Robert deutete mit dem Finger auf den Nebenraum und wir verließen die Tanzfläche. Als wir angekommen waren, bestellten wir uns etwas zu trinken. Hier war die Musik nicht so laut und wir konnten reden.
»Habt ihr Daniela denn gar nichts gesagt? Das war doch klar, dass so etwas passieren wird«, sagte Robert.
»Sarah und ich sind seit einer Woche zusammen. Sarah meinte, sie will ihr das irgendwann erzählen. Die beiden hatten zwischendurch mal gesprochen, aber Daniela war überhaupt nicht begeistert, dass Sarah Interesse an mir hat. Jetzt ist es wenigstens raus!«
»Na, mal schauen, wie lange die sprechen. Lass die beiden reden. Übrigens wollte ich dir auch noch was wegen dem Urlaub sagen: Flieg du mal mit Sarah zusammen. Sie kann mein Ticket bekommen.«
»Warum das auf einmal?«, fragte ich und runzelte die Stirn.
»Wir können immer noch etwas zusammen machen, schließlich sind wir Freunde. Genieße mal die Zeit mit Sarah. Ich habe noch eine Einladung für ein Festival bekommen. Deswegen passt das alles ganz gut.«
»Danke«, sagte ich knapp und nahm ein Schluck von meinem Getränk.

Ich überlegte, warum er sich so schnell umentschieden hatte.

»Ihr macht das schon«, sagte er und klopfte mir lächelnd auf die Schulter.

Eigentlich lächelte er immer und war ein fröhlicher Mensch. Das mochte ich sehr.

»Und jetzt gehen wir wieder feiern. Die zwei Mädels kommen schon irgendwann zurück.«

Eine Stunde nachdem wir zurückgekehrt waren, kam Sarah zurück und nahm mich zur Seite.

»Daniela weiß jetzt, dass wir fest zusammen sind«, sagte sie ruhig.

»Und ist jetzt sauer?«, fragte ich.

»Ja, das konnte man ja sehen«, entgegnete sie und warf mir einen scharfen Blick zu.

»Hat sie gesagt, warum?«

»Das konnte oder wollte sie mir nicht direkt sagen. Sie meinte nur, dass würde unsere Freundschaft beeinträchtigen und sie würde sich wie das fünfte Rad am Wagen fühlen. Als ich meinte, ich hätte vorher bereits auch Freunde gehabt und das wäre kein Problem gewesen, konnte sie keine Antwort geben. Da kam nur: Du musst ja wissen, ob du dich mit ihm einlässt.«

Ich knurrte.

»Kommst du mit, etwas trinken? Ich kann das jetzt sehr gut gebrauchen«, meinte Sarah und nahm meine Hand.

Das »Motto« behielt Sarah die nächsten Stunden knallhart bei. Als Fahrer blieb ich selbstverständlich nüchtern und musste mir alles ansehen.

Nach der Disco gingen wir zu meinem Auto und fuhren zu ihr, um ihre Sachen zu holen. Während der Fahrt kamen wir auf das Ereignis mit Daniela zu sprechen.
»Keine Sorge, die wird sich wieder beruhigen«, besänftige ich Sarah und dachte daran, dass dieses unser erstes gemeinsames Wochenende werden würde.
Ich freute mich sehr darauf und wollte mir nicht die Stimmung vermiesen lassen. Sarah war durch den vielen Alkohol so müde, dass sie während der Fahrt einschlief.
Als ich den Wagen in der Parkbucht abstellte, wachte Sarah auf.
»Sind wir da?«, fragte sie verschlafen.
»Ja, wir müssen nur noch die Treppe hinauf.«
»Auch noch eine Treppeeeee ...«, kommentierte sie meine Aussage.
Ich nahm ihren Rucksack, schloss die Eingangstür auf und Sarah folgte mir. Nachdem wir die Wohnung betreten hatten, stellte ich den Rucksack ab.
»Schatz, ich geh gleich ins Bett. Wo muss ich hin?«, fragte sie mit kleinen Augen.
»Dort ist das Schlafzimmer«, meinte ich und ging selbst Richtung Bad, um ihr danach zu folgen.
Mittlerweile war es draußen wieder hell und ich sah, wie Sarah schon teilweise entkleidet unter der Bettdecke lag. Ich zog meine Hose aus und kroch mit unter die Bettdecke. Sarah gab mir einen Kuss und grinste mich an, wobei ihre Hand zu meinem Schwanz wanderte.
Ein paar Sekunden später hielt sie ihr Spielzeug in der Hand und begann ihn zärtlich zu wichsen.
Sie wollte doch schlafen? Dieses unersättliche Biest ...

Ich grinste zufrieden.

Nicht lange zögernd löste ich die Haken von ihrem BH und streifte den Tanga gleich mit ab. Sarah hatte sich in der Zeit um meine Boxershorts gekümmert und wanderte mit ihren Küssen abwärts zu meinem Schwanz.

Sie wichste meinen Schwanz und strich mit ihrer Zungenspitze über meine Eichel, um ihn ganz danach zu umschließen. Ihre Lippen pressten sich an meinen Schwanz und saugten gierig daran. Ich genoss das Gefühl, wie sie mich verwöhnte, ihre Hand meinen Ständer umschloss und ihn zärtlich rieb, während sie weiter an ihm leckte und saugte. Entflammt von ihren Berührungen wurde mein Stöhnen lauter.

Sarah schaute kurz zu mir hoch, kam zu mir und massierte meinen Schwanz mit ihrer Vulva, indem sie sich auf ihn setzte.

Sie gab mir einen Kuss und ich spürte, wie sie ihn stöhnend in ihr Allerheiligstes eintauchen ließ. Ihren Venushügel fest an meinem Körper drückend ritt sie mich, erst langsam, dann immer gieriger und ausgelassener. Der Alkohol machte sie noch hemmungsloser.

Mein Schwanz rutschte fast aus ihrer nassen Liebesgrotte, weil ihr Ritt so wild war. Ihr Stöhnen wandelte sich zu lauten Schreien, die das Schlafzimmer erfüllten.

»Jaaa ... jaaaa ... «, rief sie außer Atem.

Ihr Po klatschte ohne Unterlass auf mein Becken und mein harter Schwanz bohrte sich tief in sie.

»Schatz, ich komme ...«, stöhnte ich, wobei ich meinen Höhepunkt bereits überwunden hatte und mein Schwanz pulsierte.

Sarah beugte sich zu mir herunter und kuschelte sich an mich. Nach ein paar Minuten schliefen wir völlig erschöpft ein.

Mittags wachten wir auf. Ich beobachtete, wie sie ihre Augen öffnete und mich ganz verträumt anschaute. Dieser Anblick alleine genügte, um mich an den wilden Sex der Nacht zu erinnern.

Meine Hand wanderte hinab zu ihrer nackten Vulva. Wenig später folgte ich mit meinen Lippen, fuhr damit über ihren Bauchnabel und leckte ihre Perle.

»Schatz, du bist so geil …«, flüsterte ich, wobei meine Zunge über ihre glatten Lippen glitt und mit dem Finger an ihrem Kitzler spielte.

Sarahs Hände gruben sich in meine Haare und forderten mich auf, nach oben zu rutschen und ihr zu geben, wonach sie sich sehnte.

Mein Spielzeug sollte mit ihrem Spielzeug spielen.

Ich drang in sie ein, wobei sie kurz zuckte und mich stoppte.

»Mach weiter, Süßer«, sagten ihre blauen Augen, als ich zögerte.

Ihre Schenkel luden mich dazu ein, sie umfänglich auszufüllen. Leidenschaftlich stieß ich zu, um mit ihr vereint zu sein. Wollüstig wie ich war, wollte ich noch mehr.

»Dreh dich um, Schatz …«, forderte ich sie auf.

Sie streckte mir ihren festen Po entgegen und ich nahm sie das erste Mal von hinten.

»Nicht so doll, das ist zu tief …«, keuchte Sarah.

Ich nahm mich etwas zurück und gab ihr einen Klaps auf ihren Po. Wenige Stöße später überrollte mich eine Welle von Glückshormonen und ließ mich laut stöhnend zum Orgasmus kommen.

»Schatz, das war ziemlich tief,«, schaute sie mich etwas traurig an. »das tat schon weh.«

»Sorry, da muss ich wohl bei Doggy künftig etwas aufpassen.«

»Wäre besser«, meinte Sarah und gab mir einen Kuss.

Ich nahm sie in den Arm und es dauerte nicht lange und wir schliefen ein. Wir wachten erst um 17 Uhr auf. Dieses Mal öffnete Sarah zuerst die Augen und kuschelte sich an mich.

»Wollen wir nicht mal aufstehen, Hase?!«

Sie tastete mit ihrer Hand meinen Körper entlang bis zu meinem Gemächt, das bereits erregt auf ihre Berührung wartete. Überrascht blickte mich Sarah an.

»Tut mir leid, Schatz«, meinte ich lächelnd, »wenn ich dich sehe, werde ich automatisch geil.«

Sarah verzog keine Miene, setzte sich auf mich und ließ meinen Schwanz in ihre Pussy gleiten.

»Hast du ja Glück, dass ich wieder feucht bin«, hauchte sie und warf mir einen lasziven Blick zu.

Während sie dies sagte, nahmen ihre Stöße zu und ließen mich nach einem weiteren Orgasmus gieren. Nach ein paar Minuten stoppte sie und beugte sich zu mir herunter.

»Sorry, Schatz ich kann nicht mehr, lass uns erst einmal etwas essen«, entschuldigte sie sich völlig außer Atem.

Wir kleideten uns an und beschlossen, das Schnellrestaurant um die Ecke aufzusuchen.

Kaum waren wir wieder zuhause, ging es zurück ins Bett. Wir schliefen ein paar Stunden und wachten abends auf, als es bereits dunkel war.
Sarah stand auf und ging ins Bad.
Ich zündete die Teelichter an, die im Schlafzimmer verteilt waren. Aus dem Kühlschrank holte ich uns eine Schale Erdbeeren, die ich am Tag vorher gekauft hatte.
Sarah lag inzwischen im Bett und ich nahm meinen Platz neben ihr ein. Nachdem wir die Erdbeeren aufgegessen hatten, legte sie sich in meine Arme.
»Das mit dem Urlaub klappt übrigens«, verkündete ich.
»Wie hast du das hinbekommen?«, wollte Sarah wissen und glaubte anscheinend, ich würde sie belügen.
»Robert hat dir seinen Platz gegeben, sodass wir nun zu zweit fliegen können. Ein richtiger Pärchen-Urlaub.«
»Wirklich? Das ist ja spitze«, freute sich Sarah und fiel mir um den Hals.
Irgendwann schliefen wir ein, und als ich zwischendurch aufwachte, löschte ich die Teelichter aus.

Am nächsten Morgen duschten wir gemeinsam und ich machte uns Frühstück. Während Sarah noch Zeit im Badezimmer verbrachte, sorgte ich für frische Brötchen und Kaffee. Als sie bekleidet aus dem Badezimmer kam, war der Esszimmertisch gedeckt. Es roch nach frischem Kaffee, den wir gut gebrauchen konnten.
Nach dem ausgiebigen Essen verbrachten wir die Zeit kuschelnd auf dem Sofa, bevor Sarah alleine ins Schlafzimmer ging.
»Willst du nicht herüberkommen?«, rief sie von nebenan.

Ich grinste.
Der Wink mit dem Zaunpfahl, da würde ich nicht ‚Nein' sagen, dachte ich und machte mich auf den Weg.
Sarah lag bereits im T-Shirt unter der Bettdecke und hatte sich die Hose ausgezogen. Ich kroch zu ihr und gab ihr einen leidenschaftlichen Kuss.
Sich an mich kuschelnd öffnete sie meine Jeans, die mir keine Minute später entrissen wurde. Es folgte die Boxershorts und grinsend umschloss sie mit ihrer Hand ihr Lieblingsspielzeug.
So ein böses »Mädchen«. Ich sollte dich übers Knie legen.
Sarah küsste mich, während sie ihn wichste und meine Finger zwischen ihren Schenkeln ihre warme Klit rieben. Ich bemerkte, wie schnell sie wieder feucht wurde und beugte mich über sie, um sie mit meinem Phallus aufzuspießen.
Berauscht wie Sarah war, sie stöhnte bereits zu Anfang so laut, dass meine Nachbarin auch ihren »Spaß« haben würde, da das Fenster weit geöffnet war, wurde sie immer lauter. Ich schob Sarahs T-Shirt nach oben, bis sie es über den Kopf streifen konnte.
Über sie gebeugt und sie nehmend löste ich die Haken ihres schwarzen BHs und strich die Träger von ihren Schultern. Ihre Knospen standen ab und ich leckte darüber, um Sarah noch zügelloser zu machen. Genussfreudig brachte sie mir dafür ein langes Stöhnen entgegen.
Ich blickte zu ihr, während sie sich im Kopfkissen wand, und genoss diesen Anblick. Sie lag da, die Augen geschlossen, ihre lockigen Haare auf dem Kissen verteilt, den Mund halboffen.

So würde ich dir am liebsten mal ins Gesicht spritzen, dachte ich und fickte sie härter.
»Mhmmm ... jaaa ...«, keuchte sie und biss sich dabei auf die Lippen.
»Mhmm, Schatz ich komme gleich ...«, ließ ich hemmungslos verlauten und stieß noch fester zu.
Nachdem mich meine Glücksgefühle überrannt hatten und ich gekommen war, zog ich meinen Phallus langsam heraus, während Sarahs Pussy zuckte.
»Sind wir ja beide zum gleichen Zeitpunkt gekommen«, flüsterte Sarah außer Atem.
Sich an mich schmiegend bekam ich dafür einen langen Zungenkuss und durfte sie in meinen Armen betten. Eine halbe Stunde später kam Sarah auf die Idee, Fotos zu machen.
Ich holte meine Kamera und Sarah durfte für mich auf der dunkelblauen Satinbettwäsche in Unterwäsche und auch mit meinen Handschellen als Model posen.
Als sie nackt vor mir lag, konnte ich natürlich nicht widerstehen. Wir küssten uns und sie wusste ganz genau, wie sie mich erregen konnte. Sie setzte sich mit ihrer nackten Pussy auf meinen Schwanz und rieb ihr Becken über ihm, bis er hart war.
Stöhnend ließ sie ihn in ihre Lustgrotte rutschen. Sarah war so feucht, dass ich kaum etwas spüren konnte. Ich genoss jedoch den Ausblick bei ihrem wilden Ritt, bei dem sie auf mir thronend zeigte, wer im Augenblick dabei war seine wirkliche Befriedigung zu erhalten. Begierig wie sie war, kreiste sie mit ihrem Becken auf mir und konnte nicht von mir lassen.

Erst als sie sich völlig außer Atem an mich kuschelte, war klar, dass sie keine Kraft mehr hatte. Ihr frivoler Blick sprach allerdings deutliche Worte: *Wenn ich könnte, würde ich dich bis heute Abend weiter reiten.*

Rotes Abenteuer

Am darauffolgenden Wochenende beschlossen wir mit ihrer kleinen Schwester Jana das nahegelegene Freizeitbad zu besuchen. Ich fuhr bereits am Freitagabend zu Sarah und blieb das erste Mal ein komplettes Wochenende bei ihr.
Abends gingen wir zu zweit ins Kino in die Innenstadt. Wir entschieden uns für »Cars«, der eine Woche zuvor in den deutschen Kinos angelaufen war. Nachdem ich die Tickets geholt hatte, stellten wir uns beim Verkauf für Popcorn und Getränke an.
»Morgen wird's bestimmt lustig. Jana freut sich schon darauf, dich zu ärgern«, sagte Sarah und stieß mir leicht in die Seite.
»Das wüsste ich aber«, kommentierte ich ihre Aussage, »die werde ich schön untertauchen.«
»Sei nicht zu gemein zu ihr. Ich möchte Popcorn und Cola«, meinte Sarah, weil wir als nächstes an der Reihe waren.
Nachdem wir alles besorgt hatten, nahmen wir im Kinosaal Platz und schauten den Film. Sarah wanderte mit ihren

Fingern zwar zwischendurch an meine Hose, ich ignorierte dieses aber, weil der Saal einfach viel zu voll war. Als wir nach Hause zurückkehrten, wurde ich deshalb belagert. Es gab einfach keinen Tag, an dem wir keinen Sex hatten.
Am nächsten Vormittag riefen uns ihre Eltern zum Frühstück. Ich hielt mich bewusst zurück, musste ich doch daran denken, dass ihre Tochter nachts des Öfteren meinetwegen sehr laut war.
»Wir könnten doch zusammen auch mal einen Ausflug mit Inline-Skates machen«, schlug die Mutter vor.
»Klar, warum nicht«, sagte ich und erntete dafür von Sarah einen bösen Blick.
»Morgen Abend wollen wir zusammen Essen gehen, in ein kleines Restaurant. Hat Sarah dir das schon gesagt?«, fragte der Vater.
Die ganz große Familieneinführung wird das, heute die Schwester und morgen die Eltern, dachte ich.
»Nein, das habe ich Don noch nicht erzählt. Erst einmal unternehmen wir heute etwas mit Jana.«
»Jahaaa, endlich wieder schwimmen. Sarah, ich will auf jeden Fall auf die große Rutsche«, kreischte Jana begeistert.
»Ich packe schon mal meine Sachen«, fügte sie hinzu, sprang auf und war im Nu verschwunden.
»Wann sie das mal lernt, dass man bis zum Schluss sitzen bleibt«, grummelte Sarahs Vater.
»Niemals«, kommentierte Sarah die Aussage knapp und nahm einen Schluck Kaffee.

Nach dem Frühstück packten wir unsere Sachen und Sarah fuhr uns zum Freizeitbad. Jana war total aufgedreht und veranstaltete auf der Rückbank ihre Späße.
»Es reicht jetzt, ich muss mich konzentrieren. Wenn du nicht aufhörst, drehen wir gleich um«, sagte Sarah in einem scharfen Ton.
Auf der Rückbank war augenblicklich Ruhe.
Vor dem Freizeitbad wurde es auf der Rückbank wieder unruhig.
»Was machst du denn, da ist doch ein Parkplatz«, nervte Jana.
Sarah ging nicht darauf ein und suchte den nächsten Parkplatz auf der rechten Seite. Jana jammerte, dass sie nun soweit laufen müsste.
»Ich hasse den Tag jetzt schon«, flüsterte Sarah und gab mir einen kurzen Kuss.
Ich ließ mich nicht von Jana irritieren und nahm unsere Sachen. Nachdem wir uns durch den Kassenbereich gezwängt hatten, ging Sarah mit Jana in eine Kabine und ich ging weiter zu den Männer-Kabinen. In der Dusche war ich schnell und stand wartend am Beckenrand, da die beiden anscheinend länger brauchten.
Nach 10 Minuten kamen sie aus der Dusche und wir gingen ins Wasser, um gemeinsam nach draußen zu schwimmen. Die Temperatur war angenehm und so blieben wir an der freien Luft. Während sich Jana in den Kinderbereich verabschiedete, genossen Sarah und ich den Strömungskanal und das Wellenbecken.
»Ich könnte jetzt gemein werden«, sagte sie und schob ihren Oberschenkel zwischen meine Beine.

»Dann müssten wir hier aber lange Zeit bleiben«, gab ich zu bedenken.
»Oder ich sorge für Abhilfe«, flüsterte Sarah.
»Hier, bei dem Trubel?«, fragte ich ungläubig.
»Willst du es riskieren?«
»Ich bin nicht so scharf darauf, erwischt zu werden«, lehnte ich ihr Angebot ab.
Wir hatten einige Zeit unsere Ruhe und konnten küssend das Wasser genießen. Etwas Ärgern zwischendurch musste trotzdem sein. Nach einer Stunde stand Jana am Beckenrand.
»Sarah, ich habe Hunger. Darf ich mir eine Pommes holen?«
»Dann müssen wir aber erst zum Schließfach und das Geld holen«, meinte Sarah genervt.
»Wir können ja auch etwas essen«, sagte ich zu Janas Verteidigung.
Ein gefühlte Ewigkeit später hatten wir etwas gegessen und Jana wollte unbedingt noch auf die Wasserrutsche. Da uns nicht mehr viel Zeit blieb, versuchte ich ihr den Wunsch zu erfüllen. Sarah kam mit auf den Turm und rutschte als Erste. Ich ließ Jana den Vortritt und rutschte als Letzter. Für das Umziehen blieb nun nicht mehr viel Zeit. Als Mann ist man natürlich bedeutend schneller und wartete bestimmt 10 Minuten bis die Damen fertig waren. Schlussendlich schafften wir es noch vor Ablauf der Zeit und mussten nicht nachzahlen.
Als wir bei Sarah zuhause waren, suchten wir erschöpft das Sofa auf und schauten eine DVD, um den Abend ausklingen zu lassen.

Am nächsten Abend fuhren wir mit den Eltern in ein kleines Restaurant. Es gab italienisches Essen und viele Fragen. Besonders die Mutter schien großes Interesse daran zu haben, wie mein Berufsalltag aussah und was ich bereits erlebt hatte.
Schwiegermamas Liebling, schoss es mir durch den Kopf. Damit konnte ich bisher immer punkten.
Sarah und ich hatten uns Pizza bestellt. Die Eltern und Jana aßen Pasta, wobei sich Jana mit ihren Spaghetti etwas schwertat. Ich grinste vergnügt, Sarah fand es weniger lustig.
»Ich nehme gleich mein Messer und schneide ihr die Nudeln durch«, zischte sie, weil sie es nicht mitansehen konnte.
»Lass sie doch. Sie ist fast 10. Sie hat noch ein paar Jahre Zeit zum Lernen«, flüsterte ich.
Danach setzten wir uns an die Bar und tranken einen Cocktail, bevor es nach Hause ging. Ich schlief in jener Nacht bei Sarah und fuhr morgens von dort zur Arbeit.

Am Mittwochabend nach unserem zweiten gemeinsamen Wochenende fuhr ich wieder zu Sarah. Sie öffnete mir die Tür, wir gaben uns einen Begrüßungskuss und gingen gleich nach oben in ihr Zimmer. Dort legten wir uns auf ihr Bett, kuschelten und erzählten uns die Neuigkeiten von den letzten Tagen. Im Hintergrund lief Musik.
Ich berichtete ihr, dass mich die Firma und Kollegen immer mehr nervten und dass ich überlegte, mir einen neuen Job zu suchen. Ein guter Arbeitsplatz in der Nähe war mein Ziel. Ein Arbeitsplatz, bei dem ich mir nicht vorkam

wie im Kindergarten und jedem Kollegen zehnmal das gleiche erklären musste.

Sarah drehte sich zu mir und gab mir einen langen Zungenkuss. Wie sehr hatte ich diese Küsse in den letzten zwei Tagen bereits vermisst. Aus der Musikanlage tönte unser Lied, Shooting Star von Deepest Blue:

*»You just don't care anymore
You're just not there any more«*

Saskia hatte ich nicht mehr im Kopf. Ich war Sarah verfallen und zog sie noch näher zu mir. Ihren Kuss erwiderte ich erst langsam und zärtlich, indem ich mit ihrer Zungenspitze spielte. Danach wurden unsere Küsse wilder und Sarah strich mir über den Bauch, um sich an meiner Hose zu widmen.

Sie öffnete den Knopf und den Reißverschluss. Ein paar Minuten später lag ihr Oberteil auf dem Fußboden. Meine Küsse wanderten ihren Hals herunter und ich löste dabei die Haken ihres BHs. Ihre Brustwarzen standen vor Erregung ab, und als ich mit meinen Fingern darüber fuhr, küsste Sarah leidenschaftlich meinen Hals. Ihre Hand verschwand dabei in meiner Boxershorts und ertastete meinen Schwanz, um ihn sanft und zärtlich zu wichsen.

Wir drehten uns, so dass ich auf ihr war. Sarah zog mir mein Sweatshirt aus und kümmerte sich anschließend um meine Hose.

Während sie damit beschäftigt war, knöpfte ich ihre Hose auf und streifte sie ab. Sarah lag nur noch im Stringtanga vor mir. Nachdem meine Boxershorts gewichen war, hatte

Sarah genug Platz, um meinen Schwanz ausgiebig zu verwöhnen.
Ich stöhnte lustvoll auf und genoss ihren festen Griff.
Ihre Brüste liebkosend wanderte ich mit meiner Hand zu ihrem Tanga.
»Warte, ich muss mal kurz ins Bad«, stoppte mich Sarah.
Sarah stand auf und verließ das Zimmer. 30 Sekunden später war sie wieder zurück und zog ihren Tanga aus.
»So, kann weitergehen«, flüsterte sie und grinste verlegen.
Sarah sah, dass meine Hand an meinem harten Phallus lag und nahm das als Einladung, sich gleich daraufzusetzen. Als sie haltlos meinen Ständer in ihrer Pussy aufnahm, stöhnte ich laut auf. Sarah ritt mich, erst etwas langsamer, dann schneller und hemmungsloser.
Ich konnte mich kaum zurückhalten, so wie Sarah mit ihrem Becken kreiste. Ihre Lippen umschlossen meinen starken Schwanz so fest, dass sie mich innerhalb weniger Minuten zum Orgasmus brachte.
»Jahaaaaa ...«, kam es mir laut.
Sarah grinste mich an, als wäre dieses heute Abend ihr vorrangiges Ziel gewesen. Lächelnd fiel sie mir in die Arme, um sich an mich zu kuscheln. Wir lagen dort einige Zeit zusammen und während wir uns weiter zärtlich küssten, spürte ich die Flüssigkeit, die aus ihrer Pussy über meinen Schwanz auf ihr Bett floss.
Unsere Küsse weckten bald wieder unser Begehren und mein Phallus drückte an ihren Venushügel und wollte zu gerne noch einmal die Tiefen ihrer Lustgrotte erkunden.
Sarah erhob sich ein Stück und erfüllte mir den Wunsch. Ihre Pussy nahm meinen Schwanz ein weiteres Mal auf.

Dieser Ritt wurde jedoch noch wilder als der vorherige. Sarah ließ meinen Schwanz dabei fast aus ihrer Vulva rutschen und ihn wieder bis zum Anschlag hineingleiten. Ihr zügelloses Keuchen wurde dabei so laut, dass das Klatschen ihres Beckens auf meine Schenkel kaum zu hören war.
»Ja, jaa, jahaaa...«, kam sie wollüstig über mir.
Mit zwei weiteren Stößen von unten kam ich ebenfalls zum Höhepunkt und hielt Sarah fest in den Armen, die bereits ruhend auf meiner Brust lag.
Sarah stieg erschöpft von mir und schaute etwas erschrocken zwischen meine Beine.
»Oh scheiße ...«, sagte sie und verstummte.
Ich zog meine Beine zur Seite, um mir anzuschauen, was sie meinte. Ich sah eine große feuchte Stelle, die auch etwas Blut enthielt.
»Upps ...«, rutschte es mir heraus, »hast du ja jetzt ein schönes Andenken an heute Abend.«
»Ja, schön ist das aber nicht ...«, protestierte Sarah und fand das gar nicht witzig.
Amüsiert betrachtete ich den Fleck und musste in diesem Moment an mein Abenteuer mit Anne denken, die mir meine Couch versaut hatte.
»Hörst du wohl auf, das witzig zu finden«, zischte Sarah.
»Tut mir leid, Schatz. Bei mir ist das auch schon mal passiert. Und du siehst gerade so süß aus, wie du dich aufregst.«
Nach einem kurzem Handgemenge hatte ich Sarahs Hände fixiert und gab ihr einen langen Zungenkuss.

»Jetzt ist Schluss. Nun wird geschlafen«, sagte ich streng und musste dabei grinsen. »Schließlich muss ich morgen früh wieder arbeiten.«

»Ja, du hast recht«, sagte sie und kuschelte sich in meine Arme.

Am nächsten Morgen verabschiedete ich mich mit einem Kuss und schlich zur Haustür, um nicht das ganze Haus zu wecken. Das war das erste Mal, dass ich in der Woche bei Sarah übernachtet hatte.

Mein Sexmonster

Am nächsten Wochenende waren Sarah und ich auf eine Geburtstagsfeier einer Freundin eingeladen. Ich holte Sarah abends von zuhause ab und wir starteten in meine Richtung. Die Freundin wohnte in meiner Nähe und so fuhr ich diese Nacht das Auto.

Als wir eintrafen, sahen wir, dass ein paar Pavillons vor der Garage standen. Es war schön warm, genau das richtige Wetter für eine Feier unter freiem Himmel. Viele der Gäste kannten Sarah, wussten mit mir aber nichts anzufangen. Ich genoss es, dass sie mir immer wieder einen Kuss gab und der fragenden Person ein »Das ist mein Freund« entgegenbrachte.

Nachdem wir etwas vom Grill gegessen hatten, wurde Alkohol ausgeschenkt. Sarah trank fleißig mit und wurde anhänglich. Die meiste Zeit war das auch okay aber manchmal unterbrach sie mich einfach, wenn ich mich mit einer anderen Person unterhielt.

Um 2 Uhr entschieden wir uns zu fahren. Sarah war gut angetrunken und es war nicht leicht, sie dazu zu bewegen, betrunken das Auto zu verlassen. Nach fast 20 Minuten schleppte sich Sarah, an mir geklammert, die Treppe hinauf zur Wohnung.

Ich konnte mein schelmisches Grinsen kaum verbergen, denn ich wusste, dass Sarah betrunken etwas unanständiger und lauter werden würde. In meiner Wohnung würde uns dabei niemand stören.

Als wir oben in der Wohnung ankamen, ging Sarah kurz ins Bad und machte sich fertig. Ich nutzte die Zeit, um im Schlafzimmer ein paar Kerzen anzuzünden und es uns richtig gemütlich zu machen. Bereits entkleidet legte ich mich ins Bett. Sarah kam wenig später in Unterwäsche ins Zimmer und trennte sich sogleich davon, um nackt unter die Bettdecke zu kriechen.

Es dauerte keine 10 Sekunden und Sarah lag mir in den Armen. Sie küsste mich sanft und wanderte mit ihren Küssen über meine Brust, den Bauchnabel, bis hin zu meiner Boxershorts. Sarah verlor keine Zeit, streifte sie über meine Beine und ich genoss es, sie dabei zu beobachten.

Meinen harten Schwanz mit der Hand wichsend saugte sie gierig mit ihren Lippen daran, bevor dieser ganz in ihrem Mund verschwand. Ihre Zungenschläge wurden schneller und sie schaute mich dabei mit lüsternen Blick an. Ich strich mit meiner Hand durch ihre Locken und drückte ihren Kopf vorsichtig nach unten. Nach ein paar Minuten kam sie zu mir hoch gekrochen.

»Fick mich, Süßer«, flüsterte sie mir ins Ohr.

Danach drehte sie sich auf den Rücken und spreizte ihre Beine.

»Komm schon ...«, lud sie mich ein.

Ich kniete mich vor sie, näherte mich ihr und stieß mit meinem Schwanz in ihre feuchte Pussy. Nach ein paar Stößen nahm ich ihre Beine auf meine Schultern und drang tiefer in sie ein.

»Mhmmm ... «, stöhnte Sarah laut.

Wenn sie angetrunken war, war sie wirklich um einiges lauter und frecher. Ich stieß noch unbeherrschter zu und beobachtete, wie sie ihren Lockenkopf von der einen Seite zur anderen drehte.

»Jaaa, Schatz! Meeeehr ... «, keuchte sie lauter.

Dass das Fenster weit aufstand, weil es oben in der Wohnung sehr warm war, störte uns nicht. Ihre Lustgrotte zu spüren, wenn die Beine auf meinen Schultern lagen, war viel intensiver als sonst. Mein Schwanz pulsierte und ich ließ ihre Beine hinabgleiten, während ich die letzten Male des Eintauchens genoss, bevor ich kam.

Völlig außer Atem legte ich mich zu ihr und Sarah kuschelte sich an mich. Es waren ungefähr 10 Minuten, da drehte sich Sarah zu mir.

»Ich bin nicht fertig mit dir, Hase. Auch wenn du gekommen bist, aber ich bin nach wie vor geil«, sagte sie und setzte sich auf meinen Schwanz, um ihn zu massieren.

»Schaaaaatz ...«, stöhnte ich auf.

Es dauerte nicht lange, da rutschte mein harter Phallus erneut in ihr Allerheiligstes. Sie zu mir herunterziehend verwöhnte ich ihre harten Brustwarzen, die vor Erregung abstanden. Ich liebte es daran herumzuspielen und zu knabbern. Ihre Haare warf sie während ihres Ritts von der einen Seite auf die andere und blickte mich lüstern an. Mit ihren Zähnen biss sie sich auf die Unterlippe, während sie ihrem Höhepunkt näher kam. Laut stöhnend und erschöpft sank sie in meine Arme.

»Schatz, ich fühle mich gar nicht mehr angetrunken. Immer wenn ich nach dem Trinken Sex habe, habe ich das Gefühl, dass ich wieder völlig nüchtern bin«, kommentierte sie die Situation und küsste mich.

Wir schliefen bis Mittag und als wir aufwachten, fühlte ich schon ihre Hand zwischen meinen Beinen.

»Kaum wach und schon wieder geil?«, grinste sie mich an.

Ich blinzelte noch etwas verschlafen.

»Du bist ein kleines Sexmonster«, gab ich verschlafen von mir.

Aber wer könnte da schon Nein sagen, überlegte ich.

Sarah lag mit dem Rücken zu mir und ich drückte mich an sie und ließ meinen Muntermacher von hinten in ihre Pussy gleiten. Bedächtig nahm ich sie und ihre Pobacken klatschten dabei an meine Schenkel.

»Schatz, nicht so tief«, flehte Sarah.

Mit etwas Abstand stieß ich meinen Phallus in ihre Pussy. Meine Hände wanderten über ihre Oberschenkel bis hin zu ihren Brüste, die ich bei jedem Stoß festhielt. Mit der anderen Hand fuhr ich zu ihrer Vulva und rieb ihre Perle.

Sarahs Stöhnen wurde lauter, als ich ihren Kitzler stimulierte. Ich spielte mit ihren Brustwarzen, während sie das Gesicht im Kissen vergrub. Eine ihrer Hände griff an meinen Po und forderte mich auf wieder fester zu rammen.
Laut keuchend kam Sarah und ihre Anspannung löste sich aus ihrem Körper.

Geiler Sonntag

Am zweiten Tag wachte ich mit Sarah gleichzeitig auf. Wir lagen in meinem Bett und hatten keine Lust aufzustehen. Küssend drückte mich Sarah ganz dicht an sich, um ihre Wärme zu spüren. Unsere Küsse wurden innerhalb weniger Augenblicke unbeherrscht und fordernd. Wieder einmal hatten wir nur eines im Sinn. Sarah bekräftigte meine Vermutung damit, indem ihre Hand zu meiner Shorts wanderte.
»Hm, na da ist aber auch schon jemand sehr wach, was?«, stellte sie fest und grinste frech.
»Kannst dich ja mal um dein Spielzeug kümmern, Schatz.«
Kaum hatte ich den Satz beendet, streifte Sarah meine Boxershorts hinunter und setzte sich auf mich. Sie beugte sich über mich, hielt meine Hände fest und küsste mich. Ihr Becken schob sie über meinen Ständer und massierte ihn.
»Schatz ...«, stöhnte ich.

Als sie meine Hände freigab, löste ich die Haken von ihrem BH, dessen Träger über ihre Schultern glitten. Ich konnte nicht widerstehen und knetete ihre Brüste.
Wir drehten uns und ich nutzte die Gelegenheit, um Sarah von ihrem Tanga zu trennen. Meine Finger vergruben sich einer nach dem anderen in ihre nasse Pussy.
»Süße, du bist wieder so nass.«
»Dann warte besser nicht zu lange, Schatz«, entgegnete Sarah.
Sie winkelte die Beine etwas an und ich stieß mit meinem harten Schwanz zwischen ihre feuchten Lippen, um tief in ihre Lustgrotte einzutauchen.
Sarah noch dichter an mich ziehend, fickte ich sie langsam, während ihre Beine auf meine Schultern lagen und ich ihre Schenkel liebkoste. Eine ihrer Hände krallte sich ins Bettlaken und ich nahm sie noch schneller. Sarah stöhnte im Takt, mit jedem Stoß etwas lauter, die Fingernägel der anderen Hand glitten über meine Brust und hinterließen rote Streifen.
Laut kommend gab sie ihr Finale bekannt und die Hand, die das Laken zusammengezogen hatte, entspannte sich. Kaum zur Ruhe gekommen, konnte Sarah ihre Hände nicht bei sich behalten und wanderte mit ihren Fingern bereits wieder zu meinem Schwanz. Sie gab mir einen Kuss und begann damit, meinen Schwanz zu wichsen.
Du bist einfach unersättlich.
Ich wanderte mit meinen Küssen über ihren Hals bis zu ihren harten Knospen, um genüsslich daran zu lutschen.
»Mhmmmm... Schatz, du und die Nippel«, hechelte Sarah.
»Das sind halt meine Spielzeuge«, gab ich frech zurück.

»Die beiden ...«, ich küsste sie demonstrativ und rutschte nach unten, »... und dieses Spielzeug hier.«
Sarah kicherte kurz und verschluckte ihr Lachen, als ich mit meiner Zungenspitze über ihre Schamlippen fuhr und daran saugte. Meinen Kopf zwischen ihre Beine gedrückt, zeigte sie mir, wie sehr ihr meine Zunge an ihrer Perle gefiel.
Sarah keuchte leise. Ich nahm meine Hand dazu und leckte ihre Klit, während meine Finger in ihre feuchte Lustgrotte eindrangen.
Schon kurze Zeit später zog mich Sarah nach oben.
»Jetzt möchte ich aber mal wieder spielen«, grinste sie und begab sich zu meinem Schwanz, um ihre Zungenspitze um meine Eichel kreisen zu lassen. Behutsam nahm sie ihn ganz in den Mund und begann daran zu saugen. Es war jedes Mal ein aufregendes Gefühl, wie ihre Lippen mich stimulierten.
»Mhmmm, jaaaa... Schatz ...«, seufzte ich.
Sarah verwöhnte mich eine Weile und kam zu mir hoch, wobei sie meinen Schwanz in ihre Vulva gleiten ließ. Voller Wonne ritt sie mich, erst langsam, dann immer schneller. Nach einiger Zeit war Sarah so außer Atem, dass sie sich zu mir nach vorne fallen ließ und mir einen Kuss gab.
»Ich glaub', wir sollten mal aufstehen«, gab Sarah zu bedenken.
Es war mittlerweile früher Nachmittag und wir hatten noch nichts gegessen. Aber anstatt dieses zu tun, strich meine Hand über ihren weichen Körper hinab zu ihrer Pussy und fingerte sie erneut.

»Du kannst es wohl nicht lassen«, japste Sarah erregt und suchte den Weg zu meinen Schwanz.
»Das reicht schon Süßer, du weißt doch wie schnell das geht«, sagte sie und saß im nächsten Augenblick auf mir.
Nach vorne gebeugt fielen ihre braunen Locken in mein Gesicht, während sie nach meinem Luststab tastete. Sie glitt mich behutsam und ließ ihn bis zum Anschlag eintauchen, richtete sich auf, schloss die Augen und ritt mich weiter. Ich kostete diesen Augenblick aus.
Der Anblick ihrer Brüsten, der abstehenden Nippel, wie sie ihren Körper bewegte und ihrer Vulva, wie diese immer wieder meinen Ständer aufnahm, war wie ein Feuerwerk vor meinen Augen. Sarahs Bewegungen wurden schneller.
»Mhmm, mach weiter Schatz, bitte«, flehte ich und griff ihr an den Po, um sie anzutreiben.
Sarah kam meiner Aufforderung nach. Während ihr Stöhnen lauter wurde, kam ich meinem Höhepunkt näher. Ich konnte spüren, wie ich kurz davor war, schwerelos zu sein, um danach in einer berauschenden Fahrt meinen Orgasmus zu erleben.
Sarah kuschelte sich an mich und nach ein paar Minuten schafften wir es endlich aufzustehen. Nach einer gemeinsamen Dusche zogen wir uns an und ich brachte sie nach Hause.
»Ich muss für den Urlaub einkaufen«, verkündete Sarah.
»Was musst du da noch einkaufen?«, wollte ich wissen.
»Ich benötige noch zwei Bikinis und ein paar Strandklamotten.«
Skeptisch schaute ich sie an, weil ich nicht glauben konnte, dass sie es wirklich benötigte. Wortlos nahm ich sie auf

dem Sofa in den Arm und wir schauten den Sonntagabendfilm.
Es war schön, dass sie sich so auf den Urlaub freute. Ich war ebenfalls sehr gespannt, wie mein erster »Pärchenurlaub« verlaufen würde.

Am nächsten Wochenende war ich wieder bei Sarah. Wir hatten es uns am Freitagabend in Sarahs Zimmer mit Chips und Cola vor dem Fernseher gemütlich gemacht. Nachdem Deutschland im Auftaktspiel der Weltmeisterschaft gegen Costa Rica mit 4:2 gewonnen hatte, schauten wir uns noch das zweite Spiel an diesem Abend an.
Samstagvormittag frühstückten wir gemeinsam mit den Eltern, um danach mit dem Auto an den Kanal zu fahren. Dort gab es lange, geteerte Radwege, die sich hervorragend für einen Tagesausflug mit Inline-Skates eigneten.
Sarahs Vater stellte das Auto auf dem Parkplatz ab. Es war ein wolkenloser Vormittag im Juni und die Sonne sorgte dafür, dass uns schon beim Anlegen der Schutzkleidung warm wurde. Sarahs Schwester hüpfte aufgeregt durch die Gegend. Manchmal hatte ich das Gefühl, dass sie unter Hyperaktivität litt.
»Machen wir ein Rennen, Don? Bitte!«, bettelte sie, aber ich ignorierte es.

Während wir auf der Bank saßen und uns abmühten, die Inliner festzuzurren, fuhr Jana bereits ihre Kreise und konnte es nicht erwarten aufzubrechen.
»Manchmal könnte ich sie ...«, grummelte Sarah und warf mir einen kurzen Blick zu.
»Ich kann dich verstehen«, stimmte ich zu.
Nachdem der Vater einen Rucksack mit Getränken und Proviant umgeschnallt hatte, ging es los. Sarah und ich fuhren nebeneinander. Unsicher ließ sie sich etwas zurückfallen.
»Was ist los?«, fragte ich.
»Ich war schon länger nicht mehr mit den Dingern unterwegs.«
»Das wird schon«, versuchte ich sie zu beruhigen.
»So lange wir auf einer geraden Strecke bleiben, denke ich das auch. Nur mit dem Bremsen habe ich so meine Probleme.«
»Nicht nur du ...«, gab ich zu.
Die Eltern und Jana waren bereits einige hundert Meter vor uns. Ich reichte Sarah meine Hand.
»Komm, wir holen jetzt mal auf.«
»Ich weiß nicht, ob das so eine gute Idee ist.«
Mit ausgestreckter Hand zog ich Sarah neben mir her. Am Seitenstreifen rauschten die Büsche und Gräser zunehmend schneller an uns vorbei und wir holten auf. Sarah war nicht sonderlich begeistert von meiner Aktion und stieß leise Flüche aus. Kurz bevor wir die Eltern einholten, wurde ich langsamer. Wir schafften es nun, die Geschwindigkeit zu halten und der kühle Fahrtwind war sehr angenehm. Mittlerweile war die Mittagssonne deutlich zu spüren.

In der nächsten Kurve verließ uns das Glück. Ich kam mit dem rechten Schuh auf den Seitenstreifen und landete im Gras. Sarah landete direkt auf mir, schaute mich mit großen Augen an und musste lachen.

»Wenigstens bin ich weich gefallen«, sagte sie amüsiert.

»Auuuutsch«, brachte ich nur hervor und erntete dafür einen Zungenkuss.

Sarah rappelte sich auf und als ich auch wieder auf den Beinen stand, sah ich die Eltern einige hundert Meter weiter auf einer Bank sitzen. Jana kam uns entgegen und machte sich über uns lustig.

»Das kommt davon, wenn man die ganze Zeit Händchen hält. Du und dein Don. Dann fällt man auch hin.«

»Pass auf, dass du nicht gleich auch fällst«, sagte Sarah verärgert.

Wir setzten uns langsam in Bewegung und hielten an der Bank ebenfalls für eine Pause. Als wir die Hälfte der Strecke hinter uns gelassen hatten, erwartete uns eine Auszeit am Baggersee. Jana hatte Badesachen unter ihrer Kleidung und wollte unbedingt ins Wasser. Sarah und ich zogen es vor, im Gras zu liegen, zu dösen und die Sonne zu genießen.

Nach zwei Stunden verließen wir den See und begaben uns auf den Heimweg. Sarah und ich fuhren bereits etwas eher los, aber nach einer halben Stunde hatten uns die Eltern eingeholt. Ich genoss die Aussicht auf den Kanal, auf welchem wir immer wieder neue Schiffe zu sehen bekamen. An diesem Nachmittag wurde mir klar, dass ich mich richtig in Sarah verliebt hatte. Es hatte alles mit einem kleinen Abenteuer angefangen, doch mit jedem Tag war sie mir mehr ans Herz gewachsen. Wir verstanden uns, stritten nicht, hatten viel Sex und es passte gut zwischen uns. Ich freute mich auf jedes Treffen, konnte es kaum erwarten wieder ein ganzes Wochenende mit ihr zu verbringen. Dieses ließ mich sogar Saskia vergessen.

Sarah war einfach für mich da und auch wenn sie ab und zu von ihrem Ex sprach, betrachtete ich dieses als eine Nebensache, die sich in der nächsten Zeit von alleine erledigen würde. Wie falsch ich damit lag, würde ich allerdings noch erfahren.

Am Dienstagabend hatte ich mit Robert in der Stadt das WM-Spiel Brasilien gegen Kroatien geschaut. Kurzfristig entschieden wir uns, am Mittwochabend in die Diskothek zu gehen und klärten dieses mit unseren Freunden ab. Am Donnerstag war ein Feiertag und so konnten wir bis tief in die Nacht feiern. Sarah sagte ebenfalls zu und so fuhr ich am nächsten Tag nach der Arbeit direkt zu ihr.

Sie öffnete mir die Tür und ich musterte sie von oben bis unten, um festzustellen, dass sie sich bereits für die Disko fertiggemacht hatte. Sie trug ihre Haare zu einem Pferdeschwanz gebunden, hatte ein helles Top und einen schwarzen Rock an.

So gefällt mir das. Sie zieht bestimmt später noch die Stiefel an.
Ich grinste und ging mit ihr nach oben, nachdem wir uns einen Begrüßungskuss gegeben hatten.
An diesem Abend lief wieder ein WM-Spiel der Deutschen, welches wir uns noch vor dem Besuch der Disko anschauen wollten. Ich setzte mich auf das Bett und schaltete den Fernseher an, um den richtigen Sender zu suchen. Sarah kam wenig später zu mir und gab mir einen Kuss.
Dann setzte sie sich mit ihrem kurzen Rock auf mich und beugte sich zu mir herunter. Ich schaute in ihre blauen Augen und bemerkte ihren lasziven Blick. Ihr Becken kreiste auf meiner Hüfte und sie benötigte keine Minute, um mich geil zu machen.
Sie zu mir ziehend gab ich ihr einen langen Zungenkuss. Meine Hände verließen ihren Po und griffen unter ihr Top, um es nach oben zu ziehen.
»Neee, gibt es nicht! Ich hab mich schon fertiggemacht, Schatz. Bist schon geil, was?«, fragte sie und drückte ihre Vulva gegen meinen Schwanz, der unter der Jeans darauf wartete, ausgepackt zu werden.
Sie wollte mich doch wohl nicht hier liegen lassen?
»Hab schon den ganzen Tag an dich gedacht und darauf gewartet, dass du endlich hier bist«, grinste sie, kroch nach unten und knöpfte die Jeans auf, um sie herunterzuziehen. Meine Boxershorts fand ebenfalls den Weg zu meinen Füßen. Mit ihrer Hand wichste sie zärtlich aber fordernd meinen Schwanz.
»Oh Schatz ... was hast du vor? Du bist doch noch angezogen«, stöhnte ich und war etwas verwirrt.

Sarah lächelte, setzte sich auf mich, hob ihren Rock etwas hoch und schob ihren Tanga zur Seite. Dann ließ sie meinen Schwanz in ihre feuchte Pussy gleiten.

»Na, wonach sieht das aus?«, keuchte sie, während mein Ständer tief in sie hineinglitt.

Nach einem ziemlich unartigen Schulmädchen in Rock und einem verdammt engen Oberteil, dachte ich und musste grinsen.

»Das sieht verdammt geil aus und fühlt sich auch so an ...«, stöhnte ich, während ihr Ritt schneller wurde.

Entflammt von diesem Anblick konnte ich mich nicht lange zurückhalten und kam laut unter ihr zu meinem Orgasmus. Sarah freute sich, dass sie ihr Ziel so einfach erreichen konnte und lächelte.

Ich zog mich an und wir gingen in die Küche, um etwas zu essen. Das WM-Spiel war bei der Halbzeitpause und wir hatten nicht viel verpasst.

Nach dem Essen schauten wir uns den Rest vom Spiel an. Sarah konnte währenddessen jedoch nicht die Finger von mir lassen. Sie war erregt, das sah ich in ihren Augen. Lüstern wanderten ihre Hände über meinen Körper und ihre Küsse streiften begierig meinen Hals.

Thronend setzte sie abermals auf mich, beugte sich zu mir herunter mit ihren lockigen Haaren und gab mir einen langen Zungenkuss, der seine Wirkung nicht verfehlte. Mit ihrer hemmungslosen Art schaffte sie es, mich erneut geil zu machen. Langsam rieb sie ihre Becken auf meiner Jeans und mein Schwanz pulsierte.

Ich will dich spüren, tief in dich eintauchen und vereint mit dir zum Orgasmus kommen. Immer wieder.

Meine animalischen Gedanken sorgten dafür, dass ich nach wenigen Minuten nackt vor ihr lag. Den Tanga mit den Fingern zur Seite ziehend tauchte ich mit meinem Ständer in ihre rasierte Pussy ein.
»Ist da wieder jemand geil, Schatz?«, fragte sie mich ganz frech und ließ danach einen Seufzer ab, als mein Schwanz bis zum Anschlag in ihr war.
»Wer sitzt denn im Moment auf mir und ist ausgefüllt?«, fragte ich und gab ihr einen Zungenkuss.
Ich spürte Sarahs Bewegungen, die anfänglich nach einem zärtlichen, zurückhaltenden Ritt aussahen. Als sie sich jedoch aufrichtete, ließ sie mich ihren zügellosen Willen spüren.
»Mhmmm, Schatz ... jaaa«, stöhnte ich laut auf.
Mein Phallus glitt fast aus ihrer Lustgrotte, bevor der nächste Stoß ihn wieder tief in sie hineinführte. Der Stoff des Tangas rieb dabei an meinem Schwanz und ließ mich ihr Verlangen noch intensiver spüren. Das Gefühl genießend kam ich meinem Höhepunkt immer näher. Sarah lehnte sich nach hinten und ließ ihr Becken auf mir kreisen.
Überwältigt kam ich tief in ihr und Sarah ließ behutsam von mir ab. Nachdem sie kurz im Bad gewesen war, kam sie aufgeregt ins Zimmer zurück.
»Wir müssen nun aber wirklich los, Schatz. Schnell! Zieh dich an!«
»Ganz ruhig. Ich kann ja nichts dafür, wenn du mich immer verführst«, meinte ich und grinste frech.
Sarah schlüpfte in ihre weißen Stiefel, ich schaute kurz im Bad vorbei und danach machten wir uns auf den Weg. Na-

türlich waren wir so spät dran, dass wir im Parkhaus keinen Platz mehr fanden, also fuhren wir ein Stück weiter und parkten auf dem Nachbarparkplatz unter einigen Bäumen.

In der Disco trafen wir auf unseren Freundeskreis. Daniela war zwar auch gekommen, hielt sich aber zurück und schien uns zu meiden. Trotzdem wurde es ein lustiger Abend und als wir morgens aus der Disco kamen, regnete es leicht.

Bei Sarahs Anblick hatte ich nur noch einen Gedanken: *Wenn wir gleich im Auto sind, wirst du deinen Kopf zwischen ihren Beinen auf der Beifahrerseite stecken und ihr eine Revanche geben.*

Als wir im Auto saßen, schaute ich sie an.

»Ist etwas, Schatz?«, fragte sie.

Sie bekam keine Antwort von mir, denn ich beugte mich zu ihr hinüber und gab ihr einen Kuss. Meine Hand hatte bereits den Weg zu ihrer nassen Pussy gefunden und so folgte ich kurze Zeit später mit meiner Zunge. Noch weiter zu ihr gebeugt erreichte ich ihre Perle besser und ließ meine Zungenspitze über ihr kreisen. Sarah drückte meinen Kopf an ihren Schlitz und ich genoss die wohlige Wärme ihres Inneren, indem ich meine Zunge tief in sie stieß. Nach ein paar Minuten stoppte ich.

»Lass uns zuhause weitermachen«, sagte ich, weil ich wusste, dass es im Auto ziemlich eng und unbequem war.

Das sah Sarah allerdings anders.

»Nee, gibt es nicht. Ich warte doch nicht bis wir zuhause sind«, protestierte sie.

Sie zog mich zu sich und küsste mich. Mit meiner Hand erkundete ich, was sich unter ihrem Rock befand und tauchte mit zwei Fingern in ihre Spalte ein. Der Regen wurde stärker, prasselte auf das Autodach und die Scheiben. Plötzlich fing es an zu blitzen und zu donnern. Den Parkplatz verließen immer wieder Autos, wobei die Scheinwerfer teilweise direkt ins Auto leuchteten.
»Lass uns auf die Rückbank gehen«, schlug ich vor.
Wir kletterten nach hinten und machten dort weiter. Die Scheiben waren mittlerweile beschlagen. Sarah öffnete meine Jeans und zog mir die Boxershorts ebenfalls aus. Ein weiterer Blitz erhellte das Auto, als Sarah zu meinem Schwanz griff, um ihn zu wichsen. Wenige Sekunden später hörten wir das Grollen des Donners.
Die Leute, die jetzt zu den Autos rannten, hatten bestimmt etwas besseres zu tun als zu schauen, was bei uns passierte.
Sarah setzte sich auf mich und ließ meinen Schwanz in ihre Pussy eintauchen. Sich an der Lehne der Rückbank abstützend ritt sie mich. Das Auto wippte bei jedem Stoß ihres Ritts mit und spätestens jetzt würden die Leute draußen begreifen, was innen vor sich ging. Ich griff Sarah unter den Rock und gab ihr einen Klaps auf ihren Po.
Wie ungezogen du heute bist, mein kleines Schulmädchen, dachte ich und grinste breit.
Nach einigen Minuten war unsere erste große Lust gestillt und wir zogen uns wieder an, um anschließend nach vorne zu klettern.
Bei Sarah angekommen suchte ich das Bad auf und bemühte mich, dabei leise zu sein. Als ich aus dem Bad kam, lag Sarah bereits nackt im Bett. Sie schaute mich mit ihrem

lasziven Blick an und ich nahm ihre Einladung an. Als ich ebenfalls auf der Matratze lag und sie nach unten kroch, wusste ich, dass wir lange noch nicht fertig waren.
Erregt ließ sie ihre Zungenspitze über meine Eichel kreisen. Ich schloss die Augen und genoss es, wie sie mich verwöhnte. Sie umschloss meinen Phallus mit ihren Lippen und saugte daran. Ihre Zunge spielte dabei an meiner Eichel. Mit ihrer Hand wichste sie ihn zärtlich, bis er hart war. Stöhnend fuhr ich mit meiner Hand durch das lockige Haar. Ihre Begierde war so unersättlich. Das war genau mein Geschmack. Nach ein paar Minuten stoppte sie und setzte sich auf meinen Ständer.
»Dann machen wir mal da weiter, wo wir vorhin aufgehört haben, Schatz«, sagte sie und gab mir einen langen Zungenkuss.
Mein Penis glitt sofort in ihre Lustgrotte und sie beugte sich zu mir herunter, um meinen Schwanz mit kräftigen Bewegungen in ihre Pussy zu stoßen. Ich zog sie weiter zu mir und leckte ihre harten großen Nippel. Mit den Händen griff ich an ihren Po, um ihre Bewegungen zu steuern und dagegen zu halten.
Sarahs Lustschreie wurde lauter und ihre Stöße immer schneller.
»Jaaaaa ...«, schrie sie laut, als es über sie kam.
Erschöpft sank sie in meine Arme. Für diese Nacht waren wir überwältigt und hatten genug Sex. Wir schliefen schnell ein.
Als ich am Morgen aufwachte, spürte ich Sarahs Hand in meinem Schritt. Sie war wohl bereits etwas länger wach und ich musste mich erst einmal orientieren, um zu verste-

hen, was überhaupt passierte. Sarah wichste mir zärtlich den Schwanz, der bereits erregt war.

»Guten Morgen Schatz, auch endlich mal wach?«

»Mhmmm ...«, stöhnte ich und genoss ihr Verwöhnprogramm.

Na warte, dachte ich, *du wirst schon sehen, was du jetzt davon hast!*

»Dreh dich mal um, Schatz ...«, wies ich Sarah an und sie streckte mir ihren süßen Po entgegen.

Auf allen Vieren vor mir kniend wartete sie darauf, was ich für sie bereithielt. Mein Phallus glitt bedächtig in ihre weiche Spalte. Bei jedem Stoß gab Sarahs Po ein Klatschen von sich, wenn meine Oberschenkel auftrafen. Ihre Hände griffen ins das Kopfkissen, während ich sie tiefer nahm.

»Mhmmm ... jaaa ...«, kreischte sie.

Bis zum Anschlag versenkte ich nun meinen Ständer in Sarahs Allerheiligstes.

»Nicht so tief, Schatz! Das weißt du doch«, bremste sie mich außer Atem.

Besonnen stieß ich noch ein paar Mal nicht so tief zu und beschloss, die Stellung zu wechseln.

»Leg dich mal wieder hin, Schatz«, schlug ich vor.

Sarah legte sich auf den Rücken und spreizte die Beine, sodass ich ganz leicht in sie eindringen konnte. Ich nahm ihre Beine auf meine Schultern, um mehr Tiefe zu erreichen. Ihre Füße küssend, wanderte ich weiter ihren Unterschenkel hinauf, bis ihre Beine von meinen Schultern glitten.

Ich rutschte aus ihrer Spalte und Sarah schaute mich etwas verwundert an. Was sie jetzt aber bekommen würde, gefiel ihr bestimmt genauso gut. Meine Küsse wanderten aufwärts bis zu ihrer Vulva und ich liebkoste mit leichten Zungenschlägen ihren Kitzler, um hinabzurutschen und sie mit meiner Zunge zu ficken. Sarah stöhnte laut auf.

Sarah drehte sich auf die Seite und ich tauchte von hinten in sie ein. Mit Vergnügen vernahm ich das Klatschen gegen ihre Pobacken und strich mit meinen Fingern über ihre zarte Haut bis ich an ihrer Brust angelangte, um ihre harten Nippel zu zwirbeln.

Sarah hielt mit ihrem Po dagegen und meine Stöße nahmen Fahrt auf. Mein Schwanz pulsierte und ich zog Sarahs Hüfte ganz fest an mich, als ich kam und mein Liebessaft in ihre Vulva schoss.

Das waren wirklich die geilsten 24 Stunden, dachte ich und grinste, während Sarah sich an mich kuschelte und uns mit der Decke zudeckte.

Urlaubsstimmung

Mittlerweile war es Ende Juni und wir hatten unseren Mallorca-Urlaub durchgeplant. Am Abend vor dem Flug hatte ich meine Sachen gepackt und fuhr mit dem Auto zu Sarah. Nachdem wir ihre Koffer eingepackt hatten, schliefen wir ein paar Stunden.

Nachts ging es mit dem Auto zum Flughafen, wobei Sarah während der Autofahrt einschlief und erst aufwachte, als ich im Parkhaus vom Flughafen parkte. Wir luden unsere Koffer aus und gingen zu Fuß zum Gate. Sarah war derweil total nervös. Es war ihre erste größere Reise und ihr erster Flug.

»Ich hoffe, ich habe nichts vergessen«, überlegte sie immer wieder.

Das hoffte ich innerlich auch und musste an ihr Geschenk und die Überraschung denken. Sarah hatte im Urlaub Geburtstag und ich hatte hierfür etwas eingepackt. Wir saßen zuerst in der Wartehalle, bis die Schalter für unseren Flug öffneten. Nachdem wir unser Gepäck aufgegeben und den Sicherheitscheck passierten, nahmen wir in der Abflughalle Platz.

Nervös blickte mich Sarah an, als wollte sie mir sagen »Können wir bitte umkehren?«.

Ich nahm ihre Hand, holte meinen MP3-Player heraus, um mit ihr die Kopfhörer zu teilen und Musik zu hören. Als unser Flugzeug endlich am Gate eingeparkt wurde,

stand ich auf und zog sie hinter mir her. Im Flugzeug suchten wir unsere Plätze und Sarah lauschte angespannt den Sicherheitshinweisen, als es zur Startbahn ging.
Ich freute mich bereits auf den Start. Die Beschleunigung zu spüren, war das Beste am ganzen Flug. Sarah hingegen war mulmig zumute und ihre Hand ließ meine erst los, als wir sicher in Palma landeten. Bei der Gepäckausgabe verbrachten wir eine halbe Stunde. Mit den Koffern verließen wir das Flughafengebäude und suchten unseren Bus.
Auf dem Rollfeld schlug uns die Hitze entgegen. Nun warteten wir unter dem wolkenlosen Himmel in der Vormittagssonne auf den Bus. Der Drang in den nächstbesten Swimmingpool zu springen war nicht nur bei mir vorhanden.
»Wenn wir im Hotel sind, springe ich als erstes in den Pool«, kommentierte Sarah die Hitze.
Wir trugen zwar beide ein T-Shirt aber wegen der kühlen Nacht in Deutschland hatten wir uns für eine lange Jeans entschieden. Die Palmen-Allee vor dem Gebäude sah zwar nett aus, half jedoch nicht gegen die Hitze.
Nach einiger Zeit kam unseren Bus, der zum Glück eine funktionierende Klimaanlage hatte. Da wir nicht direkt in Palma untergebracht waren, stand uns eine eineinhalbstündige Busfahrt bevor.
Unser Hotel lag zentral in Cala Rajada und das erste, was uns in unserem Hotelzimmer begrüßte, war eine Ameisenstraße.
Das geht ja gut los, dachte ich.
Auch Sarah war wenig begeistert und so ging ich direkt zur Rezeption, um das Problem anzusprechen. Ein neues Zim-

mer wollte man uns vorerst nicht geben. Man drückte mir eine Dose Insektenspray in die Hand. Nachdem wir am Nachmittag nach unserem ersten Spaziergang wieder ins Zimmer zurückkehrten und sich das Problem nur verschlimmert hatte, bekamen wir ein neues Zimmer. Unserer weisen Voraussicht nach hatten wir unsere Koffer noch nicht ausgepackt und konnten schnell umziehen.
Ich war zufrieden, Sarah hingegen genervt. Das ließ sie mich auch am Strand spüren, welchen wir nachmittags besuchten. Sie lag mir immer in den Ohren, sie wollte an den Hotelpool.
»Warum willst du denn unbedingt dort baden? Wir sind hier am Strand und das hat man sonst nicht. Einen Pool kannst du überall haben.«
»Hier ist es mir einfach zu voll und mein Kreislauf macht das mit der Sonne nicht mit. Und ich möchte mir auch keine teure Liege mit Schirm mieten.«
Ich seufzte.
Schlussendlich landeten wir am Hotelpool, den wir auch an den folgenden Tagen besuchten. Nur für unsere Spaziergänge nutzten wir den Strand.
Am ersten Abend besuchten wir das Physical, eine der drei großen Diskotheken im Ort. Zuvor waren wir italienisch Essen und hatten ein paar Cocktails getrunken. Die Straßen waren hell erleuchtet und voller Menschen. Vor dem Physical war nicht viel los, denn es war erst 23 Uhr. Wie in Bulgarien konnten wir damit rechnen, dass die richtige Party erst nach 24 Uhr steigen würde, da viele Besucher noch in den Kneipen und Bars in der Umgebung waren.

Wir nutzten die freie Tanzfläche und um halb eins füllte sich langsam die Disco. Sarah hatte inzwischen weitere Cocktails getrunken und um halb zwei beschlossen wir, zurück ins Hotel zu gehen. Der Tag war lang genug.
Am nächsten Tag frühstückten wir einmal im Hotel, mussten jedoch feststellen, dass es uns besser gefiel, länger zu schlafen. Das Frühstück war nicht besonders schmackhaft und wir waren uns einig, lieber bei Burger King zu Mittag zu essen. Sarah hätte ein anderes Fastfood-Restaurant bevorzugt, das gab es jedoch auf der Insel zu der Zeit noch nicht. Dafür entdeckte sie etwas anderes: Einen großen Laden mit Süßigkeiten, die man sich selbst mischen konnte. Der »Candyshop« hatte eine unglaubliche Auswahl an Fruchtgummis, Bonbons, Lutschern und Schokolade.
Nachdem wir uns mit Essen und Trinken eingedeckt hatten, gingen wir zurück ins Hotel und belagerten den Pool. Sarah lag neben mir auf der Liege und ich genoss die Aussicht auf ihren neuen Bikini.
»Spanner«, bekam ich zu hören und ihr Lächeln zeigte mir, dass sie mir ganz und gar nicht böse war.

Geiler Geburtstag

Es war der dritte Tag in unserem Urlaub. Sarah hatte Geburtstag und mitten in der Nacht holte ich ihre Geschenke und ein paar Teelichter aus meinem Koffer. Ich gab mir die größte Mühe, leise zu sein aber Sarah wurde trotzdem wach, als ich die ersten Kerzen angezündet hatte.
»Guten Morgen, Schatz. Alles Liebe und Gute zum Geburtstag«, flüsterte ich und gab ihr einen langen Zungenkuss.
»Danke, mein Hase! Das ist voll süß von dir.«
Ich griff neben das Bett und holte drei kleine Geschenke hervor.
»Pack sie aus«, forderte ich sie auf.
»Okay«, sagte sie, blinzelte noch etwas verschlafen und riss das Papier vom ersten Geschenk. Es war Parfüm von Bruno Banani, das weibliche Gegenstück zu meinem Duft. Es folgten schwarze Wäsche und ein Buch.
»Danke, mein Schatz.«
Sarah gab mir einen Kuss und drängte sich an mich. Irgendwann löschte ich die Teelichter und wir schliefen ein.
Am Morgen frühstückten wir doch wieder im Hotel und gingen anschließend zurück aufs Zimmer. Ich konnte sie überreden am Vormittag den Strand zu besuchen, weil es nicht so heiß war.
Sarah dirigierte mich zu sich aufs Bett, wir hatten uns gerade eingecremt und ich stand nur in Boxershorts vor ihr, während sie bereits ihren Bikini trug. Sie küsste mich ganz

lange, stieß vorsichtig mit ihrer Zungenspitze zwischen meinen Lippen hindurch und berührte meine Zunge, um damit zärtlich zu spielen.

Es dauerte keine 30 Sekunden und sie hatte mich mit ihrer begierigen Art überzeugt. Ich öffnete den Haken ihres Oberteils, zog es zur Seite und liebkoste ihre harten Nippel, die vor Erregung abstanden. Sarahs Hand strich über meine Boxershorts.

»Na, da ist wohl jemand geil! Komm her, Süßer, zieh mir den Rest aus«, stellte sie fest und meine Boxershorts fiel im nächsten Augenblick zu Boden.

Ich folgte ihrer Aufforderung und das kleine Bikinihöschen landete ebenfalls auf den Fliesen.

»Los Schatz, komm her«, winkte sie mich zu ihr. Als ich über ihr war, wichste sie meinen Schwanz und versenkte ihn behutsam in ihrer rasierter Pussy.

Ich wird dich gleich lecken, Schatz ... warte ab, dachte ich bei ihrem Anblick.

Immer wieder in ihre Lustgrotte stoßend, stöhnte ich lauter, während Sarah die Beine anwinkelte, damit ich noch tiefer in ihr war.

»Mhmmm ... jaaa ...«, stimmte sie mit ein.

Mich aufrichtend umfasste ich ihre Oberschenkel, während ich wieder in sie eindrang. Sarahs Augen weiteten sich, sie genoss es sichtlich. Ihre Lippen öffneten sich bei jedem Stöhnen ein bisschen. Ich zerrte ihre Beine auf meine Schultern und tauchte noch tiefer in sie ein.

»Schatz, fick mich schneller«, bettelte sie.

Die Beine von mir ablassend stieß ich immer heftiger und schneller zu. Sarah umfasste meine Arme und hob ihr Becken an, um mir zu zeigen, dass sie es genau so wollte. Passioniert gab ich ihr, wonach sie sich sehnte. Dem Orgasmus näher kommend verlangsamte ich meine Stöße und setzte ihr ein letztes Mal zu, bevor ich zu meinem Höhepunkt kam.

»Happy Birthday, Schatz«, grinste ich und zog mich aus ihr zurück.

»Schatz, bitte schnell Taschentücher«, kommentierte sie meinen Glückwunsch.

Ich kam ihrer Bitte nach und beobachtete sie, indem ich mich neben ihr aufs Bett legte. Es war so warm, dass eine Decke völlig überflüssig war. Wir kuschelten uns aneinander und besprachen, was wir den Tag über machen wollten.

»Lass uns doch gleich zum Hafen gehen und dort mittags etwas essen«, schlug ich vor.

»Meinst du?«, fragte sie mich mit skeptischem Blick.

»Auf den Fotos sah das echt gut aus. Die haben dort in den letzten Jahren vieles neu gemacht. Und es gibt da bestimmt ein Restaurant, was uns gefallen wird.«

»Okay, dann machen wir das.«

Während des Gesprächs wanderte ihre Hand zu meinem Schwanz und begann, ihn zu wichsen.

Mein kleines Sexmonster, dachte ich und konnte mir ein Lächeln nicht verkneifen.

»Ich bin noch geil, Schatz. Da musst du noch was machen, bevor wir losgehen. Oder ich hol es mir einfach«, sagte sie ganz frech und setzte sich auf meinen Schwanz, um ihn mit ihrer Pussy kraftvoll zu massieren.

Ich stöhnte laut auf, wollte mich aber gar nicht gegen ihre triebhaften Wünsche wehren. Mit Erfolg verschwand kaum eine Minute später mein Schwanz in ihrer weichen Lustgrotte. Sarah beugte sich lächelnd zu mir herunter, wobei sie sich immer wieder hoch und runter bewegte. Dieser Blick von ihr sagte alles.
Ich kann dich haben, wann ich es will. Siehst du es, du gehörst mir und ich bekomme dich immer geil.
Sie hatte recht, sie schaffte es und ich gab mich ihr mit voller Leidenschaft hin, da ich nicht genug von ihr bekam.
Ihre dunklen Locken fielen in mein Gesicht und ich strich sie zur Seite, um ihre Lippen zu berühren und mit meiner Zunge nach ihrer Zungenspitze zu suchen. Die Bewegungen wurden schneller und ihre Brüste wippten dabei auf und ab. Nach ein paar Minuten hörte sie auf.
»Tut mir leid, Schatz. Ich kann nicht mehr …«
Sie legte sich neben mich und ich kroch voller Erwartung nach unten, um ihren süßen Saft zu lecken. Meine Zungenspitze berührte ihre zarten, großen Lippen und schlängelte sich nach oben zu ihrem kleinen Kitzler.
Sarahs Stöhnen wurde lauter, während ich mit meiner Zunge mehr Druck auf ihren Kitzler ausübte. Ich nahm meine Finger dazu und drang erst mit zwei, nachher mit drei Fingern ein und fickte ihre Pussy. Die Anspannung in ihrem Körper spürend ließ ich meine Zunge weiter kreisen und ein paar Minuten später bäumte sich Sarah auf und kam laut.
Ihre Vulva zuckte und ihr ganzer Körper zitterte.
»Woooow …«, stammelte sie außer Atem. »Jetzt brauche ich eine Pause, bevor wir losgehen.«

Ich legte mich zu ihr und schaute sie an. Ihre Hand hingegen war bereits bei meinem Schwanz, der noch hart auf meinem Bauch lag.

»Pause also«, flüsterte ich und Sarah kicherte.

»Ich kann einfach nicht widerstehen, wenn du dich so präsentierst.«

Sie bewegte sich nach unten, strich mit ihrer Zungenspitze über meine Eichel und ließ sie in ihrem Mund verschwinden.

Ich schloss die Augen und griff mit meiner Hand in ihre lockigen Haare, während sie meinen Phallus lutschte und saugte.

»Mhmmm, Schatz ...«, stöhnte ich leise.

Nach ein paar Minuten lösten sich ihre Lippen und sie wichste ihn mit festem Griff bis ich laut keuchend kam.

»Jetzt aber los, ich bekomme Hunger«, scheuchte sie mich von Bett.

»Darf ich mal durchatmen?«

»Nein!«, sagte sie bestimmend und schlug mir auf den Po, als ich mich vom Bett erhob.

Nachdem wir uns angezogen hatten, gingen wir zum Hafen. Die Sonne schien und es war kaum eine Wolke zu sehen. Ich atmete tief ein und nahm die Meerluft auf, als Sarah meine Hand ergriff. Gemeinsam gingen wir die Strandpromenade zum Hafen entlang. An den Cafes herrschte schon reges Treiben, und als wir im Hafen nach einem Platz in einem Restaurant suchten, fanden wir nur am Rande einen Italiener, bei dem wir jedoch mehr in die Stadt schauen konnten, als den Ausblick in den Hafen zu genießen. Wir bestellten uns etwas zu trinken und Pizza.

Als wir wieder im Hotel waren, packten wir unsere Sachen für den Pool.
»Können wir?«, fragte ich Sarah und stand schon ungeduldig vor der Tür.
»Kommst du mal, Schatz?«, kam es von ihr zurück.
So werden wir nie mehr einen Platz bekommen, dachte ich und verdrehte die Augen.
Ich stellte die Tasche ab und ging zu ihr. Sie gab mir einen Kuss und führte meine Hand zu ihrem Bikiniunterteil.
»Wir sind noch nicht fertig, Schatz ...«
Sarah ließ mich ihr Höschen ausziehen und wenig später landete ich mit ihr auf dem Bett. Keine 30 Sekunden später hatte sie mir meine Badehose abgestreift.
Du Sexvamp!
Eh ich mich versah, saß sie auf mir und ihre feuchte Vulva glitt über meinen Phallus, um sie wenig später in sie zu bohren. Sarah hielt meine Hände fest und ließ dabei ihr Becken kreisen. Ich schnaufte, weil sie mich überraschend ritt, indem mein Schwanz fast herausglitt und sich bis ins tiefste Innere in sie bohrte. Ihre Pobacken klatschten dabei auf meine Oberschenkel.
»Leck mich noch mal, Schatz«, unterbrach sie den Ritt abrupt und verbannte meinen harten Ständer aus ihrer Pussy.
Mein böses kleines Sexmonster, dachte ich nur.
Ich widmete mich ihrer Pussy und stieß mit meiner Zunge in ihre Lustgrotte, um sie zu kosten und ihre harte Perle mit meiner Zungenspitze zu liebkosen. Ihr Körper roch nach Sonnencreme.
»Mhmm ... jaaa ... Schatz«, stöhnte sie so laut, dass es durch das ganze Zimmer hallte.

Sie drückte mein Gesicht zwischen ihre Beine und ich spürte bei der Intensität, dass sie bald kommen musste. Meine Zungenschläge wurden noch stärker und so konnte Sarah ihrem Schicksal nicht mehr entkommen. Mit lautem Aufschrei kam sie zitternd. Ihr Oberkörper senkte sich und sie atmete tief durch. Das Zittern nahm ab und ich schaute sie zufrieden an.

»Schön, dass es dir gefallen hat.«

»Oh ja. Aber du hast ja noch einen Ständer, Schatz.«

War das ein Deja-vu?

Bevor ich zu Ende überlegen konnte, griff Sarah zu meinem Schwanz, der auf ihrem Bauch lag und nahm ihr Spielzeug fest in die Hand. Dieses Mal ließ sie mich auf ihre Brüste kommen und der Liebessaft tropfte auf das Bettlaken.

»Ein netter Anblick«, kommentierte ich grinsend die Situation.

»Hab ich mir gedacht, dass dir das gefällt. Dann lass uns jetzt zum Pool«, wechselte sie das Thema und schubste mich vom Bett.

Mit unseren Taschen und den Handtüchern gingen wir zum Pool und erwischten noch zwei Plätze. Nachdem wir die Handtücher ausgelegt hatten, sprangen wir in den Pool und schwammen ein paar Bahnen. Am Beckenrand drängte ich Sarah in eine Ecke und gab ihr einen unanständigen Kuss.

»Du willst doch wohl nicht hier vor den Leuten unartig werden«, raunte sie mir ins Ohr.

»Das hatte ich nicht vor«, sagte ich, ließ von ihr ab, um aus dem Wasser zu hüpfen und mich abzutrocknen.

Sarah folgte mir und wir machten es uns auf den Liegen bequem und genossen die Sonne. Nachdem wir ein paar Stunden am und im Pool verbracht hatten, kehrten wir am frühen Abend ins Hotelzimmer zurück.

Ich begab mich zuerst unter die Dusche, trocknete mich ab, legte das Handtuch um und ging zum Koffer, um mir frische Unterwäsche zu suchen.

Sarah ergriff die Chance und entriss mir das Handtuch weg, sodass ich nackt vor ihr stand. Wir küssten uns und sie orderte mich aufs Bett, wobei sie ihren nassen Bikini auszog.

Sie hat es wieder besonders eilig ...

Ihre geilen Blicke wanderten von oben nach unten zu meinem Schwanz.

»Komm her, Schatz. Ich will dich spüren«, drängelte sie.

Sie tastete mit ihren Fingern zu meinem Schwanz und ließ ihn vorsichtig in ihre Pussy gleiten. Ich spürte, wie er in ihr heißes Inneres glitt und genoss das intensive Gefühl in ihr zu sein. Über sie gebeugt, nahm ich sie erst langsam, bald immer schneller. Sarahs Stöhnen gab mir den Takt und ich ließ mich von ihr vollkommen leiten.

Nach einigen Minuten löste ich mich von ihr. Auf die Seite gedreht, fickte ich sie von hinten. Meine Hände wanderten zu ihren Brüsten, spielten mit ihrem harten Nippel, während mein Phallus sie ausfüllte.

»Mhmmm Schatz ... mhmmm ...«, stöhnte Sarah leise.

Eine Hand wanderte zu ihrem Kitzler und streichelte ihren kleinen Knubbel.

»Mhmm ... leck mich, Schatz ... bitte«, flehte sie.

Ich kroch zwischen ihre Beine und nahm ihren süß-bitteren Saft auf, saugte an ihren Lippen und ließ meine Zungenspitze über ihren Kitzler kreisen, bis Sarah es nicht mehr aushielt.

»Jaaaa ... jaaaaa ...«, schrie sie laut, als sie zum Höhepunkt kam.

»Mhmm Schatz, das war einfach geil, ein echt geiler Geburtstag!«

An diesem Abend verbrachten wir die Zeit im Hotelzimmerbett. Der nächste Tag startete mit einem guten Frühstück in der Stadt, weil wir das Hotelbüfett nicht mehr sehen konnten. Anschließend schlenderten wir durch die ganze Stadt, durchquerten einen kleinen Wald und eine Dünenlandschaft, um zum längsten Sandstrand der Region zu gelangen. Wir nahmen uns Zeit für die Aussicht, stampften durch den Sand und kehrten in der Mittagshitze zum Hotel zurück.

Am Abend gingen wir in die Stadt und suchten die Diskothek Bolero auf. Wir tanzten, nahmen ein paar Cocktails zu uns und genossen die laute Musik. Nachts um 3 Uhr kehrten wir ins Hotel zurück. Die Straßen waren deutlich leerer und mit den geschlossenen Geschäften hatte der Ort fast etwas Mysteriöses.

Es folgten weitere interessante Tage und wir erfreuten uns der sonnigen Urlaubstage. Ich dachte sogar daran, Saskia eine Karte zu schreiben. Ihre Adresse wusste ich aus dem Kopf. Für ein paar Minuten fragte ich mich, wie es ihr ging. Sarah holte mich jedoch schnell wieder in die Realität zurück.

Auf dem Balkon

Nach acht Tagen hatten wir noch ein außergewöhnliches Erlebnis, welches sicherlich eine Erzählung wert ist. An diesem Abend beschlossen wir, nach dem Essen im Hotel zu bleiben. Wir hatten dort zu Abend gegessen, was sich als Fehler erwies, weil es nicht zu genießen war.

Zuerst entschieden wir uns am Strand spazieren zu gehen und dort ein ruhiges Fleckchen zu suchen. Jedoch waren dort einfach noch viele Leute unterwegs. Wir folgten dem Strand und schauten, ob es irgendwo ruhiger war.

Ich seufzte. Keine Chance.

»Macht nichts Schatz, dann gehen wir wieder zurück zum Hotel«, meinte Sarah, die meine Enttäuschung bemerkte.

Im Hotelzimmer entschieden wir uns, den Abend auf dem Balkon zu verbringen. Im Hotel schräg gegenüber waren auf dem Balkon einige feiernde Jugendliche zu sehen. Wir schauten uns das Spektakel von unseren Stühlen aus an.

Eigentlich wollte ich mit Sarah einmal romantisch einen Abend am Strand verbringen. Mich ärgerte es, dass ich es an ihrem Geburtstag nicht umsetzen konnte, weil sie am Abend zuvor Kopfschmerzen hatte. Mein Plan hatte ursprünglich vorgesehen, mit ihr am Strand in den Geburtstag zu feiern.

Auf der rechten Seite vom Balkon ging die Sonne unter und es wurde dunkler. Ich holte ein paar Teelichter, stellte sie auf den Tisch und zündete sie an.

Vor uns auf dem Geländer hing das Badetuch, welches wir zum Trocknen aufgehängt hatten. Ich ging zu Sarah, die auf dem anderen Stuhl saß und beugte mich über sie, um sie zu küssen. Dabei fuhr ich gemächlich mit meiner Hand unter ihren Rock und kniete mich hin.
»Schatz, was hast du vor?«, fragte mich Sarah überrascht.
Ein Heiratsantrag wird es nicht, dachte ich und lächelte.
Ich schob ihren Rock hoch und den Tanga beiseite.
»Schatz, das sehen die doch drüben!«
Ich drehte mich um.
»Aber es ist doch keiner draußen und außerdem hängt das Handtuch davor«, grinste ich.
Mit der Zungenspitze fühlte ich über ihre rasierte Vulva. Zwei Finger dazu nehmend fickte ich ihre Pussy. Sarah stöhnte ganz leise, wobei ich sie weiter leckte und ihren Kitzler verwöhnte. Sie wurde sehr schnell feucht und ich genoss es, sie zu kosten. Zu ihr aufschauend bemerkte ich ihren Blick, der sagte: *Nimm mich jetzt, hier auf der Stelle.*
»Schatz, ich hole mal gerade einen Stuhl von drinnen ...«
Die Plastikstühle mit den Lehnen waren alles andere als dafür geeignet. Im Zimmer stand ein Holzstuhl ohne Lehnen, den ich mit nach draußen nahm. Ich setzte mich darauf und zog Sarah zu mir. Sie küsste mich und griff mit ihren Fingern zu meiner Hose, um sie entfernen.
Nachdem sie meine Boxershorts abgestreift hatte, strich mit ihrer Hand über mein Bein und fing an, meinen Schwanz hart zu wichsen. Meine Hand wanderte zu ihrem prallen Arsch und zog den nassen Tanga über ihre Hüften, bis er an den Beinen zu Boden glitt.

Sarah setzte sich breitbeinig auf meinen Schoß und rieb meinen Schwanz an ihrer Vulva, bis er in sie hineinglitt. In der Zwischenzeit waren einige der Jugendlichen auf den Balkon zurückgekehrt. Sarah ritt mich langsam und schaute mich mit lasziven Blick an.
»Mhmmm ... Schatz, ich liebe dich«, seufzte sie leise in mein Ohr.
Ihre Bewegungen wurden schneller und ich griff ihr an ihr Hinterteil. Sie quittierte dieses mit einem festen Stoß, der mich aufstöhnen ließ.
»Komm, lass uns reingehen, da haben wir mehr Platz«, stöhnte sie etwas außer Atem.
Sie fühlte sich beobachtet, im Auto hatte sie es auch nicht gestört, dass es eng war.
Wir standen auf, mit einem kurzem Blick zum Nachbarhotel und huschten schnell ins Hotelzimmer auf unser Bett. Sarah zog sich die restlichen Sachen aus und ich küsste ihren Hals bis zu ihren harten Brustwarzen. Ich zog ihre Beine auf meine Schulter und stieß mit meinem Phallus in ihre feuchte Vulva. Mein Becken klatschte mit jedem Stoß an ihren Po. Ihre Pussy glänzte vor Nässe und ihr Brüste wippten dabei nach oben.
»Mhmmm ... jaaa ...«, keuchte sie lauter.
Sarahs Lustschreie konnte man bestimmt draußen auf dem anderen Balkon hören. Das Gefühl, dass ich kommen würde, wurde immer stärker. Ich stieß noch einmal tief zu und kam mit ihr zum Höhepunkt.
»Du versauter, böser Junge. Verführst mich einfach vor den Nachbarn auf dem Balkon.«
»Als wenn dir das nicht gefallen würde«, grinste ich.

Im Wohnzimmer

Zwei Tage später flogen wir zurück nach Deutschland. Das Wetter war an diesem Tag kalt und regnerisch. Sarah und ich hätten am liebsten den nächsten Flieger zurück genommen.

Von meinem Urlaub blieben mir noch drei Tage. Am Wochenende fuhren Sarahs Eltern und ihr Schwesterherz in Urlaub, sodass wir das Haus für die nächsten zwei Wochen für uns hatten. Das musste »gefeiert« werden und so führte mich Sarah am Mittwochabend nach dem Essen direkt ins Wohnzimmer.

Sie kuschelte sich an mich und gab mir einen langen Zungenkuss. Gleichzeitig schob sie mich weiter in Richtung Wohnzimmer. Auf dem Fußboden lag ein Sitzsack, auf den ich Sarah schubste. Mit einem lüsternen Grinsen forderte sie mich auf, zu ihr zu kommen.

Ich kniete mich nieder und küsste sie zärtlich. Die vom weißen Top bedeckten Brüste waren mein erstes Ziel. Ich schob das Top nach oben und zog es über ihren Kopf. Als nächstes musste ihr weißer BH weichen, so konnte ich genüsslich an ihren großen Nippeln lutschen, die ich so sehr liebte. Ein paar Minuten später fiel ihre Jeans meinen Händen zum Opfer. Sarah hatte sich derweil an meiner Hose vergriffen.

Sie hob ihren Po etwas an, sodass ich ihren Tanga entfernen konnte und ließ sich wieder auf den Sitzsack fallen.

»Leck mich, Schatz ...«, bat sie mich.

Das ließ ich mir nicht zweimal sagen. Meine Finger wanderten zu ihrer Pussy und schoben ihren Lippen etwas auseinander. Meine Zunge erkundete das Innere ihrer Vulva.
Sie erschauderte kurz aber ich leckte sie weiter. Ihre Finger krallten sich in den Sitzsack, wobei ich sie beobachtete. Der berauschende Blick sah einfach geil aus. Ihre Augen waren leicht geschlossen und der Mund geöffnet, sodass man ein wenig ihre Zähne sehen konnte.
Sarahs Hand hatte inzwischen den Weg zu meinem harten Schwanz gefunden und wichste ihn zärtlich.
»Nicht so viel, sonst bin ich gleich wieder so nass«, meinte sie, spreizte ihre Beine weit auseinander und lächelte.
„Komm her, Schatz", forderte sie mich auf. Sie entledigte meiner Unterhose.
Mit meinem Schwanz in sie eindringend fickte ich ihre Lustgrotte tief und schnell. Sarah bäumte sich auf und unbeherrscht schob sie mir ihr Becken entgegen.
Ich konnte mich nicht lange zurückhalten, während Sarah ihre Beine um mich klammerte. Kurze Zeit später kam ich zu meinem Höhepunkt und ergoss mich in ihrer Pussy.
»Wehe, du hast keine Taschentücher hier, Schatz«, lächelte mich Sarah an.
Zum Glück hatte ich welche in der Hose.
»Du bist noch nicht fertig, Schatz. Okay, du schon, aber ich nicht!«
Sie drückte meinen Kopf zwischen ihre Beine und ich leckte sie. Ihre Finger vergruben sich erneut im Sitzsack, ihr Atmen wurde immer lauter und sie begann zu stöhnen, während ich mit meiner Zungenspitze ihren Kitzler massierte.

»Mhmmm jaa ...«, stöhnte Sarah, kurz bevor sie kam.
»Das war schön, Hase«, sagte sie und gab mir einen Kuss.
Wir verließen das Wohnzimmer und gingen wieder in ihr Zimmer, um es uns auf dem Bett gemütlich zu machen.

Shooting im Farmhaus

Sarahs Großvater hatte ein schönes Farmhaus auf dem Land und wir beschlossen, endlich das große Fotoshooting zu machen, was ich ihr versprochen hatte.

Das alte Bauernhaus war leerstehend und wurde nur für den Urlaub genutzt. Manchmal zog sich der Großvater hierher zurück, um an seinen Büchern zu arbeiten. Es lag fernab der Straße, nur ein kleiner Feldweg führte zu diesem Anwesen. Hinter einem großen Holztor gab es einen beleuchteten Parkplatz und ein riesiges Fachwerkhaus mit Teich und Sportanlage.

Ich parkte das Auto vor der Tür. Sarah schaute mich mit leuchtenden Augen an.

»Wo beginnen wir?«, fragte sie ungeduldig.

Während ich meine Ausrüstung aus dem Kofferraum holte, zog sich Sarah das erste Outfit an. Es war ein schwarzes Kleid.

»Wir könnten gleich auf dem Parkplatz beginnen.«

Nachdem wir einige Fotos geschossen hatten, ging es weiter zu einer Holzbank, zur Holzterrasse und zum Teich. Mit zwei weiteren Outfits schossen wir über 150 Fotos. Sarah war begeistert.
»Danke«, sagte sie zum Schluss und gab mir einen langen Kuss.
Mein Versprechen hatte ich damit eingelöst und wir hatten wieder einen schönen Nachmittag miteinander verbracht. Als ich über die letzten zwei Monate nachdachte, fiel mir auf, dass wir immer sehr harmonierten. Klar, waren wir zwischendurch auch mal unterschiedlicher Meinung, aber einen großen Streit hatten wir noch nicht. Ob das am vielen Sex lag? Ja, wir hatten außergewöhnlich viel Sex. Die wenigen Geschichten hier liefern nur einen minimalen Einblick. Es gab einfach auch ein paar verrückte Dinge, die wir getan haben. Das folgende gehört sicherlich dazu.

Sarah war tagsüber bei mir zuhause und ich war arbeiten. Als ich abends zurück kam, aßen wir etwas und fuhren zu ihr. Weil Sarah ihrer kleinen Schwester versprochen hatte, DVD zu schauen, legten wir uns zu dritt auf ihr großes Bett und machten es uns gemütlich. Sarah und ich krochen unter die Bettdecke und kuschelten uns aneinander. Wir hatten uns vorher bereits bis auf die Unterwäsche ausgezogen, weil wir danach schlafen wollten. Ihre Schwester hatte auch schon ihr Bettzeug an.

Wir hatten den Film bereits gesehen und fingen nach einer Viertelstunde an uns zu küssen. Sarah setzte sich auf mich und ich zog die Decke über uns. Sie küsste mich und schaffte es innerhalb Minuten, dass mein Schwanz pulsierte. Da mein harter Phallus gegen ihre Pussy drückte, erregte mich das umso mehr.

Ich wanderte unter der Decke mit meinen Küssen an ihrem Hals entlang, bis ich zu ihren Brüsten gelangte, die ihr BH verdeckte. Meine eine Hand umfasste eine Pobacke von ihr, während meine andere Hand ihren Busen streichelte. Ich küsste ihre Brüste.

»Iihh, küsst der deine Titties …«, protestierte ihre Schwester und brach in schallendes Gelächter aus.

»Nun hör mal auf«, ermahnte mich Sarah.

Ich trieb mein Spiel jedoch weiter. Sarah gab mir einen Zungenkuss und ich zog langsam meine Boxershorts aus. Jetzt drückte mein harter Schwanz genau auf ihren Tanga.

»Du bist verrückt …« flüsterte sie und musste dabei grinsen.

Ich presste meinen Schwanz noch fester an ihre Pussy. Sarah verdrehte die Augen. Ihre Schwester schaute die gesamte Zeit den Film. Meine Finger wanderten zu ihrer Pussy und glitten sofort in ihr nasses Loch.

»Schatz, du bist total nass …«, flüsterte ich ihr ganz leise ins Ohr.

»Bist du wohl still, verdammt!«, fluchte sie leise.

»Monster«, flüsterte ich nur leise in ihr Ohr, denn sie wusste, was ich damit meinte.

»Selber«, kam es nur zurück.
Aber ich ließ mich nicht aufhalten. Ich zog ihren Tanga zur Seite und Sarah ließ meinen Schwanz in ihre nasse Pussy tauchen.
Sie hob sich so langsam auf und ab, dass es ihrer Schwester nicht auffallen konnte. Wir küssten uns weiter und ich griff ihr mit meinen Händen an den Po und drückte sie immer wieder runter.
»Iiiiiiiih, was macht ihr daaaa?«, fragte ihre Schwester, die wohl doch etwas bemerkt hatte.
Sarah stoppte.
»Wir kuscheln doch nur«, sagte sie wie selbstverständlich, konnte sich aber ein Grinsen nicht verkneifen.
»Wir machen besser gleich weiter ...«, flüsterte sie mir ins Ohr und ließ meinen Schwanz aus ihrer Pussy rutschen.
Nach dem Film verwies Sarah ihre Schwester umgehend des Zimmers. Sie schloss die Tür ab und kam zu mir ins Bett gekrochen.
»So, Schatz. Jetzt kann es weitergehen«, grinste sie frech.
Ich löste die Haken von ihrem BH und streifte ihren Tanga ab. Mit meinen Fingern strich ich über ihre großen Schamlippen, die noch feucht waren. Sarahs Hand massierte meinen harten Schwanz und zog mich auf sich.
»Fick mich, Süßer, aber jetzt richtig«, lächelte sie und schaute mich mit lüsternem Blick an.
Mit meinem Phallus drang ich in ihr Allerheiligstes ein und nahm sie, so hart ich konnte. Sarah winkelte die Beine an und ließ mich noch tiefer in sich.
»Mhmmm ... jaaa ...«, stöhnte sie und wurde dabei lauter.

Ich legte ihre Beine über meine Schultern, dabei strich ich mit meinen Händen über ihre glatt rasierten Beine und gab ihr ein paar Küsse darauf. Mein harter Schwanz begann an zu pulsieren und bevor ich zum Höhepunkt kam, stieß ich zu. Sarah stöhnte auf, zog mich ganz fest an sich und küsste mich. Mit erwartungsvollem Blick schaute sie mich an.
»Leck mich, Süßer«, bettelte sie.
Ich wanderte mit meinen Küssen über ihre Nippel zu ihrer nassen Pussy, ihr zuvor in paar kurze Küsse auf ihren Kitzler gebend.
»Mmhmm ... Schatz, was machst du? Das macht mich noch geiler. Ich laufe doch eh schon aus!«
Mit meiner Zungenspitze drang ich zwischen ihren Lippen vor, bewegte mich aufwärts zu ihrem Kitzler, den ich mit kreisenden Bewegungen liebkoste. Sarahs Stöhnen wurde lauter und ihre Hände vergruben sich in meinen Haaren und drückten meinen Kopf fester an ihre Spalte. Mit unglaublichem Zittern kam sie laut und heftig.
»Schatz, das war einfach nur geil«, flüsterte sie mir nach einigen Minuten ins Ohr, als wir bereits schmusten. Ihre Hand wanderte abwärts zu meinem Schwanz und wichste ihn hart.
»Das bekommst du jetzt zurück, Süßer ...«, grinste sie und setzte sich auf mich.
Sie ließ meinen Schwanz in ihrer feuchten Vulva verschwinden und begann, mich ganz hemmungslos zu reiten. Mit dem Becken kreisend hielt sie meinen Ständer in ihrer Pussy gefangen. Kaum hatte sie sich wieder nach vorne gebeugt, begann sie mich weiter zu reiten.

»Schatz, oar, ich kann nicht mehr, das reicht«, brach ich ab, weil mir alles weh tat.
Du wirst es noch oft genug bekommen mein Schatz, dachte ich.
Ich schlief die Nacht bei ihr und verabschiedete mich morgens mit einem Zungenkuss, um zur Arbeit zu fahren. Am nächsten Wochenende würde ich nicht in den Genuss von Sex mit meiner Liebsten kommen. Von meiner Firma war ich mal wieder für die YOU-Messe eingeteilt, die dieses Mal in Berlin stattfand. Sarah und mir blieb nur die Kommunikation per SMS, in der wir es sehr bedauerten, ein komplettes Wochenende ohne einander verbringen zu müssen. Insgesamt war ich fünf Tage in Berlin und sehr froh, als ich Sarah wieder in die Arme schließen konnte.
Am darauffolgenden Wochenende waren wir zu einer Party eingeladen.

Es war die Party der Ex-Freundin ihres Ex-Freundes, die wiederum zu unserer Clique gehörte. Das sorgte immer für Zündstoff und neue Streitigkeiten. An diesem Abend war mir bereits vorher klar, dass es Stress geben würde.
Ich fuhr mit Sarah zur Party und hatte schon mitbekommen, dass Sarah sich an diesem Abend vorgenommen hatte, alles zu leeren, was auf den Tisch kam.

Damit konnte ich leben, aber als sie anfing, zu ihrem Ex zu laufen, erreichte der Abend für mich seinen Tiefpunkt. Bei dem Anblick hätte ich sicherlich etwas ahnen können, doch zu diesem Zeitpunkt dachte ich nicht daran, es könnte uns etwas gefährlich werden.

Ich wusste, dass Sarah ihren Ex sehr mochte und auch zurückkehren würde. Die Sicherheit, dass das nicht geschehen würde, hatte ich jedoch auch. Ihr Ex betonte immer wieder, dass es damals nur ein Versuch mit den beiden gewesen war und ihm klar wurde, dass sie einfach nicht zueinander passten. Was sollte ich also befürchten?

Zwischenzeitlich verzog ich mich alleine ins Auto, weil ich ihre Schwärmerei nicht mehr ertragen konnte. Ihr Ex war ebenfalls sichtlich genervt und irgendwann am frühen Morgen verließen wir die Party. Sarah war total betrunken. Vor dem Haus der Eltern parkte ich das Auto und schaltete den Motor aus. Sarah schlief.

»Schatz, aufwachen. Wir sind zu Hause.«

»Mmmm, ich will schlafen.«

»Kannst du ja gleich. Steig aus und wir sind fast im Bett.«

»Ich will hier schlaaaafen.«

»Ich soll dich im Auto schlafen lassen?«

»Mhmmmmmmm...«

»Das ist viel zu kalt.«

»Ist egal«, kam es gleichgültig zurück.

Ich öffnete meine Tür, stieg aus und ging zur Beifahrerseite, um Sarah aus dem Auto zu bekommen.

»Komm Schatz, erst die Beine«, sagte ich und nahm ein Bein nach dem anderen aus dem Fußraum.

»Lass mich«, protestierte sie.

»Komm, es sind nur ein paar Schritte.«
»Leck mich!«
»Mach ich dann auch noch, wenn du mitkommst.«
»Du büüüscht nen Spinner«, lallte Sarah.
»Und du bist betrunken. Nun los, mir ist kalt.«
»Mir aber nischt, lass misch doch hiiaa...«
»Nein, du kommst jetzt mit«, sagte ich strenger und zog sie aus dem Auto.
Nach weiteren zehn Minuten hatten wir den Weg zur Haustür geschafft.
»Gib mir den Schlüssel. Ich mach das schon.«
»Nein, ich will das«, sagte Sarah und versuchte mich böse anzuschauen.
Wenn du meinst. Dann dauert es halt noch einmal 10 Minuten.
Zwei Minuten später waren wir endlich im Haus. Ihre Eltern und die Schwester schliefen und ich versuchte Sarah leise in die erste Etage zu bringen.
Bitte jetzt nicht irgendwelche lauten Aktionen, dass es noch Ärger gibt!
Als wir im Zimmer angelangt waren, atmete ich auf. Ein paar Minuten später lagen wir endlich im Bett und ich rechnete damit, dass Sarah innerhalb der nächsten Minuten schlafen würde. Da sollte ich mich aber irren.
Sarahs Hand strich über meinen Bauch und verschwand in der Boxershorts. Mir einen langen Kuss gebend streichelte sie zärtlich über meinen Schwanz. Das reichte schon aus, um mich geil zu machen.
Gierig verwöhnte sie mich mit der Hand und mein Schwanz war innerhalb weniger Sekunden hart. In ihrer

Trunkenheit riss sie mir die Boxershorts von der Hüfte und kroch zwischen meine Beine, um den Ständer mit ihren Lippen zu umschließen. Die Zungenschläge waren intensiver als sonst und ließen mich keuchen.
Sarah nahm ihn ganz in den Mund und saugte berauscht daran. Mit meiner Hand fuhr ich durch ihre Haare und drückte ihren Kopf immer wieder in Richtung Schwanz. Kurze Zeit später kam sie hoch, setzte sich auf mich und mein harter Ständer versank in ihrer Lustgrotte. Sarah ritt mich völlig wild und hemmungslos, wie ich es noch nie erlebt hatte. Ihr lautes Stöhnen klang durch den Raum und ließ sich garantiert auch in den Nachbarzimmern hören.
»Mhhmmmm, mhmmm, jaaaa, ooooooh ...«
Je wilder sie mich ritt, umso lauter wurde sie. Da das Haus sehr hellhörig war, war es nur eine Frage der Zeit, bis alle etwas davon mitbekamen. Ich genoss es, wie sie auf mir thronte und sich richtig ausließ.
Sarah lehnte sich nach hinten und schob meinen harten, abgeknickten Ständer in ihre nasse Pussy, was mich laut aufstöhnen ließ. Meine Hände wanderten über ihren nackten Körper, spielten mit ihren harten Brustwarzen bis sie sich wieder zu mir herunterbeugte. Ich tastete nach ihren Brüsten und saugte leidenschaftlich an einem ihrer Nippel.
»Jaahaa ...«, japste Sarah laut auf und ritt mich weiter.
Auf einmal hörte ich Tritte gegen die Wand. Sarah störte das nicht und sie ließ sich nicht davon abhalten, mich zum Orgasmus zu reiten. Das Treten gegen die Wand aus dem Nachbarzimmer konnte nur eines bedeuten: Sarahs kleine Schwester war wach und sie war nicht erfreut, dass Sarah sich so ausließ.

Grinsend genoss ich es weiter, wie Sarah mich verwöhnte. Ihr Ritt war sehr intensiv und hart, sodass ihr Po dabei auf meine Oberschenkel klatschte.
»Süßeeee«, stöhnte ich auf und kam zum Höhepunkt.
Sarah war wie weggetreten und rammte ungeachtet dessen zügellos meinen Phallus in ihre Lustgrotte. Ich zog Sarah zu mir und hielt sie davon ab, sich weiter auf mir auszulassen.
»Schatz, ich bin gekommen.«
»Ich aber noch nicht«, zischte sie und jagte mir mit dieser dominanten Art etwas Angst ein.
Ohne etwas zu sagen schob ich sie zur Seite, bewegte mich nach unten und ließ meine Zunge über ihre harte Perle fahren. Sarahs Stöhnen war wieder da und es dauerte nicht lange, dass ihr Schwesterherz erneut gegen die Wand trat. Mittlerweile hörte ich auch über uns Schritte und ich brach ab, damit Sarah sich wieder beruhigte.
»Ich glaube, das reicht für heute Morgen, Schatz.«
Du wirst schon genug Ärger bekommen, wenn ich später nicht mehr da bin. Ich grinste.
Eine schöne Rache für die Unannehmlichkeiten in dieser Nacht.
»Mach doch bitte weiter ...«, bettelte sie.
»Schatz, deine Schwester hat schon die ganze Zeit gegen die Wand getreten und deine Eltern sind ebenfalls wach. Ich glaube, wir schlafen jetzt.«
Sarah gab sich mit meiner Ausführung zufrieden.
Als wir mittags aufwachten, ging es ihr nicht gut.
Ihr war übel.

Der Alkohol in der Nacht war deutlich zu viel, sie lief ins Bad und übergab sich mehrmals. Ich lag derweil noch im Bett, als Jana die Tür öffnete und im Zimmer stand.
»War wohl etwas viel gestern?!«, grinste die Kleine dreckig.
Sarah kam aus dem Bad zurück.
»Na, geht's dir nicht gut?«, fragte sie schadenfroh.
»Ja, mir ist übel«, brachte Sarah nur heraus.
»Muss dir ja ganz schön schlecht gehen, so wie du die letzte Nacht gestöhnt hast«, kam es von ihrer Schwester.
Jana wusste noch gar nicht, was Sex ist, geschweige denn wusste sie, dass lautes Stöhnen dazugehören könnte. Ich musste mir ganz schnell die Decke vors Gesicht ziehen, um mir meinen Lacher zu verkneifen. Natürlich hatte sie das ernst gemeint, daher war es noch lustiger.
Sie stand da, fühlte sich völlig cool und ich dachte gerade: *So, du hast deine Strafe bekommen, Sarah. Ich konnte deswegen heute morgen ja auch nicht schlafen!*
Kaum war die Schwester aus dem Raum, konnte ich mich vor Lachen nicht mehr halten. Nachdem ich Sarah aufgeklärt hatte, was in der Nacht geschehen war, blickte ich in ein kalkweißes Gesicht. Gezeichnet vom Alkohol und der Übelkeit hatte sie nun auch noch das Familiengericht bevorstehen.
Innerlich amüsierte mich dieses den ganzen Tag. Sarah fand das hingegen gar nicht witzig. Nach einer Woche war jedoch klar, die Eltern würden sie zu dem Thema nicht mehr befragen. Anscheinend war ihnen die Situation selbst unangenehm.
Überraschenderweise bekam ich in den nächsten Wochen ein Wohnungsangebot, welches ich mir genauer betrachte-

te. Die Wohnung war wesentlich größer und näher an meinem Arbeitsplatz. Da der Preis identisch war, beschloss ich das Angebot anzunehmen. Die Entfernung zu Sarah veränderte sich leider nicht. Das störte mich jedoch nicht, weil ich die Fahrerei bereits gewohnt war. Nachdem ich den Mietvertrag unterzeichnet hatte, konnte ich mit der Renovierung beginnen. Die Vorgänger waren Raucher und so musste ich die Wohnung vor dem Einzug säubern und streichen.

Sarah erklärte sich bereit, mir bei der Wohnung zu helfen. Das bedeutete einiges an Arbeit. Am ersten Wochenende fingen wir an, die Küche und das Wohnzimmer zu streichen. Bis zum Sonntagnachmittag hatten wir das Wohnzimmer halb fertig und Sarah wollte unbedingt, dass wir ein kleines Fotoshooting machen. Weil die Kamera aber in der alten Wohnung lag, fuhr sie mit dem Auto los und holte sie.
Als Sarah zurück kam, begannen wir mit den Fotos. Mit hoch geknotetem T-Shirt und in Jeans, die schon Farbflecken hatte, fotografierte ich sie vor der Wand, an der Leiter und auf der Heizung. Mit einbrechender Dunkelheit schaltete ich die Strahler ein. Sarah bedankte sich bei mir mit einem langen Zungenkuss für das Shooting.

»Schatz, wollen wir nicht weitermachen?«, fragte ich.
»Lass uns mal aufhören, wir machen nächstes Wochenende weiter.«
Sarahs Hand fasste mir dabei in den Schritt und sie grinste.
»Hier?!«, fragte ich.
Ich schaute mich um. Der alte Teppich war vollgesaut, die Farbeimer und die Rollen lagen herum und vor uns stand die Leiter, die uns Sarahs Eltern geliehen hatten.
Sarah an mich ziehend küsste ich sie und es dauerte keine Minute, da hatten wir unsere mit Farbe beschmierten Sachen ausgezogen.
Wir überlegten uns, wie das mit der Leiter gehen könnte, hatten aber keine gute Idee. Als dann noch am Fenster jemand vorbeilief, zogen wir es vor, uns auf den Boden zu verziehen. Ich legte mich auf den Teppich und Sarah setzte sich auf meinen Schwanz, um ihn mit ihren weichen feuchten Lippen zu reiben. Hart rutschte er langsam in ihren Schlitz und wurde nach und nach von ihrer Pussy umschlossen.
»Mhmmm, Schatz«, stöhnte ich, während Sarah mich ritt.
Neben uns standen die Pinsel und Eimer. Ich schloss die Augen. Sarah beugte sich zu mir herunter und küsste mich, während sich mein Phallus in sie bohrte.
Du bist ne kleine Sau, dachte ich und grinste.
Mit meinen Fingern strich ich über ihre harten Nippel, gab ihr einen Klaps auf den Po und genoss ihre Herrschaft über mich. Ich spürte kaum noch etwas, weil ihre Pussy wieder so nass war. Mein Schwanz rutschte nach ein paar Stößen aus ihrer Lustgrotte.
Ich seufzte. Sarah schaute mich an.

»Lass uns mal die Sachen zusammenpacken, auf dem alten Teppich ist das auch nicht gerade so bequem«, lächelte sie und betrachtete die roten Knie.
Wir zogen uns an, räumten etwas auf und fuhren zu ihr. Nach der gemeinsamen Dusche hielt uns nichts von einem »Happy End« ab. Sarah war in dieser Hinsicht wieder einmal sehr überzeugend.

Quickie in der Badewanne

Am Sonntagmorgen wachten wir zusammen auf und schmusten miteinander. Irgendwann kam die übliche Frage, die mich jeden Morgen erwartete:
»Was machen wir heute?«
»Keine Ahnung«, sagte ich, »aber deine Eltern sind doch nicht da. Wie wäre es, wenn wir in die Badewanne gehen?« Sarah grinste.
»Okay, dann los«, sagte ich und trieb sie aus dem Bett.
Wir gingen ins Badezimmer und Sarah ließ Wasser in die Wanne ein. Ich riss sie an mich und küsste sie, während wir uns der Unterwäsche entledigten. Gegenüber stiegen wir in die Badewanne ein. Sarah ließ noch mehr Wasser einlaufen und rutschte mit ihren Füssen neben meinen Oberkörper. Ich tat das Gleiche bei ihr, sodass ich ihr zwischen die Beine schauen konnte. Mit meinen Fingern glitt ich über die glatte, weiche Haut ihrer Schamlippen.
„Böse", kommentierte sie meine Aktion.

Wir rückten weiter zusammen und ich versenkte meine Finger in der wasserumspülten Pussy. Ich konnte spüren, wie ihre Lusttropfen die Lippen bedeckten und fingerte sie tiefer.

Sarah stöhnte auf, schaute mich mit ihrem lasziven Blick an und ergriff unter Wasser meinen Schwanz, um ihn zu wichsen. Als er senkrecht im Wasser stand und etwas übers Wasser schaute, musste Sarah frech grinsen.

Warte, dachte ich, *du wirst gleich schon sehen, was du davon hast.*

Ich rückte näher zu ihr, bog meinen harten Schwanz nach unten, um ihre Pussy aufzuspießen. Sarah schaute etwas ungläubig, als wenn sie das nicht für möglich gehalten hätte.

Eh sie sich versah, rutschte ich durch ihren Schlitz und fickte sie. Sie näher an mich ziehend, setzte ich nach, um besser in sie eindringen zu können.

Das Wasser schlug mit jedem Stoß kleine Wellen und schwappte immer stärker hin und her. Sarah schloss die Augen. Ich richtete mich auf und nahm sie noch tiefer. Sarah drückte mich fest zu sich und ich spürte trotz Wasser sehr intensiv, wie mein Schwanz ihre Pussy mit jedem Stoß rieb.

Sarah winselte leise, das Wasser schwappte gegen den Wannenrand und ich war auf dem Weg meinen Höhepunkt zu erreichen. Ich spürte die angenehme Wärme des Wassers auf der Haut und kam überwältigt in ihrem Allerheiligsten.

Sarah blickte mich an.

Grinsend zog ich meinen Schwanz aus ihrer Pussy und mein Liebessaft lief langsam ins Wasser.
»Jaaaa, ich dusche mich«, sagte Sarah und verließ fluchtartig die Wanne. Ich musste lachen und folgte ihr, während ich das Wasser ablaufen ließ.
Wir verbrachten den restlichen Tag kuschelnd auf dem Sofa und bestellten uns abends eine Pizza. Draußen wurde es bereits früh dunkel. Mit großen Schritten ging es dem Winter entgegen.
Vor dem ersten Schnee schaffte ich den Umzug in meine neue Wohnung, bei dem ein paar Freunde und Sarah halfen. Sarah gefiel die Wohnung sehr gut. Meine Vermutung war, dass sie sicherlich in Erwägung gezogen hätte, mit mir dort zu wohnen. Allerdings war es für sie deutlich schwerer von dort zur Schule zu kommen. Mit der schulischen Ausbildung verdiente sie zudem kein Geld, sodass ich die Miete und die Nebenkosten alleine hätte bezahlen müssen. Diese Planung rückte erst einmal in die Ferne.

Dafür rückte Weihnachten, das Fest der Liebe, näher. Ich hatte mir bereits Gedanken gemacht und Geschenke besorgt, während Sarah noch keine Idee hatte. Eines Abends, als wir uns auf den Discobesuch vorbereiteten, trat sie mir jedoch gegenüber und verkündete stolz:
»Ich habe endlich ein Weihnachtsgeschenk für dich. Etwas ganz Besonders. Das ist nur für dich.«
Meine Neugierde war geweckt.
»Was ist es denn? Gib mir mal einen Tipp!«, befragte ich sie.

»Wird nicht verraten. Da musst du dich bis Weihnachten gedulden.«
Nach weiteren kläglichen Versuchen, das Geheimnis zu lüften, gab ich auf und überließ Sarah sich und ihrem Glätteisen.
Dieser Abend in der Diskothek war seit langem wieder etwas Besonderes. Es waren viele Freunde und Bekannte dort und so feierten wir in großer Runde das anstehende Wochenende. Nach langer Zeit war auch Daniela mit dabei. Ich unterhielt mich mit ihr, während Sarah mit Nadine, ihrem Ex und zwei weiteren Freunden durch die Räume zog. Das war nichts Außergewöhnliches, denn wir waren eine große Clique. Früh morgens fuhren Sarah und ich nach Hause.

In der darauffolgenden Woche, zwei Wochen vor Weihnachten, veranstaltete Sarahs Clique eine kleine Weihnachtsfeier. Ich war zu diesem Zeitpunkt einkaufen und setzte mich gerade ins Auto, als das Handy klingelte. Es war Sarah.
»Hi Don, wo bist du gerade?«
»Hi! Bin auf dem Weg zur Wohnung. Habe gerade eingekauft. Ist etwas wichtiges, Schatz?«

»Ja, ich muss dir dringend etwas sagen. Aber ich rufe dich gleich noch einmal an.«
»Okay, bis gleich.«
Ich drehte den Zündschlüssel im Schloss um und im gleichen Moment schossen mir tausend Gedanken durch meinen Kopf.
Was hat sie so Dringendes zu bereden?
Warum nennt sie mich auf einmal Don?
Eine Überraschung für mich und das vor Weihnachten?
Mit diesen Gedanken fuhr ich zu meiner Wohnung, lud den Einkauf aus dem Auto und schloss die Tür meiner Wohnung, als das Handy erneut klingelte.
»Ja, mein Schatz. Was ist denn los?«
»Ich muss dir etwas sagen. Das kann leider nicht bis zum Wochenende warten.«
»Dann mal los«, sagte ich mit freudiger Stimme, weil es wohl kaum eine schlechte Nachricht sein konnte.
Sie hatte sich bestimmt eine Überraschung ausgedacht, vielleicht wollte sie gleich vorbeikommen und über Nacht bleiben?
»Ich wollte dir das am Telefon sagen, weil ich finde, dass schreiben unpersönlich und feige wäre ...«
Was zum Teufel?
»Don, ich mach es ganz direkt. Es ist Schluss. Ich bin wieder mit Andre zusammen. Das würdest du sowieso schnell herausfinden. Er hat sich in mich verliebt und du weißt, wie sehr ich das wollte.«
Stille.
Mein Versuch, zu realisieren, was sie mir gerade erzählen wollte, benötigte mindestens drei Anläufe.

»Du bist ... ähm ... du bist wieder mit ihm zusammen?«
»Ja, wir haben vorhin darüber gesprochen«, sagte sie nüchtern.
»Ihr habt darüber gesprochen?«, fragte ich fassungslos.
»Moment, ich gehe mal nach draußen«, entschuldigte sich Sarah.
Sie hatte wirklich gerade vor allen mit mir am Telefon Schluss gemacht? Hatte sie die Zeitung dazu auch eingeladen?
Wut stieg in mir auf. Mein Puls sprang förmlich aus dem Hals und gleichzeitig rollten die ersten Tränen.
»Wir haben in letzter Zeit wieder mehr Kontakt gehabt und uns neulich in der Diskothek lange darüber unterhalten.«
»Bitte, was? Wie lange läuft da denn schon etwas hinter meinem Rücken?«, fragte ich verärgert.
»Da ist nichts gelaufen. Wir haben uns nur öfters getroffen und unterhalten. Bis auf das eine Mal.«
»Ein Mal?«, fragte ich und wollte mehr wissen.
»Es war, als du in Berlin warst. Da hat Andre mich besucht und es ist etwas gelaufen. Wir hatten Sex«, sagte sie leise.
»Ihr habt was? Miteinander geschlafen, als ich im September zur Messe war? Da hat er dich gefickt, als du mir abends geschrieben hast, wie sehr du mich vermisst?«, sagte ich mit tobender Stimme.
»Es tut mir leid, das war nicht geplant«, sagte sie leise.
Nicht geplant. Das wirst du mir büßen, schrie mein Kopf.
»Don?«
»Ich weiß nicht, was ich sagen soll. Viel Glück mit ihm.«
»Ich weiß, du hast das bestimmt nicht verdient. Es tut mir leid. Aber das ist das, was ich immer wollte.«

Nachdem ich aufgelegt hatte, musste ich mich setzen. Die Einkaufstüten standen neben mir und einige Dinge mussten in den Kühlschrank.
Das war mir egal.
Vorhin war alles in bester Ordnung. Nun brach eine Welt zusammen. Die Tränen liefen hinunter, ich schluchzte und schlug mit der Faust wütend auf den Tisch.
Fremdgevögelt hatte sie auch noch. Vor Monaten. Und dann tat sie so, als könnte sie mir das nicht persönlich ins Gesicht sagen. Die zwei Stunden hätte ich auch noch warten können.
Verstört saß ich zwei Stunden am Küchentisch, meine Gefühle lagen zwischen Traurigkeit, Wut und Hass. Ich wollte die Zeit zurückdrehen, denn dort war alles perfekt.
Und? Du hast es immer noch nicht begriffen. Vertrau keiner Frau. Wenn du Liebe fühlst, wird es immer mit Schmerzen enden. Das war früher so und ist heute so, hielt mein Kopf meinem Herzen eine Predigt.
Widerwillig packte ich meinen Einkauf aus und ging ohne etwas zu essen ins Bett. Der Tag war gelaufen.
Am nächsten Tag musste ich feststellen, dass wohl die nächsten Wochen sehr anstrengend werden würden. Ohne Begeisterung erledigte ich meine Arbeit, die mir eh kaum noch Spaß bereitete. Ich kam abends heim und legte mich nach dem Essen sofort ins Bett.
Nach dieser Enttäuschung wollte ich meine Ruhe. Mir graute es schon vor dem Wochenende, welches ich immer mit Sarah verbracht hatte. Am Donnerstag meldete sich Daniela überraschend bei mir.
»Ich habe das mit euch gehört. Stimmt das, dass Sarah mit dir Schluss gemacht hat?«, fragte sie.

»Das hat sich ja gut herumgesprochen. Ganz toll. Ja, sie hat mit mir am Telefon Schluss gemacht.«

»Ist sie mit Andre zusammen? Habe ich zumindest gehört«, fragte sie zaghaft.

Nun hielt mich nichts mehr und ich brach in Tränen aus.

»Wenn du reden möchtest, kannst du vorbeikommen. Du kannst hier bloß nicht schlafen«, bot sie an.

»Hast du denn Zeit?«, fragte ich.

»Heute Abend ist es schon etwas spät, aber wie wäre es morgen um 19 Uhr?«

»Morgen ist doch Freitag. Willst du nicht feiern gehen?«, wollte ich wissen.

»Komm morgen vorbei. Ich glaube, dir könnte etwas Aufmunterung guttun.«

»Das stimmt. Mir graut es vor dem Wochenende.«

Du wolltest die ganze Zeit was von ihr. Die beste Freundin verstößt dich und sie lädt dich nun ein. Jackpot, triumphierte mein Gehirn, während mein Herz vor Schmerz um Sarah schluchzte.

Natürlich suchte auch mein Herz nach Aufmerksamkeit und so ließ ich mir diese Chance nicht entgehen und sagte zu. Ich sehnte mich danach, in den Arm genommen zu werden und Zuneigung zu spüren. Ein wenig Wärme nach dem Schlag ins Gesicht würde mir guttun.

Am nächsten Abend fuhr ich nach getaner Arbeit zu Daniela. Die Straße war von der Weihnachtsbeleuchtung hell erleuchtet und ich fühlte mich deutlich besser. Zweihundert Meter weiter parkte ich mein Auto, um die wenigen Schritte durch die klirrende Kälte zurückzulegen.

Ich hasste diese Jahreszeit. Es war viel zu dunkel und zu kalt. Und nun war ich auch noch alleine.
Daniela erwartete mich bereits an der Tür und umarmte mich.
»Komm herein«, bat sie mich und zeigte mir den Weg über eine sehr schmale Holztreppe hinauf in den ersten Stock.
Der Treppe knarrte mit jedem Schritt, den wir hinaufstiegen.
»Rechts«, meinte sie und ich durchschritt eine schmale Holztür in ihr kleines, gemütliches Zimmer.
Daniela wohnte ebenfalls noch zu Hause. Sie hatte nach ihrem Abitur einen 400 EUR Job begonnen. Eigentlich wollte sie studieren, doch sie konnte sich nicht für eine Studienrichtung entscheiden. In ihrem Zimmer waren ein paar Lichterketten aufgehängt, ein Schreibtisch und ein Schrank standen gegenüber vom Dachfenster, neben dem ein Fernseher samt Regal befestigt war.
Es gab kein Sofa und so lud sie mich auf ihr Bett ein. Dort waren gefühlte hundert Kissen drapiert. Wir machten es uns auf ihrer »Kuschellandschaft« gemütlich und sie schaute mich erwartungsvoll an.
»Ähm, ist irgendwas?«, fragte ich, als hätte ich etwas übersehen, was mir nun vorgehalten würde.
»Nein, alles gut«, sagte sie.
Sie lächelte verlegen und warf mir einen Blick zu.
Diese großen, grünen Augen, dachte ich und geriet kurz ins Träumen.
»Erzähl mir doch mal, was passiert ist«, sagte sie.
Ich setzte sie über alle Neuigkeiten in Kenntnis. Dabei kamen mir unweigerlich die Tränen.

»Tut mir leid ...«, setzte ich an.
»Schon gut«, meinte Daniela und nahm meine Hand.
Sie rückte näher zu mir.
»Das ist echt ziemlich mies, was sie abgezogen hat. Man hat ja irgendwie das Gefühl, dass sie Andre nur zurück wollte und du ein Platzhalter warst. Das war auch der Grund, warum ich mich damals so aufgeregt habe.«
»Das wusste ich gar nicht«, sagte ich überrascht.
»War mir klar, dass sie dir das nicht erzählt hat. Ich habe ihr das damals in der Disco gesagt, als wir dieses lange Gespräch hatten.«
Ich schluckte und schaute sie an.
»Ach man, Scheiße. Komm her, das hast du echt nicht verdient«, sagte sie und schloss mich in die Arme.
»Danke«, sagte ich und kuschelte mich an sie.
Glücksgefühle überkamen mich und ich lächelte das erste Mal nach der Trennung wieder.
»Ganz ehrlich, so toll ist Sarah nicht. Die kann nicht mal richtig tanzen. Hast du dir das mal angeschaut? Die hat gar kein Taktgefühl«, holte Daniela aus. »Soll sie doch ihren Andre nehmen. Ich habe damals schon gemeint, dass du etwas Besseres verdient hast.«
»Was Besseres als ein Lückenfüller bestimmt. Schade, dass auch noch von dir zu hören. Mir haben das schon zwei andere Freunde in den letzten Tagen erzählt.«
Ich kuschelte mich noch näher an sie.
Ein gutes Gefühl, wenn sich jemand um dich Sorgen macht, dachte ich.
»Ich weiß gar nicht, was die an Andre so toll findet.«

Ich schloss Daniela fester in die Arme und wir lagen lange Zeit ohne Worte auf ihrem Bett. In meinem Kopf schossen jedoch wieder viele Gedanken kreuz und quer.
Warum macht sie das? Ist sie nur die gute Freundin? Will sie mehr? Warum lässt sie dich so nah an sich?
Die Gedanken beiseite schiebend wandte ich mich Daniela zu und genoss die Wärme und ihre Zärtlichkeit. Ihre zarten Finger strichen über meine Hand und ihre zarten Brüste waren ein weiches, aufregendes Kissen.
Nach einigen Stunden der Zweisamkeit brachte sie mich zur Tür.
»Morgen gehen wir feiern, okay?«, verabschiedete sie sich.
»Ja, gerne. Danke für alles«, meinte ich und suchte mein Auto auf.

Am Samstagnachmittag schrieb ich mit Daniela. Nachdem wir mehrere Freunde abtelefoniert hatten, stellten wir fest: Niemand wollte heute in die Disco.
Viele waren auf Weihnachtsfeiern, einige in Köln und Hannover unterwegs und der Rest wollte zu Hause bleiben. Spontan entschlossen wir uns für einen DVD-Abend bei mir.
Da Daniela kein Auto hatte, holte ich sie ab. Mit einer Tasche DVDs ging es zu mir. Nachdem wir eine Pizza gegessen hatten schauten wir zwei Horrorfilme. Es waren die ersten beiden Teile von SAW. Das Angenehme an Horrorfilme ist, dass es zum Kuscheln verführt.
Daniela schmiegte sich auf dem Sofa an mich und ich genoss ihre Wärme, rückte noch näher zu ihr, um den Duft

ihrer Haare aufzusaugen und den Rest um mich zu vergessen.
So sehr ich Sarah für den Trennungsschmerz hasste, ich war nun auf dem Weg, mich in eine neue ausweglose Situation zu manövrieren.
Verrenne dich nicht wieder, Daniela wollte damals schon nichts von dir, versuchte mein Verstand mir weiszumachen. Aber wie Situationen Herz versus Verstand ausgehen wissen wir bereits: Meistens siegt das Herz über den Verstand – vorläufig zumindest.

[Randnotiz: Als ich dieses schrieb, musste ich feststellen, dass SAW schon über 10 Jahre alt war und ich konnte nicht davon absehen, mir wieder Musik aus 2006 anzuhören. Man fühlt sich auf einmal alt!]

Heisse Küsse

Weihnachten verbrachte ich alleine. Ursprünglich war geplant, dass ich bei Sarah und ihrer Familie feiere, aber dieses hatte sich mit der Trennung erübrigt.
Ich erfuhr, dass Sarah mir einen Fotokalender schenken wollte. Sie hatte extra neue Fotos machen lassen und den Kalender online mit einer Widmung für mich auf dem Titelblatt erstellt. Von einer Freundin erfuhr ich, dass die erste Seite vernichtet wurde und Andre den Kalender bekam.
Geschmacklos.

Für das neue Jahr erstellte ich mir einfach selbst einen Kalender. Meine Auswahl von Fotos fiel dabei auf Saskia.
Saskia, mit der ich seit Weihnachten wieder schrieb, kommentierte die Information nur mit einem »So lange der nur für dich ist und das keiner sieht, darfst du das.«

Am zweiten Weihnachtstag ging ich mit Daniela in die Diskothek feiern. Ich holte sie von zuhause ab und wir fuhren zusammen ins nahegelegene Parkhaus. Es schneite und die winterliche Stimmung war perfekt.
In der Disco trafen wir kaum Freunde, so verbrachten wir gemeinsam den Abend. Wir feierten, tranken und tanzten, wobei wir uns näherkamen. Daniela trank die meiste Zeit Wodka-Energy. Da ich fahren musste, beschränkte ich mich auf Energydrinks und alkoholfreie Cocktails. Früh morgens brachte ich Daniela nach Hause. Ich verzichtete auf ein »Darf ich noch mit hinaufkommen?« und fuhr zurück zu meiner Wohnung.

Unsere Chats und SMS häuften sich und trotz, dass wir Silvester getrennt verbrachten, verpassten wir kaum etwas vom Anderen. Ich feierte zusammen mit Robert und ein paar Freunden bei einer Bekannten. Die Feier war etwas ruhiger und so beschlossen wir, nach 1 Uhr noch weiterzuziehen. Daniela feierte bei einer Freundin und versackte dort. Den Jahresanfang begrüßten wir beide als Single. Dieses sollte sich aber rasch ändern.
Silvester machten wir aus, uns gleich im Januar für einen weiteren DVD-Abend bei mir zu treffen. Daniela wollte

Freitag zu mir kommen und am Samstag würden wir abends zusammen in die Diskothek gehen.

Am Freitag fuhr ich zu ihr und holte sie ab. Als wir bei mir ankamen, holten wir noch etwas zu essen und zu knabbern für den DVD-Abend aus dem nahegelegenen Supermarkt. Nach der Pizza schauten wir vier Filme. Währenddessen kuschelte ich mich an Daniela, hielt mich aber noch zurück.

Um 6 Uhr morgens suchten wir das Bett auf. Ich lag bereits in Boxershorts im Bett, als Daniela zu mir kam. Sie legte sich neben mich und ich rückte zu ihr hinüber, um mich an sie zu kuscheln.

»Bekomme ich einen Gute-Nacht-Kuss?«, fragte ich sie und beugte mich über sie.

Ohne eine Antwort zu bekommen, küsste ich sie vorsichtig auf ihre Lippen.

Dreistigkeit siegt.

Nach einer kurzen Pause folgte der zweite Kuss und es kam keine Beschwerde. Daniela genoss den Kuss und ich berührte vorsichtig mit meiner Zungenspitze ihre Lippen, um weiter vorzustoßen und ihre Zungenspitze zu finden. Ihre sanfte Art ließ mich einige Zeit auf ihren Lippen verweilen, bevor wir uns voneinander lösten.

Das waren jetzt aber mehr als fünf Sekunden, dachte ich und war total glücklich. *Damals musste ich so darum betteln, dass sie mich fünf Sekunden küsste und jetzt nahm ich mir einfach, was ich wollte.*

Die weiteren Küsse überwältigten mich. Ihre Lippen waren wunderschön weich und die Küsse unglaublich zärtlich. Es war einfach atemberaubend.

»Gute Nacht, schlaf schön«, sagte sie und ich konnte das Grinsen in ihrem Gesicht sehen.
»Du auch, Süße«, sagte ich und beließ es dabei.

Am nächsten Tag besorgten wir ein paar Bilderrahmen für meine neue Wohnung, weil ich einige Poster einrahmen wollte. Als wir wieder in meiner Wohnung waren, setzten wir uns aufs Sofa und schauten TV.
Weil Daniela sehr ruhig war, setzte ich mich auf sie, um sie ein bisschen zu ärgern. Es dauerte nicht lange, da kamen wir uns näher. Ich berührte ihre Lippen und spürte, wie ihre Zungenspitze bedächtig den Weg zu meiner suchte. Die sanften Lippen betörten mich.
Das Handy klingelte.
Daniela ging ran und ich kümmerte mich darum, die Bilder aufzuhängen.
Währenddessen überlegte ich, wie ich Daniela dazu bekommen würde, mich ins Schlafzimmer zu begleiten. Ich beschloss, erst die Bilder in der Nähe vom Schlafzimmer aufzuhängen und Daniela zu mir zu holen und sie zu verführen. Als sie endlich mit Telefonieren fertig war, ging ich zurück ins Wohnzimmer.
»Ich hab die ersten Bilder aufgehängt« sagte ich.
»So schnell? Schön ...«, antwortete sie.
»Komm mal mit, ich zeig dir, wo sie jetzt hängen.«
Ich nahm ihre Hand und führte sie ganz ans Ende des Flurs.
»Ja, sieht doch klasse aus«, kommentierte sie meine Arbeit.
Ich schaute ihr in die Augen und zog sie an mich. Wir küssten uns und ich schob sie in Richtung Schlafzimmer.

»Oh nein ...«, lächelte sie.
»Dooooooooch ...«, grinste ich.
»Nein, hab ich gesagt.«
Böse Mädchen, die widersprechen, sollte man einfach küssen.
Ich küsste ihre Lippen und zog sie näher an mich. Mittlerweile standen wir vor dem Bett.
»Setz dich, Süße ...«
»Was hast du vor, Don?«
»Nichts, nur ein bisschen kuscheln«, grinste ich.
Ein kleiner Schubs und Daniela lag auf dem Bett. Ich legte mich auf sie, ein Bein zwischen ihre Schenkel und küsste sie weiter. Unsere Küsse wurden lustvoller und ich drückte mein Bein gegen ihre Pussy.
Nach einiger Zeit nahm sie ein Bein zur Seite, sodass ich mit meinem harten Schwanz durch die Hose ihre Vulva massierte. Daniela schob bei jedem Stoß, den ich gab, ihr Becken nach vorne. Wir drehten uns und sie saß auf mir und beugte sich zu mir herunter.
»Du bist so süß«, brachte ich nur hervor und wurde dabei von ihren grünen Augen gefangen.
Meine Hände vergruben sich unter ihrem Oberteil und ich tastete mich zu ihren Brüsten vor.
»Ausziehen ist aber nicht, Don ...«, bremste mich Daniela.
Ich küsste sie weiter und ihre braunen Haare fielen mir dabei ins Gesicht. Ich schob meine Hände wieder unter ihr Oberteil.
»Ausziehen nicht, aber ich kann ja mal fühlen«, raunte ich und wanderte weiter zu ihren großen Brüsten, um sie zu kneten.

Die gefallen mir sehr, ließ mein Kopf verlauten und sorgte dafür, dass sich meine Erregung steigerte.
Nach ein paar Minuten brach Daniela ab.
»Lass uns mal wieder hinübergehen, ok?! Du wolltest noch was zu essen kochen und wir müssen uns auch noch fertigmachen.«
»Bitte, ein paar Minuten noch ...«, bettelte ich und Daniela gab meinem Wunsch klein bei.
Zurück im Wohnzimmer setzte sich Daniela auf die Couch und ich kümmerte mich um das Essen.
Der Abend in der Disco verlief total chaotisch. Daniela trennte sich ziemlich schnell von mir und war mehrere Stunden mit verschiedenen Männern unterwegs. Ich verstand die Welt nicht mehr, stürzte mich in den nächsten Flirt an der Bar und versuchte den Vortag zu verdrängen.
Sie hieß Jenny, hatte schwarze lange Haare und haselnussbraune Augen. Über ein oberflächliches Gespräch ging unsere Unterhaltung nicht hinaus. Aber Daniela erblickte mich zwischendurch und warf mir einen bösen Blick zu. Als ich fahren wollte, war Daniela nicht aufzufinden. Freunde erzählten mir, sie sei mit einem Bekannten gefahren. So hatte ich mir den Abend nicht vorgestellt.
Am nächsten Tag rief Daniela an und erkundigte sich nach meinem Befinden. Nach ein paar Minuten allgemeinen Austausch wollte ich wissen, was gestern passiert war.
»Ich weiß nicht, erst willst du mich. Dann bist du mit Sarah zusammen und auf einmal liegen wir küssend im Bett. Das ist ein bisschen komisch, musst du doch auch zugeben.«

»Ganz ehrlich, weiß ich auch nicht, was ich davon halten soll. Gestern hast du mich einfach stehengelassen.«
»Sorry, ich brauchte einfach Zeit zum Nachdenken. Mit mir knutscht man nicht einfach herum. Ich bin keine Bitch für eine Nacht wie andere.«
»Also waren die Küsse am Wochenende schon ernst gemeint?«, wollte ich wissen.
»Ist doch eh egal, du hast doch bestimmt von der Uschi an der Bar die Telefonnummer. Es gibt ja sogar Fotos davon online«, warf sie mir vor.
»Glaubst du, die interessiert mich? Du weißt schon, dass du mir nicht egal bist? Ich bin dir neun Monate hinterhergelaufen.«
»Ja, ich weiß doch, dass du damals etwas von mir wolltest.«
»Ich war gestern echt etwas sauer, weil du mich hast stehen gelassen.«
»Tut mir leid, das war nicht böse gemeint«, sagte sie leise.
»Ich hatte mich wirklich auf den Abend mit dir gefreut.«
»Ooch«, kam es nur von Daniela. Danach war Stille.
»Jetzt mal ehrlich. Waren die Küsse ernst gemeint?«, wollte ich endlich wissen.
»Ja, schon. Bei dir auch? Sei ehrlich!«
»Ganz ehrlich? Mein Kopf hat es etwas heruntergespielt, weil du mir damals den Korb gegeben hast. Habe etwas Angst mich zu verrennen. Aber da ich gestern schon ansatzweise eifersüchtig war – es war ernst gemeint und ich würde schon gerne mehr wollen. Du warst so unerreichbar für mich und jetzt … Könntest du dir mehr vorstellen?«
»Ich glaube, wir müssen das mal abwarten. Aber seit dem Wochenende hast du mich etwas geflasht«, gab sie zu.

Stille.

»Don, bist du noch dran?«, fragte sie verunsichert.

»Ja, ich kann nur nicht fassen, was du gesagt hast«, gab ich überwältigt zu.

Es war uns beiden klar, dass es dauern würde, eine Beziehung aufzubauen. Aber der Anfang war gemacht und wir wollten uns nun häufiger treffen.

Heisse Haut

Ich holte Daniela von zuhause ab und wir fuhren zu mir. Wir wollten uns schon eine Woche vorher treffen. Es kam aber leider etwas dazwischen, sodass wir das Treffen verschieben mussten.

Im Wohnzimmer setzten wir uns auf das Sofa und schauten eine DVD. Ich kuschelte mich an sie und genoss es, ihren Duft zu riechen und ihre Nähe zu spüren.

Am Vortag hatte ich im Schlafzimmer eine kleine Überraschung vorbereitet, um das Eis zwischen uns zu brechen. Daniela war sehr zurückhaltend und ich hatte bereits erfahren, dass sie noch Jungfrau war. Ihrem Aussehen nach zu urteilen, vermutete dieses keiner bei uns im Freundeskreis. Umso mehr wollte ich sie langsam darauf vorbereiten, weil ich ihre Angst kannte.

Nachdem die DVD zu Ende war, gab ich vor, ich müsste ins Badezimmer. Ich schlich mich ins Schlafzimmer und

zündete alle Teelichter und Kerzen an, die ich verteilt hatte. Dann ging ich zurück ins Wohnzimmer.
»Wollen wir jetzt den nächsten Film schauen? Dafür musst du aber eine DVD einlegen«, kam es von ihr.
»Nein, ich wollte dir doch nach dem ersten Film die Überraschung zeigen«, entgegnete ich.
»Ach ja. Stimmt.«
Ich nahm den Schal vom Sessel, den ich nachmittags dort abgelegt hatte und setzte mich auf sie.
»Ich muss dir aber die Augen verbinden.«
»Muss das denn sein, ich hasse das«, protestierte sie.
»Ja, muss sein«, sagte ich und legte ihr den Schal an, um ihn hinter dem Kopf zusammenzuknoten.
Sie seufzte leise.
Eigentlich hatte ich auch etwas anderes geplant. Ich wollte sie schon auf dem Sofa mit den verbundenen Augen küssen, mit ihren Lippen spielen und sie streicheln. Aber Daniela protestierte sehr stark, also umfasste ich ihre Hände und führte sie langsam ins Schlafzimmer.
Ich nahm ihr den Schal ab und ließ sie die Kerzen anschauen.
»Gefällt es dir?«
»Jaaaaaa ...«, entgegnete sie überwältigt.
Mich ihr nähernd zog ich sie zu mir, um sie vorsichtig zu küssen. Ich berührte ihre weichen Lippen und dirigierte sie dabei Richtung Bett. Daniela protestierte nicht, so wie sie es beim letzten Mal tat.
Einander nicht loslassend legten wir uns aufs Bett und ich beugte mich über sie. Ich strich mit meiner Hand ihre braunen Haare zu Seite und genoss es, ihre leidenschaftli-

chen Küsse zu spüren. Ihre Lippen waren so zärtlich, es war wirklich unglaublich. Daniela spreizte ihre Schenkel etwas, sodass ich dazwischen liegen konnte. Mit meinem harten Schwanz ließ ich sie spüren, wie sehr ich sie begehrte. Meine Küsse wanderten unterdessen über ihre Wange, bis ich an ihrem Hals angekommen war.
Wie gerne würde ich ihr jetzt die Jeans ausziehen und ihren Tanga herunterreißen, um sie zu lecken und danach mit meinem Schwanz zu verwöhnen.
Begierig zog ich Daniela auf mich und spielte mit ihrer Zungenspitze, während ich mit meinen Händen unter ihren Pulli wanderte. Auf Protest wartend rollte ich diesen langsam über ihre großen Brüste nach oben. Als ich ihr den Pulli über den Kopf ziehen wollte, wurde ich aufgehalten.
»Haben wir von ausziehen gesprochen?«, sagte sie grinsend. Völlig berauscht starrte ich auf ihre großen Brüste, während ich ihren Pulli trotz Verbot über den Kopf zerrte.
Ihre langen Haare fielen in ihr überraschtes Gesicht, die ich zur Seite strich, um ihr einen langen Zungenkuss zu geben. Die Glücksgefühle überrollten mich.
Wollte ich nicht genau das immer? Daniela?
Neugierig löste ich beim Küssen den Haken ihres BHs, der ihre Brüste freigab. Ihre weiblichen Reize schoben sich über mein Gesicht und gierig suchte ich mit meinen Lippen nach ihren harten Brustwarzen. Mit einer Hand griff ich in ihre Haare und drückte Daniela ganz dicht an mich. Diese Reize waren überwältigend und ich war nicht zu stoppen, um jeden Millimeter davon zu liebkosen.
Wie sollte man sich da noch beherrschen können?!

»Willst du mich nicht auch entkleiden?«, fragte ich sie nach einigen Minuten.
Ich setzte mich aufrecht hin.
»Deine Chance ...«, stichelte ich und nahm ihre Hand, um sie zu meinem Oberteil zu führen.
Hm, ich helfe wohl besser mal nach, dachte ich und entfernte mein Oberteil aus.
Danach drehten wir uns wieder und ich lag auf ihr mit Blick auf ihre Brüste.
»Hast du noch keine Brüste gesehen?«, riss mich Daniela aus den Gedanken und grinste.
Ich wollte reden, stoppte aber.
»Ja, was wolltest du sagen?«, fragte sie.
»Besser nicht, nicht jetzt«, sagte ich.
»Jetzt sag schon ...«
Daniela schaute mich intensiv mit ihren grünen Augen an.
»Ich bin nur so etwas Großes nicht mehr gewohnt«, sagte ich und musste über meine Aussage grinsen.
Daniela schaute mich ernst an, dann mussten wir beide lachen, weil wir an Sarah denken mussten.
»Sag kein Wort ... nicht davon hier in diesem Zimmer. Den Namen will ich hier nicht hören«, sagte ich und gab ihr einen langen Zungenkuss.
»Schade, dass wir nicht weitergehen können ...«, seufzte ich und musste daran denken, dass sie ihre Tage hatte.
»Beim nächsten Mal, dann gibt es alles Süßer«, tröstete sie mich.
Ich liebkoste wieder ihre Brüste, küsste und streichelte sie, während Daniela die Augen schloss und dieses anscheinend genoss.

Nach zehn Minuten setzten wir unseren DVD-Abend fort. Am nächsten Tag standen wir mittags auf und ich bereitete uns etwas zum Essen zu.
»Weißt du das Neuste?«, fragte Daniela, während sie auf ihr Handy starrte.
»Vermutlich nicht«, sagte ich und goss Daniela ihren Kaffee ein.
»Sarah hat wohl mitbekommen, dass du eine »Neue« haben musst und fragt nun überall herum«, sagte sie und blickte mich dabei an.
»Klingt interessant. Wer sind denn die Favoriten?«, wollte ich wissen.
»Diese Jenny, Saria und ich«, informierte sie mich.
Mit nachdenklichem Gesicht holte ich die Brötchen aus dem Ofen. Saria war eine gute Bekannte, mit der ich vor Weihnachten ein paar Kussfotos gemacht hatte, um Sarah zu ärgern. Sie schrieb mir regelmäßig Sätze wie »Was machst du Schatzi?« und »Wie geht es dir Schatzi?« auf meine Pinnwand in der Online-Community.
»Wie kommt sie denn auf Jenny?«, fragte ich.
»Ihr Ex hat euch zwei wohl in der Disco gesehen und er will sie zurück. Sarah kennt ihn ganz gut.«
»Dass auch immer jeder jeden kennt«, fluchte ich leise.
»Soll sie doch denken. Bald werden sie eh die Wahrheit erfahren.«
»Du scheinst dir ja sehr sicher«, sagte Daniela schnippisch und nippte an ihrem Kaffee.
»Die Hoffnung stirbt zuletzt«, verkündete ich freudestrahlend und gab ihr einen kurzen Kuss.

Nach unserem gemeinsamen Frühstück brachte ich sie nach Hause.

Da wir uns nicht so häufig sahen, wie ich mich zuvor in der Beziehung mit Sarah getroffen hatte, war dieses eine kleine Umstellung für mich. Wir waren noch nicht offiziell zusammen und so war meine Hoffnung, es würde sich ändern, wenn wir eine richtige Beziehung führten. Es gab ein perfektes Datum dafür. In wenigen Wochen war der Valentinstag und ich wollte mit Daniela einen romantischen Abend verbringen, um sie währenddessen nach ihren Gefühlen zu fragen. In unseren Chats schrieb sie mich häufiger mit Schatz an und so ließ ich meinen eingefangenen Gefühlen, die ich unter Kontrolle hielt, langsam freien Lauf. Ich wollte nicht erneut erfahren müssen, was es hieß, von heute auf morgen verlassen zu werden.

Heisse Begierde

Es war Valentinstag und ich hatte viele Kleinigkeiten für Daniela vorbereitet. Umso mehr Angst hatte ich am Abend zuvor, dass alles umsonst war, weil Daniela einen kleinen Unfall mit ihrem Roller hatte und es ihr nicht so gut ging. Ihr Bein und der Po schmerzte, aber sie wollte trotzdem kommen, vielleicht weil es schon so lange geplant war. Nachdem ich sie abgeholt hatte, parkte ich vor der Haustür.

»Du, ich muss aber vorher noch mal alleine hoch«, meinte ich.
»Okay, ich warte im Auto und schreib eine SMS«, antwortete sie und gab mir einen Bussi.
Ich stieg aus, öffnete die Wohnungstür und begann sofort damit, die Teelichter anzuzünden, die auf jeder zweiten Treppenstufe platziert waren. Auf den Stufen hatte ich überall Rosenblätter verteilt. Im Wohnzimmer lagen auf dem Tisch Rosenblätter und ich zündete dort ebenfalls die Kerzen an, die ich am Nachmittag aufgestellt hatte.
Die kleinen Geschenke lagen auf dem Tisch: eine Rose, eine Herzkerze und eine Packung Milka Herzen. Ich schaltete die Musikanlage ein und schritt die Treppe hinab, um meine Valentina zu holen.
»Wo ist denn die Überraschung, im Wohnzimmer?«, fragte sie, als wir vor der Tür standen.
»Nein, sie beginnt bereits hinter der Tür«, grinste ich.
Ich schloss die Tür auf und hielt sie für Daniela auf, die eintrat. Die Überraschung war gelungen und ihre Augen funkelten beim Anblick der Treppe. Nachdem wir den Weg der Kerzen hinter uns gelassen hatten, öffnete ich die Wohnzimmertür.
»Noch mehr Kerzen ...«, stammelte sie und bekam den Mund nicht mehr zu, »und noch mehr Rosenblätter.«
Nachdem sie ihre Sachen abgelegt hatte, nahm ich sie in den Arm und gab ihr einen Kuss. Wir setzten uns auf das Sofa und ich übergab ihr die Geschenke. Mit einer Flasche Sekt und Weintrauben sorgte ich für die nächste Überraschung.
»Du magst doch Weintrauben, oder?«, fragte ich.

Daniela schaute mich an.
»Ja, klar.«
Ich öffnete den Sekt, schenkte uns ein und reichte ihr ein Glas.
»Auf einen schönen Valentinstag«, sagte ich und ließ mein Glas an ihrem klingen.
»Danke, für die tolle Überraschung«, sagte sie und gab mir ein kurzen Kuss.
Wir aßen ein paar Weintrauben, bevor ich mein nächstes Vorhaben ankündigte.
»Komme gleich wieder, muss etwas für die nächste Überraschung vorbereiten«, meinte ich und gab ihr einen Kuss.
»Noch mehr?«, schaute mich Daniela verwundert an.
»Jaa, bis gleich Schatzi.«
Das Schlafzimmer hatte ich ebenfalls dekoriert. Nachdem ich alle Kerzen angezündet hatte, ging ich zurück und holte Daniela ab.
Ich stellte mich mit ihr vor das Bett.
»Das Oberteil musst du jetzt aber ausziehen«, meinte ich und musste grinsen. Sie sagte nichts dazu und tat, was ich ihr sagte.
»Leg dich auf den Bauch,«, schlug ich vor, »dann schmerzt der Po nicht so.«
Daniela war bei dem Unfall über die Straße gerutscht und konnte kaum ohne Schmerzen sitzen. Ich kniete mich über ihren Rücken und öffnete den BH.
»Der muss leider auch noch weg. Du darfst dich aber jetzt entspannen.«
Ich holte die Flasche mit Massageöl hervor und verteilte davon etwas auf ihrem Rücken, um sie zu massieren.

»Ist das okay oder schmerzt es irgendwo?«, erkundigte ich mich nach ihrem Wohlbefinden.
»Nein, alles okay. Das tut gut.«
Ich nahm etwas Öl nach und massierte sie weiter. Nach einiger Zeit fing ich an und bedeckte ihren Rücken mit Küssen. Zwischendurch klingelte ihr Handy und nachdem das Gespräch beendet war, legte ich mich zu ihr auf die Seite.
»Komm mal näher zu mir, Schatzi!«
»Ich bin doch schon bei dir«, grinste sie.
Ich umarmte sie und rückte näher an sie.
»Soo meinte ich«, sagte ich und gab ihr einen langen Kuss.
Ich zog den BH zur Seite und küsste ihren Hals. Daniela drehte sich auf den Rücken und ich verharrte über ihr. Mit meinem Mund wanderte ich zu ihren großen Brüsten, danach zu ihrem Bauchnabel.
»Der ist ja voll süß.«
Daniela lachte.
»Was ist daran süß?«
»Weiß nicht, der ist klein und niedlich«, grinste ich.
Ich gab dem Nabel noch einen Kuss und zog langsam Danielas Hose aus.
»Ich will dir nicht wehtun …«, sagte ich zur Verteidigung.
»Aber es tut schon weh, kann kaum noch so liegen.«
Daniela verzog etwas das Gesicht. Als sie sich zur Seite drehte, sah ich, dass ihr Po total rot war.
»Tut mir echt voll leid, Schatz, aber das geht nicht. Ich kann nicht mehr liegen, ich muss aufstehen, das schmerzt zu sehr und macht keinen Spaß.«
Ich seufzte.

»Ich bring die Tante um, die dich angefahren hat«, fluchte ich.

»Ja, die hat uns den Valentinstag versaut«, stimmte sie zu.

Wir zogen uns an und gingen zurück ins Wohnzimmer, nachdem wir die Kerzen gelöscht hatten. Wir redeten, küssten uns und dann kam das schönste Geschenk, was sie mir geben konnte: An diesem Abend kamen wir zusammen.

Zwei Jahre zuvor hatte ich sie kennengelernt und nun waren wir zusammen. Doch trotz ihrer Zusage war ich vorsichtig. Das lag auch daran, dass ich das Gefühl hatte, dass sie mich auf Abstand hielt. Sie wollte ihre Freiheit nicht aufgeben, was ich verstehen konnte. Wenn man sich in einer Beziehung zweimal in der Woche trifft, ist das nicht viel. Zärtlichkeiten tauschten wir fast nur aus, wenn ich den ersten Schritt unternahm. Anfangs hielt ich dieses noch für ihre schüchterne Art, denn sie konnte auch anders.

Rote Dessous

Nach vier Wochen hatten wir endlich wieder ein Date zu zweit. Es dauerte so lange, weil Daniela unser Treffen wieder und wieder verschob. Zwischenzeitlich waren wir zusammen in der Disco feiern und besuchten eine Cocktailbar. Dort begleitete uns ein gemeinsamer Freund. Am

Ende des Abends brachte ich Daniela jedoch wieder nach Hause und schlief alleine in meinem Bett. Mir kam es vor, als wären wir gute Freunde mit Extras.

Seit dem letzten Date hatte ich viel in meinem Wohnzimmer verändert. Ich besaß vorher ein älteres Klappsofa, welches nun einer roten Sofaecke wich, die ziemlich riesig war. Daniela und ich kuschelten uns darauf zusammen und schauten eine DVD.

Nachdem der erste Film vorüber war, gingen wir zum normalen TV Programm über. Auf dem Rückweg zum Sofa zündete ich ein paar Kerzen an und dämmte das Licht, um es gemütlich werden zu lassen.

Ich grinste und hoffte, sie etwas in Stimmung zu bringen.

»Ziemlich rot hier ...«, lächelte Daniela.

Da hatte sie recht, die Lavalampe rot, das Sofa rot und die Kerzen rot.

»Passt aber alles zusammen«, fügte sie hinzu.

Auf dem Sofa Platz nehmend legte ich mich neben sie und zog sie zu mir, um ihr einen Kuss zu geben. Mit ein bisschen Necken schaffte ich es, dass sie sich auf mich setzte. Ich erhob mich und küsste sie, dieses Mal wurde es ein richtiger Zungenkuss.

Sie schaute mich mit ihren grünen Augen an. Ich nutzte die Gelegenheit, nahm ihre Brille ab und verbannte sie auf den Tisch. Sie trug normalerweise Kontaktlinsen. Ihr das lange braune Haar zur Seite streichend küsste ich sie erneut. Meine Hand wanderte zu ihren großen Brüsten, um sie zu massieren.

Beim nächsten Zungenkuss wechselten wir unsere Positionen und ich begann mit meinem Schwanz ihre Pussy

durch die Hose zu massieren, so wie sie es gern hatte. Unsere Küsse wurden leidenschaftlicher und fordernder.
Heute wollte ich sie erobern.
Ein paar Minuten später zog ich mich zurück, sodass sie auf mir saß. Ihre langen Haare fielen beim Küssen ins Gesicht und ich schob sie sanft zur Seite. Danach wagte ich mich an ihr Oberteil und war gespannt, ob sie protestieren würde. Aber von Danielas Seite kam nichts. Nach dem Oberteil folgte ihr roter, mit Spitze verzierte BH. Ich löste die Harken auf der Rückseite und ließ ihn herunterfallen.
Während eines Zungenkuss führte ich ihre Hände zu meinem Oberteil, damit sie es entfernte. Unterdessen widmete ich mich ihren Brustwarzen, saugte daran, bis sie abstanden.
Daniela seufzte leise.
Wir drehten uns und ich lag auf ihr. Die Finger zu den Knöpfen meiner Jeans führend ließ ich sie alle öffnen.
Du bist so schüchtern, so unschuldig. Ist das wahr oder alles nur gespielt, wollte mein Kopf wissen.
Meine Küsse wurden lüstern und fordernd, führten mich an ihrem Hals entlang, über ihre Brüste bis zu ihrem Bauchnabelpiercing.
Nebenbei entledigte ich mich meiner Hose und wartete gar nicht lange, um mich an ihrer Hose zu vergreifen.
Nun liegst du fast nackt vor mir und ich werde dir zeigen, wie wunderschön Sex sein kann.
Danielas Hände umarmten mich, ich nahm sie und führte sie zu meiner Boxershorts, die wenig später auf dem Sofa lag. Daneben lag Danielas roter Stringtanga, der bei einem weiterem Kuss Opfer unseres zärtlichen Liebesspiels wurde.

Daniela sah mich verschämt an und presste ihre Beine zusammen, als würde sie sich für ihr Allerheiligstes schämen.
Dieses ignorierend küsste ich sie und glitt mit meinen Fingern über den Venushügel zwischen ihre Schenkel. Sie ließ mich aber nicht weiter und so kletterte ich zwischen ihre Beine und gab ihr das sichere Gefühl, sie nur küssen zu wollen.
Mit meinen Küssen zeichnete ich einen Weg hinab, von ihrem Hals über die weichen Brüste bis zu ihren harten Nippeln. Meine Hände ließ ich ebenfalls in der Gegend und knetete ihre Büste, auch wenn meine Lippen langsam zu ihrem Bauchnabel wanderten und ihrer Pussy näher kamen. Sie konnte es nicht wirklich abwenden, denn ich küsste mich über ihre rasierte Haut Zentimeter für Zentimeter vor bis zu ihrer Muschi.
Mit einem Finger drang ich in ihre enge Lustgrotte ein. Meine Zungenspitze strich über ihren feuchten Schlitz und Daniela stöhnte leise auf.
Sie nahm ihre Hand und legte sie auf meinen Kopf, um ihn fester an ihre Vulva zu drücken. Mein Versuch, einen Finger dazuzunehmen scheiterte, weil sie sich anscheinend total verkrampfte.
Nach ein paar Minuten versuchte ich vorsichtig mit meinem Schwanz in ihre Pussy einzudringen aber das misslang, was meine Vermutung bestärkte.
Daniela hatte Angst und war total blockiert.
Wir küssten uns und ich hoffte, das würde sie nicht noch nervöser machen. Da ihr das Lecken sehr gefallen hatte, beschloss ich sie weiter mit meiner Zunge zu verwöhnen.

Sie ließ mich ohne zu zögern nach unten. Mit meiner Zungenspitze kreiste ich über ihren Kitzler. Dabei spürte ich Danielas Hand erneut auf meinem Kopf, wie sie ihn bedächtig nach unten drückte. Ich saugte leicht an ihrer Perle, ließ sie weitere Schläge mit meiner Zungenspitze spüren und gab ihr Küsse auf den Venushügel.
Daniela hatte die Augen geschlossen und genoss meine Liebkosungen. Nach einigen Minuten versuchte ich erneut mein Glück, leider ohne Erfolg.
Wir wechselten, sodass sie auf mir saß und meinen Schwanz mit ihrer Vulva massierte. Ihre nassen Lippen gaben Geräusche von sich, während sie meinen Schwanz rieb. Ich umfasste ihren festen Po und half ein wenig nach.
Daniela lehnte sich mit ihrem Kopf an meine Schulter, während ich versuchte in sie einzudringen. Ich hob ihren Po nach oben, aber auch das brachte uns nicht weiter. Sie verwöhnte meinen Schwanz, indem sie ihn durch ihren Schlitz gleiten ließ und wir drehten uns erneut um.
»Ist nicht schlimm Süße, wenn es nicht klappt. Ist auch so schön und macht Spaß«, versuchte ich sie zu ermutigen.
»Ich finde es total schön!«
Wir küssten uns und ich hob ihre Beine etwas an und versuchte erneut in sie einzudringen. Ich kam aber nicht weiter und so begann ich, mit meinem Phallus ihre Pussy zu massieren. Ich rieb ihn durch ihren Schlitz und Daniela gab leise ein Stöhnen von sich. Nach ein paar Minuten ließ ich meinen Schwanz etwas tiefer an ihre Lustgrotte stoßen.
»Autsch ...«, kam es von Daniela.
Ich hatte nur etwas auf ihre Vulva gedrückt und ließ sofort von ihr ab.

»Tat es weh?«

»Ja ...«

»Wir lassen es einfach und machen beim nächsten Mal weiter«, sagte ich.

Wir wechselten unsere Positionen und so massierte sie mit kreisenden Bewegungen meinen Schwanz. Ich genoss es, wie mein Ständer durch ihren feuchten Schlitz glitt und stöhnte leise auf. Nach ein paar Küssen schaute ich in ihre grünen Augen und meinte:

»Weißt du, was ich jetzt machen würde?«

»Nein?!«

Ich grinste und schaute auf ihre großen Brüste.

Deine süßen großen Titten ficken, dachte ich und überlegte, wie ich es dieser schüchternen Dame sagen sollte.

So zurückhaltend wie sie war, würde sie nie einfach »okay« sagen.

»Na, was denn?«, setzte sie nach.

Oder ich würde es einfach tun.

Mich auf ihren Bauch setzend wartete ich auf ihre Reaktion. Nichts. Nachdem mein Schwanz zwischen ihren Brüsten lag, schaute mich Daniela erwartungsvoll an.

Meinen Schwanz in ihren Brüsten versinkend presste ich sie zusammen und schob ihn durch den Busen. Ihre Nippel waren hart und es war ein aufregendes Gefühl, ihn an der weichen Haut zu reiben. Bei einer Pause beugte ich mich zu ihr herunter, um sie als Dankeschön mit ein paar Küssen zu belohnen.

Ich schob meinen Schwanz erneut zwischen ihre Brüste. Manchmal ließ ich etwas locker, dann packte ich etwas fester zu, um sie härter zu ficken.

Nach einiger Zeit gab ich Daniela ein paar Küsse und legte meinen Schwanz auf ihren feuchten Schlitz und rieb ihn dort weiter. Ihn fester gegen ihre Vulva drückend küsste ich Daniela immer fordernder und stöhnte lauter, während sie meinen Kopf hielt.

»Daaany, ich komme ...«, brachte ich nur noch heraus und spritzte ihr meinen Liebessaft über den Bauch.

Stöhnend sank ich neben ihr auf das Sofa und kuschelte mich an sie. Daniela blickte mich grinsend an.

Es scheint ihr also gefallen zu haben, mich zum Orgasmus zu bringen, dachte ich.

Kuschelnd widmeten wir uns dem Fernsehprogramm zu. In der Nacht brachte ich Daniela nach Hause, weil sie nicht bei mir schlafen wollte. Da dieses öfters vorkam, stellte ich ihr mal die Frage, warum sie nicht bei mir schlief. Als Antwort bekam ich zu hören, dass sie am Besten zu Hause schlafen könne.

Es vergingen mehrere Wochen in denen wir uns ebenso selten sahen, wie am Anfang unserer »Beziehung«. Zu Beginn vermutete ich noch, dass es an unserer Kennenlernphase lag. Mittlerweile machten sich aber Zweifel breit.

In diesen Wochen hatte ich zum Einen kurz Kontakt zu Anita, die derzeit andere Sorgen hatte. Ihr Chef hatte von heute auf morgen die Firma verlassen und sie fürchtete nun um ihren Ausbildungsplatz, weil niemand ihre Ausbildung sicherstellen konnte. Die wenigen Angestellten bangten um ihr Gehalt und waren ratlos. Ich hielt mich zurück und erzählte ihr nichts von meinen Problemen.

Mit meiner Arbeitssituation war ich selbst nicht glücklich. Ich hatte in den letzten Wochen Bewerbungen geschrieben, in der Hoffnung, eine interessante Stelle zu finden, um mich aus meiner Unzufriedenheit zu retten.

Mein Kontakt zu Saskia hatte in den vergangenen Wochen ebenfalls stark zugenommen. Sie war noch mit ihrem Freund zusammen und musste sich meine Probleme mit Daniela anhören. Nachdem wir einige Tage intensiv im Chat geschrieben hatten, rief mich Saskia eines Abends überraschend an.

»Wie geht's dir heute?«, wollte sie wissen.
»Es geht wohl. Die Arbeit war wie üblich nervig und mit Daniela gibt es nichts Neues. Sie hält mich an der langen Leine. Wie ist es bei dir?«
»Das Praktikum nervt und mein Kopf spielt verrückt. Wie würdest du dich fühlen, wenn du nachts Sexträume hättest, in denen du mit einer ehemaligen Affäre poppst?«, fragte sie.
»Oha. Nicht so gut, wenn ich an deiner Stelle wäre.«
»Ich fühle mich auch scheiße. Da fragt man sich doch, warum ich von dem träume. Ich bin doch mit Lukas glücklich und dann träume ich von Marcel.«
»Denkst du denn oft an ihn?«, fragte ich.
»Da ist dauernd dieser Drang, ihm zu schreiben«, gestand Saskia.
»Pfui, du hast doch Lukas«, versuchte ich ihr ins Gewissen zu reden.
»Ja, und ich bin auch glücklich mit ihm. Vor allem hätte Marcel mich nicht im Geringsten verdient. Ich glaube, die-

ser ganze Reiz ist nur da, weil ich ihn damals nicht haben konnte.«
»Böses Mädchen, du hast doch bereits jemanden.«
»Da geht es wohl eher nicht um ernsthafte Gefühle, sondern um das Verbotene und nicht Erreichbare. Ich bin ja total glücklich mit Lukas.«
Ich wusste nichts darauf zu sagen.
»Trotzdem habe ich öfters Marcel im Kopf«, ergänzte Saskia.
»Du hast wenigstens eine Beziehung und eine Person, die du verstehst.«
»Daniela lässt dich immer noch nicht ran?«, fragte Saskia direkt.
»Nein, irgendwas ist immer. Sie hat keine Zeit, ihre Tage, Kopfschmerzen, ...«
»Na dann ist sie einfach noch nicht bereit dafür. Lass ihr die Zeit.«
»Das ist schon merkwürdig. Aber schau sie dir mal an. Hässlich ist sie nicht. Schon komisch, dass sie mit 19 noch Jungfrau ist. Gelegenheiten hatte sie genug. Manchmal überlege ich, ob sie etwas Schlimmes erlebt hat.«
»Es ist kein Verbrechen, Jungfrau zu sein«, meinte Saskia.
»Ich muss wohl einfach Geduld haben«, sagte ich nachdenklich.
»Am Sonntag haben Lukas und ich unser Zweijähriges«, sagte sie freudig.
Das Gespräch verlief in bedächtiger Stimmung weiter. Auf einmal warf Saskia aufregend ein »Mist« ein.
»Was ist los?«, wollte ich wissen.

»Ich bin so blöd. Ich habe Marcel geschrieben. Da kommt doch eh nichts Vernünftiges bei heraus.«
Ich lachte.
»Don, warum hast du mich nicht davon abgehalten«, warf sie mir vor. »Ich will das rückgängig machen.«
»Was soll ich machen? Vorbeikommen und dich anketten?«
»Ja«, kam es entschlossen zurück.
»Damit ich dann überlege, ob ich dich abknutsche und dadurch fremdgehe. Ganz bestimmt.«, sagte ich belustigt.
»Wobei, wenn du angekettet vor mir liegst, wäre es bestimmt vorbei mit meiner Treue. Du bist auch das Unerreichbare für mich.«
Saskia musste lachen.
Unser erstes Telefonat nach so langer Zeit dauerte noch eine weitere Stunde an. Weil es spät war, ging ich danach ins Bett.

Am nächsten Tag erhielt ich eine Einladung für ein Bewerbungsgespräch in einer naheliegenden Firma. Ich freute mich bereits vorher, weil es ein kurzer Arbeitsweg sein könnte. Das Gespräch selbst erfolgte drei Tage später. Daniela hatte sich nicht wirklich dafür interessiert. Unsere Beziehung kam mir vor wie unsere Freundschaft zuvor, nur mit ein paar Küssen und etwas Zweisamkeit zusätzlich. Ich sehnte mich danach, eine Freundin zu haben, die auch auf mich zukam. Bei Daniela musste ich in jeder Gelegenheit den ersten Schritt machen.

Das Bewerbungsgespräch verlief sehr erfolgreich. Mir gefiel die Firma, der Personalchef war sehr nett und das Gehalt gut. Zwei Tage später erhielt ich die Zusage.
Ich würde einen weiteren Schritt in meinem Leben gehen. Ob ich diesen mit Daniela unternahm, wusste ich nicht. Ein paar Wochen zuvor hatte ich noch einen Urlaub für uns gebucht, jedoch hatte sie mir nicht das Geld dafür gegeben. Theoretisch könnte ich noch alles ändern.
Am Wochenende rief ich Saskia an und erzählte ihr von den Neuigkeiten.
»Freut mich, dass du den Job bekommen hast.«
»Wenigstens du freust dich für mich.«
»Hat Daniela nichts dazu gesagt?«
»Ich habe ihr das erzählt, als wir gestern unterwegs waren und ich sie abgeholt habe. Sie hat nichts dazu gesagt.«
»Ich versteh deine Freundin nicht.«
»Das sagen auch einige andere. Gestern in der Disco gab es übrigens noch einen Zwischenfall. Sarah hat sich daneben benommen und sich an mich herangeschmissen ...«
»Und du hast sie eiskalt abblitzen lassen?«
»Ja, sie hat mich angetanzt, war betrunken und wollte mich ablecken. Das war zu viel. Anscheinend hat sie mit ihrem Freund Stress.«
Saskia musste lachen.
»Gut so, du hast schließlich eine Freundin und deine Ex musst du nicht zurücknehmen.«
Da hatte Saskia recht, jedoch wurde die Situation mit Daniela nicht einfacher und trieb mich geradewegs in bereits bekannte Arme.

Um Haaresbreite

Es war Dienstagabend und ich schrieb mit Daniela. Wieder einmal fragte ich nach einem Treffen für den Mittwoch. Ich bot an, dass ich sie auch abholen könnte.
»Es tut mir leid, ich habe schon seit heute Mittag Unterleibsschmerzen. Wenn das nicht besser wird, glaube ich nicht, dass du viel Freude mit mir hättest«, antwortete sie.
Wieder einer dieser Ausreden, fragte ich mich.
»Werde mich nun auch mit einer Wärmflasche hinlegen. Mach's gut. HDL«, schrieb sie und war im nächsten Augenblick offline.
Ich atmete tief durch. *Du wirst sie morgen Mittag einfach mal antexten und fragen, wie es ihr geht.*
Durch diesen Gedanken würde ich an diesem Tag ein kleines Wunder vollbringen, was ich zu dem Zeitpunkt noch nicht wusste.

In meiner Mittagspause am nächsten Tag schrieb ich Daniela an und fragte, wie ihr Befinden sei.

> *Hey Schatz! Sorry aber ich muss dir für heute Abend absagen. Bin seit gestern Abend am kotzen und mein ganzer Bauch tut weh. Sorry, ich liebe dich!*

> *Wenn es so schlimm ist, geh zum Arzt. Blinddarm ist meistens auch mit übergeben! Oder geh direkt ins Krankenhaus :-(*

Mein ganzer Bauch rechts tut so weh, kann mich kaum bewegen! :'(Ich kann echt nicht mehr, seit gestern Abend schon. Ich will nicht ins Krankenhaus, ich hasse das. Kuss

Heb mal das rechte Bein an, tut es noch mehr weh? Du solltest zum Arzt. Ist nicht normal. Wenn das Blinddarm ist, musst du schnellstens ins Krankenhaus.

Wenn ich es hochhebe, tut es immer noch weh. Ein bisschen mehr sogar. Ist das echt Blinddarm? =(dann fahr ich mit meinen Eltern los, wenn sie wieder da sind.

Wenn das seit gestern schon so schlimm ist, solltest du umgehend ins Krankenhaus und nicht erst in ein paar Stunden, Schatz!!!

Jetzt mach mir keine Angst +heul+ Ich muss eben warten bis meine Eltern da sind. Anders komm ich hier nicht weg. Hoffe, es ist nicht Blinddarm -.- Liebe dich

Du solltest dich beeilen, damit ist nicht zu spaßen!

Diese Stunde mehr oder weniger. Liege doch schon seit gestern hier. Melde mich auf jeden Fall, wenn wir später losfahren, Schatz

Wenn du nicht deine Eltern anrufst, fahre ich los und bringe dich höchstpersönlich ins Krankenhaus. Du liegst da jetzt keine weitere 2-3 Stunden herum.

Habe meine Eltern angerufen. Die kommen gleich sofort vorbei. Dann fahr ich mit denen ins Krankenhaus ...

Sorgenvoll schaute ich immer wieder auf das Handy. Nach einer Stunde kam eine Nachricht von Daniela.

Ich werde heute Nachmittag noch operiert. Blinddarm ist kurz vorm Durchbruch, habe Angst und solche Schmerzen...liebe dich -.-

Ich musste bis zum nächsten Tag warten, um Neuigkeiten zu erfahren. Daniela hatte die Operation gut überstanden. Mein Freund Robert und ich besuchten sie im Krankenhaus. Ein paar Tage musste sie zur Beobachtung bleiben und ich nahm mir vor, sie danach zu mir zu holen, um mich zu kümmern.

Daniela wollte dieses jedoch nicht und lieber alleine bleiben, als ein Wochenende bei mir zu verbringen. Für die Nötigung, dass sie ins Krankenhaus gehe solle, sagte sie mir nicht einmal »Danke«. Hätte sie ein paar Stunden gewartet, wäre es vermutlich zu spät gewesen. Sie hätte bereits in der Nacht zuvor das Krankenhaus aufsuchen müssen, meinten die Ärzte.

Nach ein paar Tagen erfuhr ich von mehreren Freundinnen, dass etwas nicht mit Daniela stimmen würde. Ich schaute mir ihr Online-Profil in der Community an und stellte fest, dass sie merkwürdige Einträge auf ihrer Profilseite von ihrem Ex erhielt.

Nachdem ich seine Seite ebenfalls überprüft hatte, musste ich feststellen, dass zwischen den beiden etwas lief. Die Einträge wie »Es war schön mit dir gestern, ich möchte dich nicht mehr verlieren.« waren eindeutig. Als ich Daniela darauf ansprach, sagte sie nur »Wir sind einfach Freunde, das hat nichts zu bedeuten.«

Mich zu hintergehen, war eine Sache, mich dann auch noch zu belügen, wenn etwas offensichtlich war, eine ganz andere. Aber Daniela wollte mir nicht die Wahrheit sagen.

Am Wochenende gab mir diese verrückte Woche den absoluten Höhepunkt. Ich erhielt einen Anruf von einer völlig aufgelösten Saskia.
»Was ist los?«, fragte ich.
»Lukas hat mit mir Schluss gemacht.«
»Einfach so?«
»Ja, er war am Donnerstag hier. Er hat keine Gefühle mehr für mich. Dafür hat er vor einer Woche eine andere kennengelernt, die gestern Nacht bei ihm geschlafen hat. Ganz toll war auch, dass sie unten im Auto saß, als er mir das gesagt hat. Ist das nicht eine riesengroße Scheiße?«
»So ein Idiot.«
»Ja, und ich wünschte, ich könnte auch so richtig sauer sein. Stattdessen würde ich alles dafür tun, ihn wiederzubekommen«, schluchzte Saskia. »Ich kann nicht mehr essen, nicht mehr schlafen, bin nur noch am heulen.«
»Das kenne ich von Sarah«, sagte ich mitfühlend.
»Nach zwei wunderschönen Jahren. Warum? Für ihn war das alles so ein Prozess und für mich war mit einem Schlag Schluss. Zwei Jahre ...«, schluchzte sie weiter.
»So ein Idiot, wirklich. Was kann es besseres geben. Er hat dich gehabt.«
»Ich fühle mich einfach leer und einsam.«
»Ich fühle mich auch einsam.«
»Bist du auch nicht mehr mit Daniela zusammen?«
»Das weiß ich nicht. Die will mich wenig sehen und anscheinend trifft sie sich nun auch noch mit ihrem Ex.«
»Vielleicht braucht sie nicht so viel Nähe wie du.«
»Ich hatte noch nie so eine Freundin. Sie benötigt gar nichts. Und wir fliegen noch in den Urlaub.«

»Wir auch, aber ich habe noch nichts bezahlt. Da kann er jetzt mit seiner Flamme hin. In UNSEREN Urlaub. Ich könnte sie erschießen. Aber eigentlich müsste ich vor allem auf ihn sauer sein. Man, was habe ich falsch gemacht?«
Ich hatte keine Antwort auf ihre Frage.
»So eine geile Liebe kann doch nicht auf einmal verschwinden. Es war alles so perfekt. Wir waren so glücklich. Wenigstens du hast einen Schatz.«
»Also, ich sitze hier alleine herum. Einen Schatz zum Vorzeigen habe ich. Toll. Mehr auch nicht. Was ist das für eine Tussi? Kennst du die? Ich würde am liebsten zu dir kommen und dich trösten. Du tust mir voll leid.«
»Er kennt sie selber erst eine Woche und ich habe sie nur im Auto gesehen und auf einem Foto.«
»Kannst mir ja mal das Foto mailen. Aber ich wette du bist hübscher, Dreamgirl«, sagte ich und lachte kurz.
»Du bist auch der einzige Typ, der einen Kalender von mir im Schlafzimmer hängen hat.«
»Was Daniela übrigens total egal ist. Sarah hätte mir schon etwas erzählt, ein Kalender von meiner Lieblingsfreundin aufzuhängen.«
Saskia kicherte. Das war gut, denn sie klang anfangs so traurig, dass ich mir Sorgen machte. *Damals warst du für mich da, heute bin ich für dich da, d*achte ich und lächelte.
»Gut ist das jedenfalls nicht, wenn ihr das egal ist«, gab Saskia zu bedenken.
»Ich meinte auch zu ihr, sie solle mir mal ein Foto für mein Portemonnaie geben. Macht sie nicht.«
»Komisch. Ich frage mich echt, was mit der los ist. Selbst ich als Frau finde die merkwürdig. Aber im Moment habe

ich meine Probleme und das ist schlimm genug. Ich mag einfach nicht mehr.«

»Ich bin immer für dich da, also mach ja keinen Scheiß, ja?«

»Das hat Lukas auch immer gesagt und das ich nie allein wäre. Jetzt bin ich es. Nach zwei Jahren.«

»Ich bin schon insgesamt seit fünf Jahren für dich da. Und das bleibt so.«

»Ja, aber ich interessiere mich derzeit für nichts mehr.«

»Unternimm irgendwas mit Freunden, das lenkt dich ab.«

»Ich mag nicht rausgehen…«

»Ich komm gleich zu dir und zerr dich aus dem Haus.«

»Dann will ich dich nie mehr wieder sehen, wenn du das machst. Überleg's dir gut. Ich brauche jetzt erst ein paar Trauertage. Ich glaub, ich bin voll beziehungsgestört.«

»So ein Quatsch. Saskia, du hattest zwei Jahre eine Beziehung. Wenn, dann bin ich das.«

»Du hast wenigstens eine Freundin. Denk doch mal dran, wie ich dastehe. Ich sehe überhaupt keinen Sinn mehr. Ich könnte den ganzen Tag heulen. Wenn ich Ablenkung brauche, melde ich mich, okay?«

»Okay«, sagte ich und hatte ein Lächeln auf den Lippen, was auch Saskia durch das Telefon bemerkte.

»Steigere dich bitte nicht in irgendwas rein. Ich glaube auch, dass es für dich nicht gut wäre, wenn ich die Nähe bei dir suche.«

»Du hast dich ja sogar damals, als du mit Anita zusammen warst, so ein bisschen in mich verguckt«, erinnerte sie mich. »Dann geht das sicher nicht gut, wenn es mit Daniela kriselt.«

»Ich weiß ehrlich nicht, was ich noch von dieser Beziehung habe, die keine ist und wo ich weiß, dass sie sich mit ihrem Ex trifft.«
»Aber fändest du es klug, mich zu sehen? Mich zu trösten? Du machst dir bestimmt Hoffnungen.«
»Tut mir leid, das ist gar nicht der richtige Zeitpunkt für solche Gespräche.«
»Tut mir leid, dass ich das nicht erwidern kann, was du fühlst.«
»Ich wollte nicht dass es so endet jetzt ...«, ließ ich traurig verlauten.
»Aber was ENDET denn jetzt hier?«, fragte sie.
»Dass da von deiner Seite aus mehr ist, wusste ich vorher schon und auch, dass ein Treffen nur alles schwerer machen würde.«
»Ich würde trotzdem alles dafür tun«, schwärmte ich.
Stille am anderen Ende des Hörers.
»Don, ich hab keine Lust mehr.«
»Was ist los? Noch etwas passiert?«, fragte ich.
»Nö, ich hatte auch vorher schon keine Lust mehr.«
»Das wird wieder, Große. Du kommst darüber weg und findest einen, der dich viel mehr verdient hat.«
»Hoffentlich ...«, sagte Saskia.
Kurze Zeit später beendeten wir das Telefonat. Saskia zog sich am nächsten Tag etwas zurück. In den folgenden Tagen wurden unsere Chats jedoch intensiver.

Nach zwei Wochen war die Situation mit Daniela unverändert und Saskia rief mich erneut an, um mit mir zu reden. Ich hatte das Gefühl, die Sehnsucht trieb sie in meine Arme.

»Ich fühle mich echt einsam. Sonst hatte ich fast jeden Tag Lukas hier. Es ist schlimm, daran zu denken, wie er nun mit dieser Tussi herummacht.«

»Für die Ablenkung und gegen die Einsamkeit kenne ich jemanden. Der bekommt momentan auch nicht viel.«

»Das wäre doch nicht toll, wenn ich dich dafür, sagen wir, benutze.«

»Ich will was zum Knuddeln«, protestierte ich, wie ein bockiges Kind.

»So langsam bräuchte ich das auch mal wieder«, gab Saskia zu.

»Ich habe gestern einen Arbeitskollegen gezwungen, dass er mich am Montag zu knuddeln hat, wenn wir uns sehen«, sagte sie und musste laut lachen.

»Ich könnte dich auch bald besuchen. Kein Problem.«

»Äh, bei dir hört sich das alles voll fest geplant an und ich hab dir noch nicht gesagt, ob ich das überhaupt will. Ich habe geschrieben, irgendwann nach dem Geburtstag und du rechnest nun fest damit?«

»Ich wünsche mir aber von dir zum Geburtstag, dass es danach das Wochenende klappt. Ich habe von Freitag bis Sonntag Zeit und bin flexibel. Meine tolle Freundin braucht mich ja eh nicht am Wochenende. Toll, ich bin vergeben und trotzdem alleine.«

»Dann musst du mit Leuten rausgehen.«

»Das mache ich doch, aber das brauche ich nicht, wenn du Zeit hast.«

»Jaaaaaa.«

»Das war also ein »ja«. Freitags muss ich bis 5 Uhr arbeiten.«
»Würdest du denn danach noch herkommen wollen?«
»Dann haben wir aber nicht viel Zeit, es sei denn ich darf länger bei dir bleiben und fahre nachts zurück.«
»Na ja, was heißt länger?«
»Können wir einen DVD-Kuschelabend machen?«, fragte ich.
»Jaaaaaa...«, stimmte Saskia begeistert zu.
»Der 18. wäre gut. Ich muss zwar arbeiten, bin aber alleine und kann zeitig Feierabend machen. Alle anderen haben Urlaub.
»Ich habe da auch frei.«
»Dann hättest du noch nicht mal Stress. Kann um 7 Uhr bei dir sein.
»Dachte schon, du brauchst so lange. Wie wäre es denn mit halb 8? Dann kannst dich in Ruhe vorbereiten und ich meine Schminkorgie starten.«
»Darf ich mir etwas wünschen?«, fragte ich ungeduldig.
»Was denn?«
»Ich möchte schwarz«, sagte ich ohne Hintergedanken und meinte damit Fingernägel und Augen.
»Stell dich bitte nicht darauf ein, dass du meine Unterwäsche zu sehen kriegst«, bekam ich als Antwort.
»Unterwäsche?«, fragte ich perplex.
»Was meintest du denn jetzt?«, fragte Saskia.
»Schminken«, antwortete ich knapp.
Saskia lachte.

»Ja, schwarzer Kajal, schwarze Mascara und silberner Lidstrich. Irgendwie wünsche ich mir gerade wieder einen Freund. Ich bräuchte wen zum Knuddeln.«
»Leider bin ich erst am 18. deshalb bei dir, ich würde dich sogar öfters knuddeln, auch wenn ich nicht dein Freund bin.«
»Bestimmt würdest du das.«
»Soweit zu dir ist es gar nicht, Große.«
»Duhu, du magst mich ja auch mit dicken Bauch, ne?«
»Ich mag dich auch mit Bauch, falls du das in der Zeit hinbekommst.«
Saskia lachte.
»Klar, meine Waage zeigte neulich so 54 Kilo an. Vorgestern waren es 56, eben waren es 59 Kilo. Ich werde fett.«
Ich musste lachen.
»Du und fett. Aber egal, wie du bist, ich habe dich lieb.«
»Ich dich auch. Danke, dass du für mich da bist.«
Während des Telefonats konnte ich es kaum fassen. Ich würde mich erneut mit Saskia treffen. Sie hatte zugesagt und ich wusste, wenn sie etwas sagt, dann hält sie es. Das liebte ich auch an ihr. Man konnte sich auf sie verlassen.
Die wenigen Tage, die bis zu unserem Date verblieben, wollten einfach nicht vergehen. Am Monatsanfang hatte ich meine neue Stelle angetreten. Die Kolleginnen und Kollegen waren sehr nett und nahmen mich herzlich auf. Durch die neuen Aufgaben verflog die Zeit etwas schneller.

Am Tag vor dem Date mit Saskia traf ich mich noch einmal mit Daniela, um mit ihr zu sprechen. Ich wollte mit ihr noch einmal über alles reden. Bei einem Spaziergang versuchte ich Daniela ein paar Informationen zu entlocken. Schon die Begrüßung verlief sehr kühl. Sie gab mir ein kurzes Bussi und blieb dann auf Abstand. Beim Spaziergang gab es weder ein Hand-in-Hand noch ein Arm-in-Arm. Das war bei ihr jedoch normal.

Umso mehr wurde mir klar, dass diese Beziehung keine Beziehung war, sondern einfach nur eine gute Freundschaft. Daniela bat darum, ihr noch Zeit zu geben. Ich fragte mich jedoch, wofür. Schließlich traf sie sich hinter meinem Rücken mit ihrem Ex und die beiden redeten nicht nur miteinander.

»Ich werde mich morgen mit Saskia treffen«, verkündete ich frech und wartete gespannt auf die Reaktion.

»Und was unternehmt ihr?«, fragte Daniela gelangweilt.

»Pizza bestellen und DVDs schauen«, sagte ich provokant.

»Schön, ihr habt euch doch länger nicht mehr gesehen, stimmt's?«, fragte sie.

»Das stimmt. Ist schon ewig her«, meinte ich und schaute ihr in die Augen.

Warum ist dir das mit uns nur alles scheißegal?
Es ist mir nicht egal, ich benötige nur meine Zeit.
Zeit, um mit deinem Ex rumzumachen?
Das ist ein guter Freund von mir.
Ja, und Saskia ist auch nur eine gute Freundin.

Ich schluckte meinen Kommentar herunter, weil mein Kopf mir bereits das typische Ende des Gesprächs aufzeigte. Diese Schallplatte wollte ich nicht jedes Mal wieder von vorne hören. Nachdem wir zwei Stunden gegangen waren und Daniela über Fußschmerzen klagte, brachte ich sie nach Hause. Das ernüchternde Ergebnis des Tages: Ich war nicht viel schlauer und hätte es einfach lassen können. Mir graute es schon vor dem gemeinsamen Urlaub. Glücklicherweise fuhren wir zu viert und so konnte ich zur Not noch die Zimmer tauschen, wenn ich mich mit Daniela bis dahin ganz zerstritten hätte.

Nun blickte ich erst einmal auf das Treffen am nächsten Tag. Ein »Kuscheldate« mit Saskia, welches ich um jeden Preis in etwas ganz Außergewöhnlichem enden lassen wollte. Da ich wusste, wie sie auf meine Küsse reagierte und wir bei ihr auf dem Bett liegen würden, war ich davon überzeugt, sie nackt zu sehen und sie zu verwöhnen. Wie viele Nächte hatte ich daran in den letzten drei Jahren gedacht, wie viele Träume hatte ich von Saskia gehabt. Morgen könnte ich sie im Sturm erobern.

Das war mein Ziel, denn sie hatte mich mehr verdient als alle Anderen.

Die süsseste Versuchung

Es ist mittlerweile später Nachmittag und ich habe den Auftrag abgearbeitet. Mir bleiben noch fünf Minuten bis zum Feierabend und meine Aufregung steigt.
Ich räume meinen Schreibtisch auf, fahre den PC herunter und verlasse das Gebäude, um mein Auto auf dem Firmenparkplatz aufzusuchen.
»Schönes Wochenende«, ruft mir die Kollegin hinterher.
Sie denkt daran, dass ich ein Wochenende mit meiner Freundin habe, ich freue mich jedoch nur auf genau diesen Abend. Nach über drei Jahren sehe ich Saskia wieder und darf sie zu Hause besuchen.
Ich schalte das Navigationsgerät ein und tippe ihre Adresse ein. Es fühlt sich vertraut an, obwohl ich die Adresse noch nie eingegeben habe. Mein Weg führt mich über Dörfer und Bundesstraßen zu einem Ort, der eineinhalb Stunden entfernt liegt. Bevor ich in die Siedlung einbiege, spüre ich die Beschleunigung meines Herzschlages.
Gleich stehst du ihr wieder gegenüber. Was sie wohl machen wird? Wie soll ich mich verhalten?
Ich biege in die verkehrsberuhigte Zone ein und muss schlucken. Mein Hals fühlt sich trocken an und das Herz schlägt schnell. Nachdem ich das Auto abgestellt habe, steige ich aus.
Dem Haus entgegenblickend sehe ich schon, wie sich die Tür öffnet. Saskia streckt den Kopf um die Ecke und lächelt, als sie mich erspäht.

Dieses Lächeln!
»Hallo«, rufe ich ihr bereits entgegen, hole jedoch noch vorher den Rucksack vom Rücksitz und gehe ihr entgegen. Alles kommt mir unwirklich vor, wie in einem Traum.
Ich gehe zur Haustür, kann kaum den Blick von ihr abwenden. Die stahlgrauen, großen Augen treffen mich und lassen mich nicht los. Ihr Grübchen beim Lächeln bleibt mir nicht verborgen und lässt mich ebenfalls lächeln.
»Hey Große«, sage ich und schließe sie in die Arme.
»Hi«, sagt sie, überrascht von meinem herzlichen Angriff.
Sie blickt mich an und mir stockt der Atem.
»Komm rein«, sagt sie und tritt zur Seite.
Ich betrete das Haus und schaue mich um.
»Wollen wir gleich in mein Zimmer?«, fragt sie.
»Gerne«, antworte ich und starre sie fasziniert an.
Sie geht die Treppe hinauf und ich folgte ihr. Mein Blick fällt unweigerlich auf ihren festen Po.
»Ist gleich hier links«, sagt sie und öffnet die Tür.
In ihrem Zimmer schaue ich mich um. Es ist nicht allzu groß, enthält ein Bett, davor einen Fernseher und auf der anderen Seite ihren Schreibtisch und ein paar Schränke.
»Möchtest du was trinken? Wollen wir gleich die Pizza bestellen?«, fragt sie, weil sie weiß, dass ich direkt von der Arbeit komme.
»Wir können gerne schon etwas bestellen.«
In der Mittagspause habe ich nicht wirklich viel gegessen und bin daher ziemlich hungrig. Saskia gießt uns etwas zu trinken ein und zückt die Pizzakarte.
»Hier, kannst du schon mal aussuchen!«

Ich blicke auf die Karte und bemerke, dass ich mich gar nicht konzentrieren kann. Erneut schaue ich zu ihr herüber.
Man ... wie kann so etwas nur sein. So was Hübsches!
»Ähhm, tut mir leid. Ich finde mich auf der Karte noch nicht zurecht«, stottere ich.
Was ist das denn gerade für eine blöde Ausrede?
»Was nimmst du denn immer so?«, frage ich, um mich aus der Situation zu retten.
»Margharita oder Hawaii.«
»Hmm, Hawaii ist immer gut. Ich nehme Hawaii!«
Im gleichen Augenblick knurrt mein Magen.
Super, schon wieder aufgefallen.
»Hast wohl doch mehr Hunger?! Hm, sag mir doch mal, was ich nehmen soll?«
»Nimm doch auch Hawaii!«
Nach einer kurzen Überlegung von Saskia steht die Bestellung fest: Eine große Hawaii und eine kleine. Saskia geht nach unten, um bei der Pizzeria anzurufen. Als sie wieder zurück ist, schauen wir die DVDs durch und legen eine Reihenfolge für unseren DVD-Abend fest.

1 - Garfield

Zur Auflockerung entscheiden wir uns für Garfield. Ich kümmere mich um den DVD Player und Saskia beobachtet mich dabei vom Bett aus. Als die DVD beginnt, lande ich direkt in Saskias Armen und kann den Blick nicht von ihr abwenden.

Ich liebe dieses Gesicht, ihre großen geschminkten blaugrauen Augen, ihre Nase, diese hübschen Lippen und die langen braunen Haare. Sie ist umwerfend, mehr als das – ein wirklicher Traum!

Den Traum, den ich an diesem Abend bis ins Bodenlose genießen werde. Heute erfahre ich, wie weit ich dieses verwirklichen kann. Ich schaue sie an und ziehe sie dichter an mich.

»Hm, so kriegen wir aber nichts vom Film mit. Außerdem kommt meine Mutter gleich mit der Pizza wieder. Das wäre nicht gut, wenn sie auf einmal im Zimmer steht.«

Es dauert keine fünf Minuten und die Mutter kommt wieder.

»Pizza ist da«, ruft sie von unten.

Saskia steht auf, läuft nach unten und holt die Pizza. Kaum haben wir mit dem Essen begonnen, kommt Saskias Mutter herein.

»Hallo, wollte nur mal kurz Hallo sagen, ich bin die Mutter von Saskia.«

Und mein zweiter Vorname ist Neugierig, bringe ich den Satz im Kopf zu Ende.

Zum Glück habe ich den Mund nicht voll und kann meinen Kommentar verschlucken.

»Hallo, ich bin Don«, sage ich freundlich und beiße ein kleines Stück meiner Pizza ab.
»Ja, ich hab einiges von dir gehört.«
Mir bleibt fast das Stück Pizza im Hals stecken.
»Don, der dich damals bei der Hallenfete abgeknutscht hat, hm?! Der kommt hier hin? Was hat er denn diesmal vor?«, höre ich sie in meinen Gedanken zu ihrer Tochter sagen.
Ich schiebe den Gedanken ganz schnell beiseite und bemühe mich, nicht rot zu werden.
Die Mutter hat das Zimmer mittlerweile verlassen und die Tür ist geschlossen. Wir essen weiter und als ich mit meiner großen Pizza fertig bin, liegt noch die Hälfte von Saskias kleiner Pizza dort.
»Die kannst du auch noch essen!«
Ich bin selbst satt und bekomme keinen Bissen mehr herunter. Wir kuscheln uns zurück in das Bett und schauen den Film weiter. Es dauert nicht lange und ihre zarten Lippen liegen auf meinen. Ich genieße den Augenblick, muss aber feststellen, dass ich mich nicht an den letzten Kuss erinnern kann. Kaum ist der erste Kuss vorbei, streiche ich ihr durch die Haare und ziehe sie an mich, um sie ein weitere Mal zu küssen.
»Ich wusste gar nicht mehr, dass deine Küsse so sanft sind«, schwärme ich.
Saskia lächelt verlegen.
Der nächste Kuss folgt sogleich, wobei ich leicht an ihrer Unterlippe sauge. Völlig fasziniert schaue ich sie an. Ich mustere sie, sie trägt eine Jeans, ein Top und darüber eine cremefarbene Jacke, die offen ist. Meine Blicke bleiben an

ihren großen Brüsten hängen, die sich aus dem Top in mein Blickfeld drängen.
»Ich weiß nicht, ob wir das wirklich machen sollten ...«, sagt sie nachdenklich.
Einen Augenblick später küssen wir uns jedoch, wir können einfach nicht voneinander lassen.
»Das ist schon okay, Süße. Du weißt, wie sehr ich mich darüber freue bei dir zu sein«, entgegne ich.
Der nächste Kuss folgt, sie umarmt mich und ich drücke sie ganz dicht an mich und streiche durch ihre langen braunen Haare. Erregt schiebt Saskia ihr Bein zwischen meine Schenkel und ich massiere mit meinem Bein ihre Pussy. Saskia folgt meinem Beispiel und zieht mich wenig später auf sich.
»Das ist nicht gut, das ist böööse! Ganz böse! Und du weißt doch, dass ich lieb bin«, flüstert sie und grinst.
»Klar Süße, du bist richtig lieb.«
Ich lasse meine Hände durch die langen Haare fahren, während ich sie zu mir dirigiere und ihr den nächsten Kuss gebe. Meine Zunge hat bislang nicht den Hauch einer Chance ihre Lippen zu durchbrechen. Sollte ich soweit kommen, werde ich sie sofort erregen und hemmungslos machen, das weiß ich. Ich küsse sie normal weiter, sauge an ihren Lippen und befreie sie dabei von ihrer Jacke.
Kein Protest.
Mit den Händen erkunde ich ihren Rücken und wandere weiter zu ihren festen Brüsten. Saskia massiert mit ihrem Bein weiter meinen Schwanz und lässt mich aufstöhnen.
Du bist lieb, ganz lieb. Sicherlich.
Ich massiere mit meiner Hand ihre Brüste.

»Das ist nicht gut, das dürfen wir nicht. Das ist böse«, versucht sich Saskia zu maßregeln aber das lasse ich nicht zu.
»Du weißt ganz genau, dass ich nichts anderes will. Ich hab einfach zu lange davon geträumt«, keuche ich haltlos in ihr Ohr.
Wir drehen uns zurück, sodass wir auf der Seite liegen. Meine Hand kann sich nicht mehr beherrschen und vergräbt sich unter ihrem Top. Saskia stöhnt leise auf.
»Ich warne dich, wenn du mir an die Ohrläppchen gehst ist es vorbei!«
Sie schaut mich wieder mit ihren großen Augen an.
Nun mach schon ... oder hast du nicht verstanden, was ich will, sagen sie zu mir.
Ich küsse sie weiter und wandere wenig später über ihren Hals zu ihren Ohrläppchen ...
»Lass das Don! Mhmm, neeein ... du Ferkel ...«, protestiert sie vermeintlich.
Ich schiebe ihr Top über den Oberkörper.
»Nimm mich! Los!«, raunt sie im nächsten Moment animalisch.
Im gleichen Augenblick schiebt sie meinen Kopf zur Seite, zieht das Top hoch, den BH zur Seite und drückt meinen Mund auf ihre Brust. Ich zögere nicht lange und liebkose ihre weiche Haut, um dann an ihrem Nippel zu lutschen. Den BH mit der einen Hand bei Seite haltend massiere ich mit der anderen Hand ihre Pussy durch die Jeans.
»Hör auf«, stößt Saskia mich zurück, »ich kann das nicht. Auf der einen Seite will ich, aber auf der anderen Seite kann ich das nicht machen. Das weißt du ganz genau.«

Sie will es, aber sie will es auch nicht, denke ich. *Dann muss ich sie halt überzeugen.*
»Saskia, du bist mein Traum. Das weißt du ganz genau. Du würdest mich echt so glücklich machen«, lege ich vor.
Sie zupft den BH zurecht und schiebt das Top wieder herunter. Mittlerweile beuge ich mich über sie.
»Ich weiß, Don. Aber das ist komisch! Wir sollten das nicht tun«, kontert sie.
»Grübel' doch nicht so viel, wir kennen uns so lange. Du weißt ganz genau, wie lieb ich dich hab und dass alles, was ich mit dir erlebe, mich unendlich glücklich macht.«
Ich wandere mit meinen Küssen über ihren Hals, über das Dekolletee und hinab zu ihrem wohlgeformten Bauch. Küssend nehme ich mir den Bauchnabel vor und rutsche tiefer.
»Don ... nein ...«
Ihr innerer Kampf ist förmlich zu spüren. Ich sehe den Teufel und den Engel praktisch auf ihren Schultern. Egal, wer was ist: Ich will sie. Egal, ob ich ihr Teufel oder ihr Engel sein werde.
»Doch, Süße ...«, widerspreche ich.
»Neiiiin ...«
»Dein Bauchnabel ist voll süß ...«, schwärme ich und küsse ihn ein paar Mal.
»Komm nach oben, du Spinner«, lacht Saskia.
Ich mag es, wenn sie mich Spinner nennt. Der Anweisung Folge leistend beuge ich mich über sie.
Wer will schon nicht in diese schönen geschminkten großen Augen schauen?
Ohne Pause geht es weiter.

Unsere Lippen berühren sich, Saskias Bein findet wieder den Weg zwischen meine Schenkel. Ich versuche Saskia auf mich zu ziehen.
»Neee, iss nicht ...«, kommt es von ihr.
Ich schaue sie an.
»Guck mich nicht mit deinen Teddyaugen an«, protestiert sie und hält sich die Hände vor die Augen. Die Hände zur Seite schiebend küsse ich sie erneut. Dieses Mal schaffe ich es ihre Lippen zu durchbrechen, finde ihre Zunge und umkreise sie seit drei Jahren wieder.
Unsere Küsse werden leidenschaftlicher und langsam bewegt sich Saskia auf mich. Ich ziehe ihr Top höher und irgendwann schaffe ich es, dass es neben dem Bett liegt. Meine Finger schieben die Bügel des BHs zur Seite und ich gelange zu ihrer Brust, um an ihrem Nippel zu saugen.
»Ganz böse, ganz ganz böse«, stöhnt Saskia erregt.
»Ich will dich, Schatzi ...«, stöhne ich voller Sehnsucht.
»Ich kann das nicht, Don ... das geht nicht.«
Während sie das sagt, wandert ihre Hand das erste Mal unter meine Jeans und tastet über der Boxershorts nach meinem harten Schwanz.
»Ich weiß doch, dass du es auch willst, Schatzi ...«, füge ich hinzu.
Saskia küsst mich.
»Nein, nein, nein ... Ich zieh mich jetzt wieder an. Wo ist mein Oberteil?«
Sie greift hinter sich und ich halte es fest, um sie an mich zu ziehen und an ihrem Ohrläppchen zu lutschen.
»Spinner«, protestiert Saskia, »Jetzt gib her ...«

Ich ziehe noch einmal den BH beiseite und küsse ihre großen Brüste.
»Schluss jetzt, ich geh nun ins Bad. Du kannst ja mal die nächste DVD einlegen und dann schauen wir den Film!«
Saskia zupft den BH zurecht und zieht sich das Oberteil über.

2 – eXistenZ

Als Saskia aus dem Bad kommt, liegt die DVD bereits im Player und wir legen uns eng aneinander gekuschelt auf das Bett.
Nachdem es endlich mit dem Film losgeht, dauert es keine fünf Minuten und wir küssen uns wieder. Eng umschlungen liegen wir zusammen und können vom Film gar nichts sehen.
»Nein, nicht wieder geil machen. Ich hab mich gerad abreagiert«, wehrt Saskia sich.
»Was hast du im Bad gemacht?«, sage ich und schaue sie empört an.
»Ich hab da so ne Methode, da ist das ganz schnell weg«, meint sie grinsend.
Und ich hab da so eine Methode, da kommt das wesentlich schneller wieder, denke ich und muss mir das Lachen verkneifen. *Spielen wir unser Spiel doch weiter ...*
Meine Hände wandern über ihren Rücken, ich ziehe sie an mich und küsse sie auf ihre sanften Lippen.
Vorsichtig sauge ich daran und meine Hand berührt ihr Oberteil, um ihre Brüste zu massieren. Mein Kopf ruht auf

ihrer Schulter und ich bedecke ihren Hals mit Küssen bis ich ihr Ohrläppchen erreiche und daran lutsche.
Saskia lässt es geschehen und ich denke auch gar nicht daran, meinen Eroberungszug abzubrechen. Diese Frau will ich mit Haut und Haar.
»Bist du kein Po-Liebhaber?«, fragt sie mich leicht erregt, als meine andere Hand über ihren Rücken wandert.
»Ich weiß nicht, mal schauen ...«, antworte ich und schiebe meine Hand in ihre Jeans.
»Etwas eng dort, fühlt sich aber gut an, Süße.«
Saskia löst den Gürtel und ich öffne den Knopf ihrer Hose.
»So ist es besser ...«, flüstere ich, küsse sie und vergrabe mich tief in die Jeans, um einmal fest zuzupacken.
»Hmmm«, stöhnt Saskia leise auf.
Die Pobacken sind fest und fühlen sich gut an. Ich spüre, wie Saskia ihre Fingernägel in meinen Rücken gräbt und mich kratzt. Ich verdrehe die Augen, denn das macht mich geil.
»Darauf steh ich, Große ...« hauche ich leise.
Ich nutze meine Chance und lasse meine Hand in der Vorderseite der Hose wandern.
»Don ... nein ... böse ...«, protestiert Saskia stöhnend.
Ich greife weiter nach unten, will mehr und spüre wie ihre Haut zwischen den Beinen weicher wird und ich die Schamlippen erreiche. Wir küssen uns leidenschaftlich und Saskias Hand findet den Weg zwischen meine Beine, um dort fest zuzupacken und meinen harten Schwanz über der Jeans zu reiben.
Ihre Pussy ist mittlerweile feucht und ich dringe zaghaft mit einem Finger in ihr Allerheiligstes ein. Das feuchtwar-

me Gefühl zeigt mir, dass ich mein Ziel erreicht habe und ich lasse meinen Finger langsam ihre heiße Lustgrotte ficken.
»Das geht nicht, Don. Nein, nicht gut ... du machst mich nur noch geiler. Meine Eltern sind jetzt nebenan! Wenn du mich noch geiler machst, werde ich laut!«
Das stört mich nicht, denke ich.
Saskia hingegen zieht meine Hand aus ihrer Hose und knöpft sie zu.
»Süße, ist doch egal. Ich würde dich so gerne spüren!«
»Nein. Schluss jetzt, wir bekommen wieder nichts vom Film mit.«
Meine Hand wandert automatisch zu ihren großen Brüsten, um diese zu streicheln. Wir küssen uns, ein Zungenkuss folgt dem nächsten. Ich führe Saskias Hand zu meiner Jeans, um sie zu meiner Boxershorts zu schieben. Saskia ist damit jedoch nicht einverstanden.
»Das ist zu eng ...«, beschwert sie sich.
»Dann mache ich Platz«, sage ich und öffne den Reißverschluss.
Saskia lacht.
»So war das nicht gemeint.«
Ich führe ihre Hand erneut zu meiner Hose und Saskia massiert mit festem Griff meinen Schwanz.
»Ich wüsste gerne, wie du schmeckst ...«, stöhne ich ihr leise ins Ohr und greife dabei in ihre braune Mähne.
»Du Spinner«, lacht sie.
Ich starte den nächsten Versuch und öffne den Knopf ihrer Jeans erneut.
»Don, lass es ...«

»Du willst doch auch, das weiß ich ganz genau und das hast du vorhin auch gesagt.«

»Jaaa, ich will schon, aber auf der anderen Seite fühle ich mich nicht wohl dabei«, äußert Saskia ihre Bedenken.

Eine Sekunde später knabbere ich an ihrem Ohrläppchen und knete ihre Brüste. Ihre Fingernägel krallen sich in meinen Rücken.

»Don, die Tür. Wenn meine Mutter gleich hier drin steht«, zögert Saskia.

»Du bist alt genug. Dann schließe ich jetzt ab ...«

Saskia hält mich fest.

»Nein, du bleibst hier, sonst mach ich noch mehr Dummheiten.«

Meine Hand wandert langsam unter ihren roten Tanga.

»Don! Hmmmmmm, oh nein ...«

»Doch.«

»Neiiin, nimm deine Hand da weg!«

Ich blicke in ihre Augen.

Ich kann dich nicht ernst nehmen Süße, dir steht die Geilheit ins Gesicht geschrieben! Und ich werde jetzt bestimmt nicht aufgeben, denke ich.

Meine Hand erreicht ihren Venushügel und meine Finger tauchen in ihre Vulva ein. Ich erkunde ihre Pussy, die bereits sehr feucht ist und ziehe die Hand zurück, um mir den nassen Finger zu betrachten.

»Nein, hör auf, du Ferkel«, protestiert Saskia laut.

Genüsslich lecke ich den Finger ab und Saskia versucht das zu unterbinden, indem sie meinen Finger nimmt und ihn sich in den Mund steckt.

»Du bist so ein Schwein«, murmelt sie, und ich schmunzele vergnügt.

Eine Minute später taucht mein Finger erneut in ihre Pussy ein und ich fingere sie. Ihre Geilheit genießend, die sie ausstrahlt, gebe ich ihr einen langen Zungenkuss. Nach ein paar Minuten nehme ich noch einen Finger dazu und fingere sie immer schneller. Saskia stöhnt lauter und ich muss kurz an ihre Eltern denken.

Das hat dich noch nie abgeschreckt. Jetzt würde ich es einfach tun, ohne Kommentar. Ganz schnell – so schnell würde sie gar nicht protestieren können.

Langsam ziehe ich die Finger zurück, rutsche herunter und sorge dafür, dass Jeans und Tanga auf dem Boden landen. Saskia schließt die Augen und lässt mich gewähren.

Du weißt, was jetzt kommt, davon träume ich schon drei Jahre, denke ich.

»Nein, nein, nein«, stoppt sie mich.

Oh nein, du wirst mir jetzt nicht sagen, das geht nicht! Das kannst du nicht machen! Nur ein Mal deine Pussy lecken! Mehr will ich doch nicht.

»Ab unter die Decke, los«, sagt sie und grinst, weil sie die Panik in meinem Gesicht sieht.

Ich strahle.

Wir ziehen die Decke über uns und ich tauche mit meiner Zunge in ihre feuchte Lustgrotte ein. Vorsichtig kreise ich mit meiner Zungenspitze um ihren Kitzler und nehme meine Finger zur Hilfe, um sie damit zu ficken.

Ich kann es kaum glauben, dass es doch soweit gekommen ist und genieße meinen Sieg in vollen Zügen.

Zwischendurch blicke ich hoch und sehe, wie sich Saskia ein Kissen vor das Gesicht hält, um nicht laut zu stöhnen. Etwas tiefer rutschend dringe ich mit meiner Zunge so tief ich kann in sie ein.
Saskias Hände drücken mich an ihre Vulva und ich sauge nun an ihren Lippen. Nach mehreren Minuten legt sie das Kissen zur Seite und meint vergnügt:
»Ist gut, das halte ich nicht länger durch, komm sofort hoch!«
Ich hätte nichts dagegen, es bis zum Ende durchzuhalten, denke ich erregt.
»Ich will dich spüren«, stöhne ich. »Bitte, ich will dich!«
»Ich kann das nicht Don, das hab ich dir schon gesagt. So schön das jetzt auch ist.«
Meine Jeans etwas weiter nach unten schiebend, um ihr nicht weh zu tun, lasse ich meinen harten Schwanz durch die Boxershorts ihre nasse Pussy massieren.
»Du willst es auch«, versuche ich sie erneut zu überzeugen.
»Nein Don, das geht echt nicht.«
Ihren Bauchnabel küssend will ich zu ihrer Pussy wandern, aber Saskia hält ihre Hand davor.
»Ist gut jetzt ...«, grinste sie.
Ich küsse ihre Hand und schiebe sie mit meiner Nase beiseite, bis ich ihre Pussy erspähe und sie lecken kann. Saskia stöhnt auf und krallt sich im Kissen fest.
»Du bist so ein Spinner«, stöhnt sie.
Als ich mich zu ihr lege und sie anschaue, grinst sie.
»Ich kleide mich mal wieder an«, flüstert sie mir ins Ohr.
Seufzend blicke ich zum Fernseher. Bei der DVD läuft das Menü und es sind eineinhalb Stunden vergangen.

Wahnsinn, denke ich, *so schnell ist die Zeit noch nie gerast.*
»Eigentlich muss ich ja in ner Stunde schon weg«, sage ich enttäuscht.
»Wir haben ja noch Zeit. Ich glaube, meine Mutter bleibt wahrscheinlich eh nicht so lange auf«, entgegnet Saskia.
Sie hat ihre Sachen bereits angezogen und ich kümmere mich um die nächste DVD.
Vielleicht schaffe ich es ja beim nächsten Film, denke ich.

3 - Wrong turn
»Wollen wir wirklich noch eine DVD nicht gucken?«, sagte Saskia und lacht.
»Lass uns doch TV schauen!«
Eigentlich hat sie recht, ob nun DVD läuft oder TV. Wir werden eh wieder auf dumme Gedanken kommen.
Kaum gedacht, schon getan.
Wir liegen uns wieder in den Armen und unsere Lippen ziehen sich an, als wären sie Magneten. Dieses Mal wird Saskia frech und untergräbt meine Hose, um meinen Schwanz zu massieren. Ich kann ebenfalls nicht meine Finger von ihr lassen und vergreife mich wieder an ihren festen Brüsten.
»Süße, ich bin total geil auf dich«, seufze ich.
»Ich weiß ...«, sagt Saskia und blickt mir in die Augen.
Ich öffne den Knopf meiner Hose und den Reißverschluss, um ihre Hand zu meinem Schwanz zu führen. Die Boxershorts beiseite schiebend lasse ich Saskia meinen harten Phallus spüren.

Nach mehreren Minuten drehe ich mich und lege mich auf sie, um meinen Schwanz gegen ihre Vulva zu stoßen.
»Mach weiter, das fühlt sich gut an«, stöhnt Saskia, während unsere Hosen aneinander reiben.
Ihre Brüste küssend, die aus ihrem Oberteil ragen, spüre ich, wie sie meinen Rücken streichelt.
»Kratz mich«, fordere ich.
Saskias Fingernägel bohren sich in meinen Rücken.
»Mhmm, jaaa ... genauso«, keuche ich erregt.
Ich küsse ihren Hals und lutsche an einem Ohrläppchen, wobei ich immer schneller zustoße. Da die Eltern vermutlich nebenan sind, nehme ich mich zusammen, um nicht laut zu stöhnen,
»Mhmm Saskia«, raune ich leise in ihr Ohr.
»Sei bloß nicht so laut«, bremst sie mich.
Ich lasse meinen Schwanz auf ihrer Pussy kreisen und Saskia kratzt noch etwas mehr.
Wie gern würde ich dich jetzt ficken, du Sau, denke ich und genieße den Anblick ihrer geschlossenen geschminkten Augen, das heftige Atmen und ihre aufreizenden Lippen.
Schneller stoßend kann ich mich nicht mehr zurückhalten.
Saskia bemerkt es und gibt mir einen langen Zungenkuss, als ich komme.
Langsam lässt sie mich los.
»Ich wollte nur nicht, dass du zu laut wirst«, entschuldigt sie sich.
»Normalerweise bin ich auch lauter.«
»Kann ich mir denken«, grinst sie.
Mich auf die Seite drehend blicke ich sie an.
»Jetzt ist deine Hose ganz nass«, lacht sie.

»Passiert«, meine ich amüsiert.

Ich streiche durch ihre langen Haare und starre in diese großen Augen.

Einfach der Wahnsinn.

Lächelnd und glücklich halte ich sie in den Armen.

Wir küssen uns und irgendwann bemerken wir, dass es bereits 2 Uhr ist. Ich möchte gar nicht gehen, muss aber langsam meine Sachen packen. Zwischendurch fühle ich mich zu Saskias zarten Lippen hingezogen und gebe ihr einen Bussi.

»Willst du noch was zu trinken mitnehmen?«

Die Frage kommt genau richtig, denn von der Pizza habe ich Durst.

»Dein Wasser vielleicht«, bemerke ich und deute auf die Flasche, aus der wir vorhin getrunken haben.

»Da ist nicht mehr viel drin. Nimm doch die Cola mit«, sagt sie, steht auf und hält sie mir hin.

»Du lässt kurz anklingeln, damit ich weiß, dass du gut zu Hause angekommen bist. Ich bleibe so lange wach« sagt sie und schaut mich dabei total lieb an.

Mein Herz hüpft und ich kann nicht glauben, was sie da gerade gesagt hat. *Sie wartet darauf, dass ich gut ankomme und bleibt so lange wach? Ist das jetzt mehr?*

»Klar, mache ich«, sage ich nüchtern und gebe ihr einen leidenschaftlichen Kuss.

»Boar, ich sehe bestimmt total durchgenudelt aus«, grinst sie.

»Hmmm, nein. Einfach nur hübsch, wie immer!«

»Hoffentlich ist meine Mutter schon im Bett.«

Als wenn du ein Teenie wärst, du bist über 18, denke ich.

Wir küssen uns und gehen leise nach unten. Es ist alles dunkel und niemand ist mehr auf. An der Tür stehend blicken wir uns an und lächeln. Draußen regnet es und ich möchte lieber bei Saskia im Bett bleiben und ihre Nähe genießen. Ein anderes Mal kann ich bestimmt länger bleiben, denke ich bei mir.
»Vergiss nicht anzuklingeln, okay?! Ich warte so lange.«
Mein Herz hüpft erneut und ich bin hellwach, weil mich die Glücksgefühle auf Trab halten.
»Bestimmt nicht«, versichere ich.
Wir umarmen uns und sie küsst mich noch ein paarmal, bevor sie mich gehen lässt. Unsere Hände trennen sich langsam, während ich die Treppe hinab schreite. Ich gehe zum Auto, schaue mich um und sehe, wie sie mir nachwinkt.
Der Regen prasselt auf meine Jeansjacke und ich schließe die Autotür auf, um mich ins Trockene zu begeben. Auf dem Rückweg drehe ich die Lautsprecher im Auto auf und singe jedes auch noch so schreckliche Lied mit. Ich bin wie geflasht von dieser Nacht.
Als ich zu Hause ankomme, tippe ich eine Nachricht und schicke sie ab.

Hey Süße, bin schon zu Hause. Danke für den wundervollen Abend, dass sich so viele Wünsche erfüllt haben und dass du mich unendlich glücklich gemacht hast. Lieb dich

Wenig später kommt die Antwort von Saskia:

=') gerne, mein Großer. Fand es auch sehr schön! Schlaf schön und träume was Süßes. Hab dich lieb =)

Ich muss lächeln, kann mein Glück noch immer nicht fassen und schicke ich eine weitere Nachricht:

> *Danke du auch! Wird mir leicht fallen. Alles riecht noch nach dir, mein Knuddeltier. Du bist sooo süß! Gute Nacht!*

Nachdem ich etwas getrunken habe, gehe ich ins Bett. In meinem Kopf gibt es nur einen Gedanken: Saskia.
Dieser Gedanke überschüttet mich sofort wieder mit Glücksgefühlen und ich bin so hellwach, dass ich nicht einschlafen kann. Nach einer halben Stunde stehe ich wieder auf, schalte meine Musikanlage an und versuche herunterzukommen. Ein solches Glücksgefühl habe ich noch nicht erlebt. Vier Stunden später, ich kann den Sonnenaufgang bereits aus dem Fenster sehen, bin ich so müde, dass ich endlich einschlafen kann.
Ich träume von Saskia, ihren großen Augen und ihrem Lächeln, dem Duft ihrer Haare und davon, wie wir unser erstes Mal haben werden.

to be continued ...

Liebe Leserin, lieber Leser, wenn dir mein Buch gefallen hat, freue ich mich sehr über eine Rezension in den bekannten Buch-Shops und auf Buchseiten. Werde Fan und verpasse nicht den nächsten Teil:

- www.facebook.com/DonRamirezAuthor
- www.lovelybooks.de/autor/Don-Ramirez/